KB251833

짜문제자

파문제자 3

한성수 新무협 판타지 소설

초판 1쇄 찍은 날 § 2003년 1월 6일
초판 1쇄 펴낸 날 § 2002년 1월 15일

지은이 § 한성수
펴낸이 § 서경석

편집장 § 문혜영
편집책임 § 장상수
편집 § 박영주 · 김희정 · 권민정 · 이종민
마케팅 § 정필 · 강양원 · 이선구 · 김규진
펴낸곳 § 도서출판 청어람
등록번호 § 제1081-1-89호
등록일자 § 1999. 5. 31
어람번호 § 제2-0165호

주소 § 경기도 부천시 원미구 심곡1동 350-1 남성B/D 3F (우) 420-011
전화 § 032-656-4452   팩스 § 032-656-4453
http://www.chungeoram.com
E-mail § eoram99@chollian.net

ⓒ 한성수, 2002

값 7,500원

ISBN 89-5505-563-3 (SET)
ISBN 89-5505-566-8 04810

한성수 新무협 판타지 소설

파문제자

한성수 新무협 판타지 소설

破門弟子

3 마도본색(魔道本色)

도서출판 청어람

목
차

제25장 역근단골(易筋短骨)

따뜻한 조양이 폭포수처럼 쏟아져 내리고 있었다.

보보마다 발견되는 기화이초(奇花異草)에 눈길을 빼앗길 법도 한데 고즈넉한 들녘을 질주하는 발걸음은 경쾌하기만 하다.

천하에 이 정도로 빠른 경공을 펼칠 수 있는 사람이 없지는 않겠지만 이처럼 깨끗하게 펼칠 수 있는 사람은 한 사람밖에 없을 터였다.

몇 개의 절진을 통과하고 나서야 모습을 드러낸 눈앞의 큼지막한 건축물을 바라보는 최고봉의 안색은 먹구름이 잔뜩 끼어 있었다.

주변의 정경으로 미뤄 조금이라도 운자 가묘를 아는 사람이라면 이런 곳에 한 채의 그림같이 아름다운 전각이나 정자를 지었을 터이다.

조금만 둘러봐도 나른하다는 표현이 어울릴 듯한 한가롭고 여유가 넘치는 주변의 정경을 보자면 그렇다는 말이다.

그러나 이러한 선경(仙境)의 주변을 몇 겹에 걸쳐 휘감고 있던 절진들의 본래 목적을 알려주는 모습이라고나 할까?

지루할 정도로 길게 이어져 있던 들녘의 끝에 나타난 건 투박한 돌덩이로 이루어진 황량하고 거대한 석산(石山)이었다.

주변에 흔히 굴러다니는 돌이 아니라 단단하기 이를 데 없는 화강석으로 이루어진 석산은 어떻게 보든 살풍경하고 미적 감각이 결여되어 보였다.

건축으로써의 아름다움이나 인공미는 눈 씻고 찾아봐도 보이지 않는 것이, 큼지막한 석문마저 없다면 흡사 천연적으로 생성된 돌무더기 정도로밖엔 보이지 않을 터였다.

그러니 태어나 지금까지 무공일로에만 정신이 팔려 있던 최고봉으로선 애석함을 느낄 것은 없지만 마음을 때리는 기이함만은 어쩔 수 없었다.

그가 넘어온 몇 개의 절진이 지닌 위력이나 주변을 온통 뒤덮고 있는 기화이초들을 자생하게끔 만든 능력으로 볼 때 이곳의 주인이 지닌 재능은 의심할 바가 없었다.

세속을 벗어난 경치와 더불어 조금쯤 여유를 풍기는 것도 멋이라 할 수 있을 텐데, 이런 요새를 만들어놓고 몸을 꼭꼭 숨기고 있는 모습은 마땅찮았다.

"겁은 많아가지고……."

투덜거림 속엔 체념도 함께 깃들어 있다. 어차피 아쉬워서 이곳을 다시 찾은 사람은 자신이었다. 이곳 주인의 심미안과 풍취를 아쉬워하고만 있을 순 없었다.

보기만 해도 기가 질릴 듯 큼지막한 석문 앞에 잰걸음으로 다가선 최고봉의 시선이 석문을 장식하고 있는 도안을 유심히 주시했다.

‘이번엔 백(白)이 좀 유리하군.’

도안이라 생각됐던 문양은 기실 종횡으로 열아홉 줄씩 그어져 있는 큼지막한 바둑판이었다.

지금 그 소우주 위에선 흑과 백이 대마를 두고 격렬한 항쟁을 펼치고 있었다. 자칫 한 수만 잘못 두면 흑이 전멸할 형국이었다.

바둑에 제법 조예가 깊은지 종횡으로 줄이 그어진 바둑판을 뚫어지게 쳐다보던 최고봉의 손가락이 바둑판의 한 지점을 향해 뻗쳐 갔다.

파곽!

최고봉의 검지를 타고 일어난 한줄기의 진기가 때린 곳은 궁지에 빠져 있던 흑이 기사회생할 수 있는 단 한 수가 위치한 장소였다.

그것이 기관을 움직이는 방법이었던지, 족히 만 근은 넘어 보이는 석문이 묵직한 굉음과 함께 움직이기 시작했다.

끼끼끼끼끽!

귀청을 울리는 굉음에 슬쩍 뒤로 한 발짝 물러섰던 최고봉이 얼른 자신의 코 부근을 손으로 막았다.

“크으! 이번엔 또 무슨 약재를 달이고 있길래 이리도 냄새가 고약하지?”

문을 열자마자 훅 하고 풍겨 나온 지독한 약향은 최고봉의 안면을 일그러뜨리게 하는 데 충분했다.

이곳에 처음 오는 게 아닌데도 코끝을 괴롭히는 지독한 약향만은 당최 적응이 안 됐다.

그러나 보통 때라면 설혹 자신의 팔 하나가 끊어졌다 해도 찾아오지 않을 곳이지만 오늘만은 절대 그럴 수 없었다.

끼이익! 쾅!

이형환위(以形換位)를 펼쳐 문 안쪽으로 들어선 최고봉의 두 눈이 형형하게 번쩍였다.

마치 자신이 들어서기만을 기다렸다는 듯 만 근의 석문이 맹렬한 기세로 닫힌 후 일어난 변화이다.

그러자 등불을 대신해 눈앞으로 보이는 길다란 복도의 곳곳에서 찬연한 빛을 발하는 야명주의 보광에 익숙해지길 기다리고 있던 최고봉의 귓전을 때리는 목소리가 있었다.

"문 안쪽으로 들어섰으면 빨리 들어올 것이지 어찌 망설이고 있는가! 천하제일 경공대가가 설마 몇 개의 함정을 두려워하는 건 아니겠지?"

'몇 개의 함정?'

최고봉의 두 눈이 주욱 찢어졌다. 그는 아집으로 점철되어 있는 목소리의 주인을 알 뿐더러, 그가 말한 함정의 위력이 얼마나 끔찍한지도 몸소 경험한 바 있었다.

최고봉이 감히 천하제일 경공대가를 자처하듯 기관진식과 의학에 있어 천하에서 최고라는 자만심으로 똘똘 뭉친 사람이 바로 이곳의 주인인 것이다.

따라서 눈앞에 보이는 돌로 만들어진 황량한 석로를 바라보는 최고봉의 눈빛은 평소보다 적어도 두 배쯤은 긴장되어 있었다.

보름 전 이곳을 지날 때 거의 절반쯤 죽을 뻔했으니 당연하다면 당연하달까?

깊은 숨을 한차례 들이마신 최고봉의 신형이 소리없이 공중으로 떠올랐다. 그가 가장 자신하는 마도종횡보를 극한까지 끌어올린 건 물론이었다.

                    *   *   *

“제, 제기랄!”

아마도 십성 공력을 몽땅 사용했을 것이다. 그만큼 최고봉이 이곳 주인에게 가지고 있는 두려움은 상당한 것이었다.

무공이든 지략이든 천하에 꿀릴 것이 없다고 자부하는 바이지만, 이곳 주인이 장치한 기관진식을 통과하기 위해선 목숨을 걸어야 했다. 그렇지 않고선 목숨을 부지하기가 용이하지 않은 까닭이다.

그러나 철저하게 농락당했다고나 해야 할까.

복도가 끝나는 최후의 최후까지 치명적인 함정이 기관과 함께 움직이는 걸 경계하느라 전신 공력을 모조리 쏟아냈던 최고봉은 허탈하게 혀를 찼다.

복도를 가로지르는 동안 전혀 함정이나 기관이 발동하지 않은 것은 둘째 치고, 자신이 헛되이 마도종횡보를 펼쳤다는 자책감이 일었다. 마도종횡보는 최고봉의 자존심 그 자체나 다름없었던 것이다.

그러거나 말거나 전혀 관심이 없어 보이는 표정, 복도 끝 쪽에 병든 닭처럼 쭈그려 앉은 자세로 졸고 있던 꼬맹이 하나가 비실거리며 몸을 일으켰다.

밤새 무얼 했는지 졸린 눈을 크게 뜰 생각도 하지 않고 소맷자락으로 입가의 침을 대충 훔친 녀석이 우물거리듯 말했다.

“쓰읍. 오, 오셨시우.”

“너는…….”

“탕약계(湯藥界)에 있는 약동(藥童)입지우. 사부님께서 기다리고 계시니 어서 가시지우.”

이미 안면이 있는 얼굴이었다. 그럼에도 첫 대면과 마찬가지로 최고 봉에게 자기소개를 한 약동이 어슬렁거리며 복도의 끝까지 걸어가더니 정(丁) 자 모양으로 갈라진 양 방향 중 오른쪽을 택해 걸어갔다.

'쯧쯧, 보름 전만 해도 눈에 총기가 남아 있었는데 이젠 다른 약동들 처럼 바보가 다 됐구나.'

지난번 방문 때와는 반대 방향으로 걸어가는 꼬맹이를 바라보며 나 직이 혀를 찬 최고봉이 얼른 그 뒤를 따랐다.

경공의 대가답게 혀를 차는 동안에도 약동의 발걸음을 눈여겨본 그 의 보행은 유수와 같을 뿐 아니라 완전히 그와 일치하고 있었다.

잠시 후.

약동을 쫓아 몇 개의 회랑을 돌아 도착한 곳은 유독 많은 야명주가 빛을 발하고 있는 석실의 앞이었다.

오로지 자신의 재능을 자랑하기 위해 만들어진 게 분명한 석문이 저 절로 열리는 광경을 직시하고 있는 최고봉의 안색은 이미 평소와 다름 없었다.

도대체 어떤 방식으로 설계된 구조인지는 모르겠으나 몇 개의 회랑 을 도는 동안 코를 찌르던 약향은 이미 씻은 듯 사라진 상태였다.

이곳을 안내한 약동이 소속된 탕약계 말고도 약초계(藥草界), 약수계 (藥水界) 등으로 이뤄진 다른 석실들과 달리 이곳은 의료 행위와는 다 른 용도로 만들어진 게 분명했다.

'그렇다면 이곳이야말로 그 노괴(老怪)가 생활하는 곳이라는 뜻이 렷다!'

최고봉이 내심 염두를 굴리는데 석문이 채 열리기도 전에 약동이 꾸벅 고개를 숙여 보였다.

"그럼, 지는 그만 가보지우."

"응?"

"사부님께서 이곳까지만 안내하면 된다고 하셨시우."

역시 최고봉이 묻지도 않은 사항에 대한 대답이다. 자신도 모르게 살가운 표정이 된 최고봉에게 다시 고개를 꾸벅 숙여 보인 약동이 뒤도 돌아보지 않은 채 다른 방향으로 뚫려 있는 통로 쪽으로 모습을 감췄다.

아마도 탕약계로 가서 다시 최초 문을 열었을 당시 맡았던 것과 같거나 그에 버금가는 약 내음을 맡으며 작업을 하기 위함이리라!

슬쩍 일어났던 마음속의 연민을 지우고 굳이 약동을 잡지 않은 최고봉의 귓전을 때리는 음침한 목소리가 있었다.

"왔으면 들어오지 않고 뭘 우두커니 생각하고 있는 건가?"

처음 이곳에 들어섰을 때 최고봉의 내심을 박박 긁어댔던 것과 한 치도 다르지 않은 목소리였다.

이제까지와는 달리 오직 어둠만이 흘러넘치고 있는 석실 안을 흘끔 노려본 최고봉이 차갑게 콧방귀를 뀌었다.

"흥, 나는 박쥐 같은 네놈과는 달리 어두운 곳을 싫어한다. 만약 날 손님으로 맞고 싶다면 조금쯤 예의를 차리는 게 어떤가?"

"흠, 나더러 예의를 차리라고?"

"광명신교 오산인의 하나인 내가 다시 목숨을 걸고 이곳을 찾았다. 그쯤 못해 줄 것도 없잖아?"

다분히 뼈가 섞인 말이었다. 그러나 광명신교와 자신의 보신(保身)에는 타협이란 걸 모르는 최고봉의 성격을 익히 아는 듯 목소리의 주인은 대소를 터뜨렸다.

“크허허, 곤륜비동(崑崙秘洞)을 살아서 방문한 사마외도(邪魔外道)가 처음은 아니지만, 자네처럼 담 큰 사람은 본 적이 없다. 그 담대함을 가상히 여겨 이번에는 내가 한발 양보하지.”

‘쳇! 제놈이 양보하지 않으면 또 어쩔라구.’

눈앞이 지금까지완 비교가 되지 않을 정도로 확 밝아지는 걸 빤히 바라보며 내심 투덜거린 최고봉이 그제야 석문 안쪽으로 걸음을 내디뎠다.

한 발자국을 움직이되 무릎이 전혀 움직이지 않으니 유유히 흘러내리는 물결과 같은 보행이었다.

장방형의 석실.

그 한가운데 놓여진 큼지막한 호피의(虎皮倚)에 몸을 묻고 있는 건 초로의 늙은이였다. 그는 반쯤 센 수염과 함께 귀티가 흐르는 청수한 외모를 하고 있었다.

그가 자신이 석실로 들어섰음에도 일부러 몸을 늦게 일으키는 걸 지켜보던 최고봉이 귀찮다는 표정으로 손을 내저었다.

“명문정파라 자처하는 곤륜파의 태상장로가 어찌 일개 사마외도인 내게 예를 갖추려는 것이지?”

“허허, 알기는 아는가?”

“암, 알고말고. 곤륜파의 제자인 주제에 불로장생의 신비를 풀겠다고 천 명이나 되는 동남동녀(童男童女)를 몰래 잡아다 죽인 희대의 살인마를 내가 어찌 모르겠는가.”

“……”

“진실로 명문정파라는 것들은 훌륭하지, 훌륭하고말고.”

최고봉의 말속에는 큼지막한 가시가 박혀 있었다. 그러나 그깐 가시쯤 이빨을 쑤시는 데나 쓸모가 있다고 생각하는 것이리라.

초로의 늙은이가 반쯤 일으켰던 몸을 다시 호피의에 묻으며 냉소했다.

"흥, 나 이모백(李模白)이 비록 과거에 몇 가지 잘못을 저질렀다곤 하지만 그것은 다 지고한 의학의 길에 매진하다 발생한 부산물에 불과하다. 보다 높은 의학 발전을 위해 그 아이들의 희생은 불가피했다."

"그러니까 모든 것이 고귀한 의학 발전을 위한 것이었다고?"

"아무렴!"

이모백이 표정 하나 변하지 않은 채 말했다.

"그 아이들의 희생을 바탕으로 얻은 인체 지식을 이용해서 내가 수없이 많은 생명을 구할 수 있었으니 결코 헛된 일은 아닌 셈이지."

"하! 웃기는군. 그런 말을 아이 잃어버린 부모들에게나 찾아가서 해 보시지 그러나?"

"단지 자신의 능력을 자랑하려는 속셈으로 수없이 많은 강호의 경공 고수들을 걷지도 못하게 만든 자네 같은 마도에게 그런 말을 듣고 싶진 않네."

불리해지자 금세 대화의 단절을 시도하는 이모백이었다.

그가 그래도 아직까지 완전히 양심과 결별을 선언한 자는 아니란 생각이 든 최고봉이 얼른 목소리를 바꿨다.

"그래서 그렇게 수없이 많은 생명을 구한 대가가 무엇이지?"

"허허, 곤륜신성(崑崙神聖)이란 명호는 아무한테나 주어지는 게 아니지 않은가."

최고봉을 바라보며 웃음 짓는 이모백의 얼굴엔 진실로 오만한 기운이 가득했다.

방금 전 잠시 보였던 머뭇거림을 무색케 하는 모습으로 평생 자신이

한 어떠한 일도 반성이나 후회 따윌 한 적이 없는 자의 얼굴이었다.

그러한 뻔뻔함은 자신이 속한 광명신교의 수많은 마두들을 오히려 능가한다는 생각에 눈살을 찌푸린 최고봉이 나직이 투덜거렸다.

"그 정파의 선한 척하는 녀석들이 자네의 손에 죽은 동남동녀들의 일을 알고도 그런 명호를 붙여줬을까?"

"절대 그럴 리 없지."

단호하게 대답한 이모백이 다시 한마디를 덧붙였다.

"그러니까 내가 일세의 영명에 흙탕물이 튀는 걸 감수하면서까지 마교의 대마두가 한 부탁을 들어주고 있는 게 아니겠나."

"알기는 아는군."

한마디를 툭 내던진 후 최고봉은 주변을 훑어보며 퉁명스레 말했다.

"그런데 녀석은 어디 있지?"

"자네가 데려온 시체 말인가?"

"시체?"

석실의 곳곳에 박혀 빛을 발하고 있는 칠채벽옥(七彩碧玉) 쪽에서 시선을 뗀 최고봉이 다시 이모백을 바라봤다.

숨결만 남아 있으면 죽은 자라도 살려낸다는 명성을 자랑하는 이가 곤륜신성이었다. 그가 거리낌없이 시체라고 말하자 일말의 불안을 느끼지 않을 수 없었다.

그러자 지금까지 특유의 퉁명스러움으로 자신 앞에서 자존심을 굽히지 않고 있던 최고봉의 다급한 표정에 금세 흡족한 표정이 된 이모백이 말했다.

"뭐, 이 몸이 아니라 다른 돌팔이들에게 데려갔으면 분명 그리됐을 거라는 말이니 그리 놀랄 건 없다네."

"그렇다는 건 아직 그 녀석이 살아 있다는 뜻이겠지?"

"나 이모백이 지난 십수 년간 이런 지독한 곳에 은둔한 것은 모두 이번 일과 같은 부탁을 기다린 것인데, 쉽사리 놓칠 리 없지 않겠나."

"그럼?"

방금 전까지의 여유는 어디로 팔아먹었는지 이모백이 바람처럼 호피의에서 신형을 일으켰다.

아니, 일어났다고 생각한 순간 그의 신형은 이미 장방형 석실의 한쪽 귀퉁이로 다가서고 있었다.

그것이 천하에 이름 높은 곤륜파의 운룡대팔식(雲龍大八式)이란 걸 직감한 최고봉의 눈빛이 순간 매서워졌다.

지난 세월 동안 수많은 경공고수들을 꺾은 그이지만 구대문파, 그것도 경공으로 이름 높은 곤륜파의 운룡대팔식만큼은 상대할 기회를 잡지 못했다.

과거 정파와 광명신교 사이에 맺어진 불문율 때문이다.

그 당시 정파와 사마외도를 각기 대표했던 건 무당파의 청우 선인과 광명신교의 명존이었다.

그들이 그 유명한 곤륜쟁투를 벌인 후 정사의 다툼은 원천적으로 봉쇄되었다. 두 세력의 우두머리가 암묵적으로 협약을 맺은 까닭이다.

때문에 지금껏 구대문파의 경공고수들과 경공의 우열을 가리지 못했던 최고봉으로선 절정에 도달한 운룡대팔식을 목도하자 피가 들끓어 오르지 않을 수 없었다.

스윽!

자신도 모르게 최고봉이 신형을 공중으로 반치가량 부양시키자 칠채벽옥 중 하나를 비틀어 기관을 움직이던 이모백이 돌아보지도 않고 말했다.

"사마외도야, 사마외도야, 괜한 데 힘쓰지 말아라."

"……."

"내가 천하에 자랑하는 첫 번째는 의학으로써 평생을 몸바쳤고 앞으로도 그럴 것이다. 그리고 두 번째는 기관진식인데 이 또한 그러할 게 분명하다. 내 하찮은 무공은 기껏해야 세 번째인데, 제법 천하에 명성을 떨친 네가 지금 와서 내 세 번째 것을 이겨서 무엇 하겠느냐?"

'세 번째라…….'

딴은 그러했다. 자신이 지금 그와 경공을 다툰다면 굉장히 밑지는 장사가 되리란 걸 깨달은 최고봉의 신형이 조용히 땅 위로 내려왔다.

굳이 뒤돌아보지 않고도 그러한 변화를 눈치 챈 듯 이모백이 뒤로 반 걸음쯤 물러섰다.

곧바로 쿠르릉 소리와 함께 숨겨져 있던 암동이 모습을 드러냈다.

암동 속에서는 뼛속까지 스머드는 한 가닥 냉기가 흘러나왔다.

한눈에 냉기의 근원이 바로 암동의 한가운데 놓여져 있는 푸른빛 침상이라는 걸 눈치 챈 최고봉이 괴이쩍은 눈빛으로 이모백을 바라봤다.

"이런 괴상한 물건을 또 어디에서 구한 거지?"

"괴상한 물건이라니! 무식은 결코 자랑이 아니니 말을 할 때는 좀 가려서 하는 게 좋지 않을까?"

'젠장! 네놈은 유식해서 참 좋겠다!'

도끼눈이 된 최고봉을 바라보며 이모백이 선배가 후배에게 가르침을 내리듯 말했다.

"이곳 곤륜대산 또한 중원으로 보자면 외진 곳이지만, 이곳에서도 훨씬 밖으로 나가면 천산산맥이 나온다. 그 천산산맥의 지독히도 음한

한 땅속을 백 장 이상 파헤치면 천하의 지음지기(至陰之氣)가 모여 있
는 천산냉옥(天山冷玉)을 캘 수 있단 말씀이야."

"그럼 저 냉기를 뿜어내는 침상이 천산냉옥으로 만들어진 거란 말이
냐?"

"내가 삼 년 동안 고생고생해 가며 캐내온 것이지."

"그렇군. 그럼 저 위에 널브러져 있는 화상이 바로 그 녀석인가?"

"허허, 그렇지. 시체나 다름없는 녀석에게는 과분한 일이지만 녀석
은 내 천산냉옥으로 만들어진 침상에 최초로 몸을 눕히는 호강을 누리
고 있는 거야. 좀 춥기는 하겠지만 명부의 앞까지 걸어갔던 녀석에겐
일생의 광영이라 할 수 있지."

처음부터 기이할 정도로 자부심이 하늘을 찌르는 인간이란 건 알고
있었지만 이 대목에 이르러 최고봉은 속이 뒤집히는 것만 같았다.

어차피 자신의 비리를 숨기기 위해 견원지간이나 다름없는 광명신
교의 부탁을 들어주게 된 것인데, 온갖 자랑을 늘어놓는 모양새란 역겹
기 그지없었다.

하지만 이런 탐탁지 않은 상황을 발생시킨 장본인은 바로 최고봉 자
신이었다.

지금이라도 다 때려치고 눈앞의 이상 인격자와 한바탕 드잡이질이
라도 벌이고 싶은 걸 그는 강한 정신력으로 꾹 눌러 참았다.

"그래서 차도는 있는 거야? 저놈은 한 달 후에 본 교에 입교 시험을
치러야 한다구."

"저 몸이 된 녀석을 마교에 입교시킨다고?"

"그래."

당연하다는 듯 최고봉이 고개를 끄떡이자 이모백이 고개를 절레절

레 흔들었다.

"어처구니가 없군. 마교쯤 되는 곳에서 저런 녀석을 데려다 어디에 쓰려고."

"나도 그게 궁금하다."

"……."

"더 이상 왈가왈부할 건 없고, 정상으로 만들 수 있겠느냐?"

"흥, 내가 누구라고 생각하는 거야!"

이모백의 두 눈 가득 오만한 기운이 서렸다.

"다행이군."

내심 걱정했던 일은 벌어지지 않겠다는 생각이 든 최고봉이 어깨를 으쓱거렸다.

그러거나 말거나 이모백은 애초부터 관심이 없었을 것이다. 최고봉을 한차례 바라본 후 이모백이 천산냉옥으로 만들어진 침상 쪽으로 걸어갔다.

침상 위에 아무렇게나 널브러져 있는 건 대략 이십 대 후반으로 보이는 의식 불명의 남자였다.

그의 알몸을 잠시 훑어본 후 이모백이 가느다란 손가락 마디를 하나하나 정성들여 꺾기 시작했다.

천하에서 가장 신묘한 의술을 지닌 사람 중 한 명인 그가 슬슬 본격적으로 천의(天意)를 거역하는 솜씨를 보이려 하고 있었다.

인체의 조화는 오묘하다.

그곳에는 삼백육십일 개, 혹은 삼백육십오 개라고 알려져 있는 대혈들이 존재하는데, 그중 십이정경(十二正經)과 임독이맥(任督二脈)은 무림인들에게는 목숨과도 같이 소중하다.

임독이맥이 원활히 소통되는 소주천(小周天)과 십이정경까지를 모조리 어우르는 대주천(大周天)은 말 그대로 내공의 대공(大功)을 이루는 통로였다.

만약 그중 어느 한 군데라도 막힘이 있다면 내공을 익히지 못함은 물론이거니와 기본적인 운기조차 불가능했다. 무공을 익혀 인간의 한계를 뛰어넘을 수 없게 되는 것이다.

"그런데 그 중요한 십사경이 완전히 뒤틀려 버린 자를 정상으로 돌려놓으라고?"

맨 처음 이모백은 비웃음을 던졌다. 뒤틀린 경락을 바로잡는다는 게 의학적으로 얼마나 힘든 일인지를 전혀 이해하지 못하는 자에 대한 조소였다.

만약 최고봉이 광명신교에서 나왔다고 자신의 정체를 밝히지 않았다면 당장에 축객령이 떨어졌을 터였다.

어차피 정파의 인물이 아니라는 걸 안 순간부터 대하는 태도는 이미 그와 비슷한 지경이었지만 말이다.

그렇다 해도 자신이 만들어놓은 작품이 어떠한 상태인지를 누구보다 잘 알고 있었기에 최고봉으로선 절대 타협의 여지가 없었다.

몇 번의 사정에도 불구하고 이모백이 연신 고개를 흔들자 후일을 대비해 광명우사가 천하에 깔아두었던 포석 중 하나를 꺼내 들었고, 그 후 일은 수월하게 풀렸다.

지난 십수 년간을 광명우사에게 약점이 잡혀 있던 이모백이 갑자기 태도를 돌변시키더니 호언장담을 내뱉으며 가슴을 두드리기 시작한 것이다.

'그때 저 맨들맨들한 얼굴을 한 의원 녀석이 자랑했던 게 바로 역근단골이란 시술법이었지?'

얼핏 보름 전의 일을 떠올리며 최고봉은 기이한 눈빛을 번들거리고 있는 이모백과 그 앞에 알몸을 드러낸 가엾은 청년을 바라봤다.

그는 담우소란 이름을 가진 삼류문파 출신의 사내인데, 어쩐 일인지 광명소주인 엄정하의 큰 관심을 받고 있었다.

기나긴 고련을 끝마치고 강호에 출도한 지 얼마 되지 않는 엄정하였다. 최고봉으로선 명령에 말없이 따르긴 했지만 담우소의 정체에 의문이 생기지 않을 수 없었다.

그래서 가벼운 마음으로 몇 가지 시험을 해봤는데, 결과는 최고봉의 예상을 훨씬 뛰어넘는 것이었다.

천령단의 이대 살수 조직 중 두 개 부대가 제대로 임무를 완수하기 위해서 큰 피해를 감수해야 했고, 자신 역시 예상치 못한 일격에 가슴을 홀랑 태워먹은 것이다.

'그때 녀석이 마지막으로 펼쳤던 초식의 이름이 천뢰단악이라고 했던가?'

자신의 열화기를 뚫고 들어왔던 강렬한 기운을 떠올리며 최고봉은 내심 고개를 흔들었다.

만약 자신이 내공에서 현격한 우위를 점하고 있지 않았다면 승부를 자신할 수 없었으리란 생각이 들었다. 그만큼 담우소가 펼쳤던 천뢰단악의 위력은 놀랄 만한 것이었다.

그러니 그것만으로도 담우소에게 무언가 특별한 구석이 있다는 걸

부인할 수는 없었다. 생각했던 것보다 훨씬 대단한.

'응?'

얼핏 머리 속에 복잡하게 떠오르는 상념을 지우며 이모백 쪽으로 시선을 옮기던 최고봉의 두 눈이 주욱 찢어졌다.

─역근단골!

참으로 그럴듯한 이름에 호기심이 동한 게 사실이었다. 그래서 은근슬쩍 곁눈질하기를 게을리 하지 않고 있었는데, 느닷없이 이모백이 기상천외한 방법으로 담우소를 다루기 시작한 것이다. 최고봉으로서는 전혀 예상치 못한 방법으로.

"이봐! 그거 뭐 하는……."

"쉬잇!"

놀라 경호성을 발한 최고봉을 향해 눈살을 찌푸려 보인 이모백이 눈앞의 천산냉옥으로 만들어진 침상만큼이나 차가운 목소리로 말했다.

"아무리 무식한 사마외도라 해도 너무한 것이 아니냐! 어찌 고귀한 의료 행위를 앞둔 이 몸에게 말을 걸 수 있는가?"

"그건 그렇지만 어째서 그 녀석의 몸을 그렇게 복날 개 잡듯이 두들겨 패는 거냐! 이렇게 한기가 심하니 몸이 딱딱하게 굳었을 텐데, 그러다 잘못되기라도 하면……."

"허허, 정말 무식한 티를 내는 사마외도로세!"

'이 철면피 녀석이 듣자듣자 하니까!'

인내심의 한계를 느낀 것이리라. 최고봉의 안색이 딱딱하게 굳었다. 얼마 전 느꼈던 것이 경쟁심의 발로라면 이번 것은 살기가 동반된 투기였다.

　그러자 자신이 배후에 둔 자가 무수히 많은 고수들을 물리친 절정고수일 뿐더러 사리 분별보다는 힘을 숭배하는 마교도임을 직시한 이모백의 입에서 한숨이 흘러나왔다.

　"후우~ 이래서 내가 그동안 무림인들, 특히 사마외도의 무리들과 얽히려 하지 않았던 것인데……."

　"그게 무슨 씨나락 까먹는 소리냐?"

　최고봉의 거친 질문에는 대답하지 않고 이모백이 눈살을 찌푸리며 제자를 가르치듯 조목조목 설명하기 시작했다.

　"역근단골이란, 본래 중원무학의 근원이라 할 수 있는 소림에 그 연원을 둔 경맥타통(經脈打通)의 수법이다."

　"소림?"

　"그래. 이 수법을 사용하면 인체의 십이경락을 원활하게 뚫어줄 수 있을 뿐더러, 궁극에 이르러선 임독이맥까지 타통시킬 수 있다고 하지. 하지만 그러려면 최소한 일 갑자(一甲子) 정도의 내공을 지닌 십팔 명의 고수들이 인체의 십이경락을 똑같은 위력으로 때려야만 하는 거다."

　"허허!"

　최고봉의 입가로 어이없다는 웃음이 흘러나왔다.

　이번만큼은 그의 마음을 이해한다는 듯 고개를 끄떡이며 이모백이 말을 이었다.

　"흠, 솔직히 말해 소림에서도 일 갑자 이상의 내공을 지닌 고수란 손가락에 꼽을 정도일 거야. 그런데 하물며 다른 곳에서 십팔 명이나 되는 고수들을 모을 수 있을까?"

　"……."

"나는 자네처럼 맨 처음 그것이 전혀 실현 가능성이 없다고 생각했어. 특히 타 문파의 인물들이라면 더욱더. 그래서 오랫동안 연구했지, 어떻게 하면 십팔 명의 내공 고수들이 없이도 소림의 역근단골과 같은 효과를 낼 수 있을지를."

최고봉은 굳이 뒷이야기는 듣지 않아도 알 듯했다. 말을 하는 내내 오만과 자만으로 점철된 눈빛을 번뜩이고 있는 모습을 보다 보면 저절로 알 수 있는 일이었다.

떨떠름한 표정으로 최고봉이 말했다.

"그러니까 이 녀석을 이렇게 두들겨 패는 게 사실은 그……."

"천산냉옥은 천하의 지음지기를 잔뜩 빨아먹어 순수한 음기를 발출한다. 그러한 음기를 지난 보름 동안 이 녀석의 근맥과 뼈마디 속에 가득 채웠으니, 그것을 천여 종이 넘는 약초로 단련된 내 약수(藥手)로 때려 몸의 체질을 단숨에 바꾸려는 것이야."

"……."

"물론 그 후에도 몇 가지 사소한 시술이 남아 있긴 하지만 그거야 애들 장난 같은 일이지."

충분히 최고봉을 납득시켰다고 생각한 듯 이모백이 멈췄던 손을 다시 움직였다. 그리고 잠시 고요만이 감돌던 석실 안이 다시 철썩거리는 소리로 메아리를 만들기 시작했다.

*   *   *

'으윽!'

도대체 며칠이 지난 것일까. 정신이 돌아오자 담우소가 제일 먼저 느낀 건 지독한 추위였다.

풍천경과 함께 지뢰경의 오의를 상당 부분 몸에 체득한 그로선 뜻밖의 일이었다.

세상에서 말하는 한서불침(寒暑不侵)의 경지를 논하기엔 부끄럽지만, 눈밭 위에서 잠을 잔다 해도 이러한 추위를 느끼진 않을 게 분명했다.

지뢰경을 익히면 천하의 오행지기를 빌어다 쓸 수 있으니 추우면 화기를 끌어다 몸을 덥히고, 더우면 수기를 끌어다 몸을 식힐 수 있기 때문이다.

그런데 몇 년의 산 생활 중 충분할 정도로 그러한 도리를 몸 그 자체로 체득하고 있던 자신이 이리 추위를 느끼다니!

담우소는 누운 상태 그대로 어깨를 부르르 떨었다.

"젠장할! 얼어 죽겠다!"

자신도 모르게 두 눈을 번쩍 뜬 담우소의 신형이 순간 무게가 느껴지지 않는 깃털처럼 날아올랐다. 어떤 우왁스럽기 그지없는 손길에 의해 공중으로 집어 던져진 것이다.

쾅!

본능적으로 자세를 웅크린 것까진 좋았으나 몸의 반응 속도가 현저히 떨어져 있었다.

우당탕!

석벽에 등뼈를 부딪친 담우소의 신형이 차디찬 돌 바닥에 사정없이 나뒹굴었다.

처음부터 뻑적지근한 인사를 시도한 최고봉이 히죽 웃었다.

"흐흐, 홀딱 벗고 있으니 추울 만도 하겠군. 먼저 흉측한 물건이나 가리도록 해라!"

휘익!

등뼈가 부러지는 듯한 고통 속에서도 이빨을 악문 채 신형을 일으켜 세우던 담우소가 다시 벌러덩 뒤로 나뒹굴었다.

단지 공력이 주입된 옷 한 벌의 압력 때문이었다.

분노를 느끼기보다는 창피함이 앞섰다. 다시 신형을 일으켜 세운 담우소가 재빨리 옷을 걸쳐 입었다.

벌거벗은 사나이에서 청의 무복을 걸친 그럴듯한 사나이로 탈바꿈한 담우소에게 다시 신발 한 켤레를 던져 준 최고봉이 차갑게 말했다.

"몸 상태는 어떠하냐?"

그 점은 담우소 자신이 가장 궁금한 사항이었다. 지난번에 당했던 부상이 믿어지지 않을 정도로 몸은 가벼웠다. 아직까지는 몸놀림이 정상적이진 않지만 이 정도면 감지덕지할 일이었다.

하지만 알 수 없는 허전함을 느낀다고나 할까.

담우소는 웬지 공허한 느낌이었다. 과거 팽팽하게 긴장되어 있던 근육은 그대로인데 그것을 움직이게 하던 어떤 힘이 빠져나간 듯한 무력감을 느꼈다.

담우소가 슬쩍 지어 보인 표정만으로도 충분히 대답이 된 듯 최고봉이 다시 말했다.

"뭐, 걱정했던 일은 일어나지 않은 모양이군."

"……."

"너는 내가 누군지 알겠느냐?"

물론 담우소가 잊었을 리 없었다. 자신을 떡이 되도록 두들겨 팼던 상대를 잊는다는 건 무림인으로서 있을 수 없는 일이었다.

방금 전까지 보였던 느슨함은 어디로 갖다 버렸는지 잘 벼려진 칼날 같은 눈빛이 된 담우소가 주춤거리며 뒤로 물러섰다.

"어째서 날 살렸수?"

"내가 널 죽일 이유가 있나?"

"하지만 다른 사람들은 몽땅 죽였잖수."

"다른 사람들?"

"무진장 강한 주제에 시치미 떼지 마쇼. 나와 함께 곤륜으로 왔던 귀성장의 네 명을 말하는 거요!"

시간이 갈수록 분한 기억은 또렷해졌다.

언제 자신이 주춤거렸냐는 듯 담우소의 두 눈에서 살기가 번뜩였다. 어떻게든 눈앞의 민대머리를 죽여 버리고 싶다는 의념이 뭉클거리며 솟아올랐다.

그러나 평소 같으면 벌써 손을 써서 새카맣게 어린 후배에게 선배의 존엄을 일깨웠을 텐데, 최고봉은 말없이 이빨을 드러내며 웃을 뿐이었다.

"흐흐, 너는 제법 의리가 있는 녀석이로구나."

"의리는 무슨!"

당치도 않다는 듯 코웃음을 친 담우소가 말했다.

"나는 청부를 받고서 일을 처리했을 뿐이오. 일을 끝냈으니 돌아가서 청부금을 받으면 그만이오. 하지만 그 같은 꼴을 당하면 당연히 화가 나는 게 아니겠소."

"그렇다면 너는 네 자신이 당한 일 때문에 그리 화를 내는 것이냐?"

"그, 그건……."

"너는 우물거리지 않아도 된다. 그 쓸모없는 귀성장의 네 녀석들은 아직 살아 있으니까."

"아!"

담우소는 자신도 모르게 입가를 꿈틀거렸다. 그것이 웃음이란 걸 알아본 최고봉이 냉소했다.

"흥, 그렇게 좋아할 것 없다. 앞으로 네놈이 취할 모양새를 봐서 그녀석들의 목은 하릴없이 땅바닥을 뒹굴 수도 있으니까."

"말해 보쇼."

"응?"

"뜸 들이지 말고 내가 할 바를 말해 보란 말이오."

어느새 담우소는 잔뜩 긴장되어 있던 어깨에서 힘을 풀고는 차가운 돌 바닥에 엉덩이를 깔았다.

재빨리 상황 판단을 내리고 꼬리를 만 것일까?

'그렇게 단순한 녀석일 리 없지.'

쓴웃음과 함께 담우소를 뚫어져라 쳐다보던 최고봉이 두툼한 입술을 혀로 핥았다.

"너는 역시 그런 녀석이냐?"

"뭐, 일단은 잘 보이고 싶은 녀석이 있어서 그렇수."

"잘 보이고 싶은 녀석?"

"머리 좋고 성질 나쁜 녀석이 있수."

어깨를 으쓱해 보이던 담우소의 안면으로 큼지막한 손바닥이 파고들었다.

퍼억!

전혀 사전 예비 동작 없이 일어난 일이었다.

제26장 마교에 입교(入敎)하라구?

"우우욱!"

얼굴을 뒤덮은 손바닥에 짓눌려 담우소는 온몸을 바둥거렸다. 첫 번째로 숨이 막혀서였고, 두 번째로는 얼굴 전체가 제멋대로 일그러지는 고통 때문이었다.

담우소를 찍어 누른 건 최고봉이었다. 본능적으로 주먹을 내질렀으나 닿지 않았다.

대수롭지 않게 담우소의 악에 받친 버둥거림을 제압한 그의 수장에서는 연신 기이한 기운이 흘러나왔다.

일단 운기하면 주변의 공기를 화끈거리게 할 정도로 뜨겁게 달궈놓는 열화기는 아니었다.

지금 최고봉이 운기하고 있는 건 수많은 광명신교의 기공이학(奇功異學) 중 하나인 화화기공(和畵氣功)이었다.

그림으로 만든다는 뜻과 같이 화화기공의 공효는 다름이 아니라 손끝에 모은 진기로 피시전자의 얼굴을 바꿔놓는 것이었다.

일반적으로 강호에 떠도는 다양한 종류의 변체이환공 중에서도 화화기공은 매우 특이한 공부 중 하나였다.

평소 성격을 보여주듯 아무런 이유도 설명해 주지 않은 채 담우소를 찍어 누르곤 일각 동안 화화기공을 운용하던 최고봉이 잠시 후 손을 떼고 뒤로 물러섰다.

스윽!

그동안 버둥거리다 못해 반쯤 까무러쳤던 담우소가 고개를 몇 차례 흔들어 보이곤 얼른 신형을 일으켜 세웠다.

‘이 망할 인간이 내게 무슨 짓을 한 거지?

면전의 최고봉을 바라보는 담우소의 두 눈에는 핏발이 서 있었다. 분함으로 이빨이 악물리고 있었다. 평소 같았으면 이미 주먹부터 날리고 볼 모양새였다.

그러나 이미 몇 차례에 걸쳐 확인됐듯 눈앞의 최고봉은 담우소로선 상대가 되지 않는 수준의 무위를 지닌 자였다.

온몸을 부들거리고만 있을 뿐 예전처럼 막무가내로 달려들지 않는 담우소를 냉연히 주시하고 있던 최고봉이 차갑게 말했다.

“목소리를 한번 내봐라!”

“…….”

“또 한 차례 얻어맞고 싶은 생각은 없겠지?”

‘이런 무지막지한 녀석!’

과거 자신이 다른 자들에게 행했던 일에 대한 보답을 받는 거라 중얼거리며 담우소가 억지로 입을 뗐다.

“도대체 무슨…….”

이변은 금세 눈치 챌 수 있었다. 놀란 표정이 된 담우소를 바라보며 최고봉이 유쾌한 목소리를 냈다.

“크하하. 그 녀석, 목소리 한번 좋구나! 좋아좋아!”

“으드득! 이, 이게 도대체 어떻게 된 거요?!”

이빨을 갈아붙이는 담우소의 목소리는 평소처럼 선이 굵지 않았다. 말투 자체는 여전했으나 목소리의 울림이 약간 곱상해져 있었다. 선이 얇아졌다는 뜻이다.

손가락으로 자신의 성대 쪽을 가리킨 최고봉이 콧김을 뿜어냈다.

“흐흥, 성대 쪽을 약간 손봤을 뿐이다. 물론 내가 손본 게 그것뿐만은 아니지만.”

‘손본 게 목소리뿐이 아니다?’

담우소의 손이 자연스레 자신의 얼굴을 더듬어갔다. 그리고 와락 인상을 구겼다.

“얼굴의 형태도 바꿔놨군.”

“고마워해라, 아주 자알~생기게 만들어놨으니.”

“이게 무슨!”

분통을 터뜨리려던 담우소가 갑자기 무릎을 꿇었다. 안면 근육을 극도로 자극하는 화화기공에 몸의 기운을 몽땅 빼앗기자 다리에서 힘이 풀린 것이다.

음흉한 미소를 입가에 띤 채 최고봉이 말했다.

“네 녀석은 행운아다. 위대한 신교의 제자로 들어갈 수 있는 기회를 잡게 되었으니.”

“…….”

“뭐, 그러기 위해서 얼굴을 약간 어리게 보이게끔 바꾸긴 했지만.”

숨을 헐떡이며 담우소가 내뱉듯 말했다.

“모, 목적이 뭐냐!”

“목적?”

눈살을 슬쩍 찌푸려 보인 최고봉이 고개를 흔들어 보였다.

“나도 몰라.”

“그게 말이나 되는⋯⋯.”

파꽉!

아마도 대답을 계속하기에 번거로움을 느꼈을 것이다. 번개같이 내뻗은 최고봉의 손속에 마혈을 제압당한 담우소가 두 눈을 부릅뜬 채 땅바닥에 고개를 묻었다.

“흐흐, 자식이 강단은 있단 말야.”

대충 십 년은 젊어진 담우소의 얼굴을 슬쩍 손가락으로 치켜 올렸다 내려놓은 최고봉이 능숙하게 그를 낚아채 옆구리에 끼었다. 생각이 일면 행하는 성격대로 바로 곤륜비동을 나서려는 생각이었다.

그때 최고봉의 앞을 가로막는 인영이 있었다.

“뭐냐?”

먼저 입을 뗀 건 최고봉이었다. 기관진식이 중첩된 곤륜비동 안이 아니라면 말보다는 손을 먼저 썼을 기세를 동반한 채였다.

그러나 그의 앞을 가로막은 사람은 이곳의 주인인 곤륜신성 이모백이었다. 최고봉의 기분 따윌 아랑곳할 위인이 아니었다.

평소와 똑같이 오만한 표정으로 최고봉의 옆구리에 끼인 담우소를 흘낏 바라본 그가 말했다.

“녀석은 내 오십 년 의학의 결정체다. 가져가는 건 좋지만 망가뜨리진 말아라!"

"걱정도 팔자군."

"난 지금 농담하는 게 아니다."

이모백은 내공을 일으킨 것이 아니었고 목소리 또한 평소와 다름없었다.

그럼에도 일순 어깨가 떨릴 정도의 위압감을 느낀 최고봉이 고개를 한차례 끄떡여 보였다.

"나도 그럴 생각은 없다구. 이 녀석의 처분은 광명소주께서 하시겠지만."

"광명소주?"

"흥, 어쨌든 이 녀석이 망가질 위험이 발생하면 한 팔의 힘을 거들 테니 그쯤으로 날 뇌주는 게 어때?"

"누가 막았던가?"

이모백이 은연중에 막고 있던 석문의 앞에서 슬그머니 물러섰다.

그 방향이 이곳 석실에서 살아 나갈 수 있는 유일한 생문이란 걸 직감한 최고봉이 이미 신형을 날리고 있었다.

휘익!

순식간에 자신의 곁을 스쳐 가는 최고봉을 흘끔 바라본 이모백이 허리를 두드리며 신형을 돌렸다.

오늘 중으로 약동들과 살펴봐야 할 약재가 쉰다섯 가지가 넘을 터였다.

단숨에 곤륜비동을 벗어난 최고봉은 담우소를 옆구리에 꿴 채 바람처럼 신형을 날리고 있었다.

이모백 앞에서 약한 모습을 보이진 않았지만 곤륜비동은 오래 머물 기엔 끔찍한 곳이었다. 최고봉은 될 수 있으면 다시 찾아오는 일이 없 기를 바랐다.

그런 심정을 말해 주듯 경공술을 최대로 끌어올린 그의 신형은 하늘 을 나는 비조와 같았다.

몇 모금의 호흡 끝에 그는 이미 곤륜파의 비역인 곤륜비동이 위치한 준극봉(峻極峰)의 경계를 벗어나고 있었다.

한심한 기분으로 사물이 연신 쏜살같이 뒤로 밀려나는 광경을 바라 보고 있던 담우소는 한숨을 터뜨렸다.

손가락 하나 까딱할 수 없는 몸이 아니라면 지금이라도 혀를 꽉 깨 물고 죽어버리고 싶은 심정이었다.

다 큰 사내가 남의 옆구리에 꿰인 채 대롱대롱 매달려 간다는 건 그 의 자존심을 무참히 구겨놓는 일임에 분명했다.

그러나 담우소의 그런 내심 따윈 아랑곳 않고 최고봉은 한나절이 다 가도록 신형을 날렸고, 금세 몇 개나 되는 곤륜의 험난한 봉우리를 뛰 어넘었다.

같은 곤륜산맥에 자리 잡고 있으나 정파를 표방하는 곤륜파와 내곤 륜의 광명신교는 서로 가는 길이 다르니 빨리 곤륜파의 영역을 벗어나 려 한 것이다.

그렇게 정오가 한참 지나서야 최고봉은 발길을 멈췄다.

세찬 바람이 이는 절벽 앞이었다.

달릴 때는 격렬한 준마와 같고 멈춰 섰을 때는 얌전한 처녀와도 같 은 보행이었다.

휘익!

자신으로선 도저히 상상도 하지 못했던 초인적인 경공술을 목도하고 멍청해진 담우소를 최고봉이 대충 땅바닥에 내던졌다.

"어이쿠!"

내던지는 동시에 해혈이 되었을 것이다. 땅바닥을 나뒹굴자마자 신형을 일으켜 세운 담우소를 향해 최고봉이 호령하듯 말했다.

"이곳이 어딘지 알겠느냐?"

'알 리가 없잖아!'

내심과 달리 담우소가 풀 죽은 목소리를 냈다.

"모르겠수."

"이곳은 내곤륜 중 가장 정기가 드높은 십만대산으로 들어서는 길목이다."

"십만대산이라면?"

"그래, 이곳이야말로 십만 신교도들의 추앙을 받으며 거룩한 성화가 불타오르고 있는 광명신교의 본산이 있는 곳이다."

"그, 그런……."

담우소는 으슬하게 등덜미로 흘러내리는 오한을 느꼈다. 적어도 도검을 휘두르며 강호를 주유하는 무림인이라면 누구라도 느낄 만한 한기였다. 그는 어느 틈에 천하에서 가장 위험한 곳에 도착하고 만 것이다.

단 몇 마디만으로 담우소의 기세를 완전히 꺾어놓은 최고봉이 평소답지 않게 엄숙한 표정을 지어 보였다.

"보통 신교의 제자가 되기 위해서는 먼저 훌륭한 마도의 일원임을 증명해 줄 소개인이 있어야 하고 마도인으로서 부끄럽지 않을 무위가 뒷받침되어야만 한다."

"……."

"그런데 훌륭한 소개인도 없고 무위 또한 기껏해야 삼류를 간신히 면한 네 녀석이 신교에 입교하게 된 건 크나큰 영광일 것이다."

'신교에 입교? 누가? 내가?!'

최고봉의 말이 자꾸 이상한 방향으로 흘러가자 담우소는 계속 침묵을 지킬 수가 없었다.

표정을 와락 일그러뜨린 그가 말했다.

"내가 신교에 입교한다고… 요?"

"물론이지. 그렇지 않다면 어째서 내가 금쪽같이 귀하고 아까운 시간을 허비해 가며 네 녀석을 살리고 얼굴에 화화기공까지 주입시켰겠느냐?"

"하, 하지만……."

"지금도 이유는 잘 모르겠지만 너는 광명소주께 찍힌 것이다. 조금만 있으면 그분께서 도착하실 테니 군소리 말고 내 설명을 마저 들어라!"

'설명을 들으라고? 이 늙은이가 강아지 풀 뜯어 먹는 소리 하고 있네!'

내심은 야유에 가득했지만 마교의 절정고수 앞에서 그런 말을 내뱉을 순 없는 노릇이다. 일단 사태의 추이를 지켜보자는 생각에 담우소는 입을 굳게 닫았다.

그것을 자신에 대한 복종으로 생각한 것인지 입가에 미소를 머금은 채 최고봉이 설명을 계속했다.

"그러나 아무리 광명소주와 내가 소개인이 된다 해도 신교에 입교한다는 건 그리 쉬운 노릇이 아니다. 무공이 최소한 일류의 수준에 오르지 않은 자들은 모두 일정한 입교 시험을 치러야 한다."

'흠, 그러니까 입교 시험에 떨어지면 그런 마귀 소굴에 빠져들 걱정 따윈 안 해도 되겠구만.'

담우소의 두 눈이 빛을 발했다. 그러나 강호의 백전노장인 최고봉이 담우소가 생각하는 일 따윌 모를 리 없다.

가늘게 뜬 두 눈으로 최고봉이 신광을 뿜어냈다.

"흥, 만약 네놈이 신교의 입교 시험에서 떨어진다면 소개인이 된 광명소주와 내 체면은 구겨진다고 할 수 있다. 그럴 경우 네놈은 물론이거니와 귀성장의 떨거지 녀석들 역시 살아남긴 힘들 것이다."

'젠장!'

자신이 잊고 있던 사항들을 친절히 가르쳐 주는 최고봉을 바라보는 담우소의 얼굴이 와락 구겨졌다.

분하지만 상대방이 자신의 머리 위에 앉아 있다는 사실을 인정하지 않을 수 없었다.

담우소가 현실을 충분히 받아들였다고 판단한 듯 최고봉이 히죽 웃어 보였다.

"흐흐, 이제야 대충 네놈이 처한 상황을 깨달은 것 같군. 내 설명을 똑바로 듣거라! 두 번 설명하지 않을 테니."

'빌어먹을! 지금은 네 맘대로 해라!'

"신교의 입교 시험은 모두 세 가지 사항을 본다. 첫 번째는 타고난 근골이 무골인지를 살피는 것이고, 두 번째는 타고난 오성과 판단력을 살피는 것이다. 위의 두 가지는 내가 널 살펴본 결과 무리가 없겠다는 판단을 내렸지만 나머지 세 번째가 문제였다."

"세, 세 번째라면?"

"세 번째는 나이 제한이다."

"나이 제한?"

"그렇다. 이미 일류고수의 무위를 지닌 자들과는 달리 새롭게 무공을 익혀야 하는 자들은 나이가 십대 후반을 넘어선 안 된다. 일단 그 나이 대를 넘기면 아무리 뛰어난 기재라 해도 무공 증진에 한계를 드러내기 때문이다."

'그렇군.'

담우소는 그제야 자신의 얼굴이 느닷없이 화화기공이란 마도의 변체이환공에 의해 어려져야만 한 까닭을 이해했다.

실제 나이뿐 아니라 보이는 바로도 담우소의 나이는 이십 대 후반이었다. 이대로는 결코 마교의 입교 시험을 통과할 수 없는 게 자명한 것이다.

때문에 대충 지금 자신의 외모가 십구 세 정도라 판단하곤 기분이 더러워진 담우소가 눈살을 찌푸리면서도 질문을 아끼지 않았다.

"그런데 어째서 날 마……."

"마?"

"…가 아니라 광명신교에 입교시키려는 거요?"

"흐흐, 너같이 별 볼일 없는 녀석에게 신경을 쓰는 게 이상한 것이냐?"

'빌어먹을 주둥이 하고는!'

안색 하나 변하지 않고 담우소가 고개를 끄떡였다.

"그렇수다. 이런 말 하긴 창피하지만 알다시피 난 그렇게 대단한 놈이 아니지 않소."

"흥, 나도 그 점이 무척 궁금하다, 어째서 광명소주께서 이번 일에 주화입마 따윌 당한 녀석을 골랐는지."

"아, 알고 있었소?"

"네 십사경을 갓 태어난 아이의 것처럼 만들기 위해서 망할 곤륜노

괴에게 허리까지 숙여 보였는데 알지 못할 리가 없잖느냐.”

“아!”

담우소의 얼굴이 화악 변했다. 순간적으로 지금까지 얼굴을 가리고 있던 가면이 벗겨 나간 것 같았다. 그리고 지체없이 운기에 들어갔던 그의 얼굴이 복잡해졌다.

“분명 십사경 쪽으로 진기의 소통이 원활해진 듯하군.”

“너는 애쓸 것 없다. 쌓아놨던 내공이 대부분 소멸했을 테니까.”

“그것도 알고 계셨소?”

“아무렴.”

고개를 끄떡인 최고봉이 말했다.

“그 곤륜노괴가 그러더군. 역근단골을 시술받게 되면 체내의 모든 불순한 기운이 밖으로 빠져나가며 십이정경과 임독이맥이 갓 태어난 아이와 같아진다고.”

“……”

“그러니 갓 태어난 아이에게 내공이 남아 있을 리 만무하지. 너는 평생 내공을 연마할 수 없는 몸이 절정 내공을 연마할 수 있는 몸으로 바뀐 대신에 그동안 쌓아왔던 내공 전부를 잃은 것이다.”

“그, 그렇군.”

담우소는 일시 기뻐해야 할지 슬퍼해야 할지 갈피를 잡지 못했다.

무인에게 그동안 쌓았던 내공을 잃는다는 건 죽음과도 같은 일이었다. 하지만 달리 생각하면 단전에 쌓여 있던 내공 따윈 나중에라도 얼마든지 다시 연마할 수 있는 것이었다. 저주와도 같던 주화입마가 풀린 것에 비할 바는 아니었다.

‘게다가 나는 그동안 풍천경을 거진 절반가량 외공으로만 익혔다.

비록 한동안 심법을 운행시켜야만 펼칠 수 있는 지뢰경의 높은 단계를 펼칠 순 없을 테지만, 아예 무공이 소실된 것도 아니니 일단은 좋게 생각하자.'

마음을 결정하자 마음이 한결 편안해졌다. 잠시 그늘을 드리웠던 혼란이 사라진 담우소의 얼굴을 바라보며 내심 고개를 끄떡인 최고봉이 말했다.

"대충 체념이 된 모양이지?"

"체념하고 자시고 할 것도 없수다. 주화입마가 고쳐졌는데 달리 무얼 또 바라겠소."

"그렇긴 하군. 그것도 기연이라면 기연이니."

'쳇! 기연 두 번만 받았다간 평생 땅이나 파고 살아야겠다.'

내심 투덜거린 담우소가 눈살을 찌푸렸다.

"그런데 그 광명소주란 사람은……."

퍼억!

담우소의 얼굴이 맹렬히 반대 편으로 돌아갔다. 그저 잔영이 번뜩였다고 싶은 순간에 벌어진 일이었다.

"비, 빌어먹을!"

안면에 묵직한 일권을 얻어맞고도 휘청거리기만 할 뿐 용케 뒤로 넘어지지 않은 담우소에게 최고봉이 싸늘한 눈빛을 던졌다.

"그분은 앞으로 위대한 신교의 명존에 올라 전 마도의 주인이 될 분이시다. 감히 천한 주둥이를 함부로 놀리다간 바로 죽는다."

'쓰디쓴 교훈이군.'

입 안 가득 배어 나온 핏물을 내뱉으며 담우소는 천천히 고개를 주억였다. 최고봉의 뜻을 존중하겠다는 의미였다. 그리고 꿈틀거린 입술.

히죽.

담우소의 입가로 미소가 내비쳤다. 몇 년이 걸리든 다시 내공을 회복할 때까지 기다릴 수 있다는 자신감이 배어 나오는 표정이었다.

어려졌으되 여전히 강인한 표정이랄까.

어디 해볼 테면 해보라는 심정으로 담우소의 얼굴을 바라보며 역시 흉포하게 웃어 보인 최고봉이 주변을 둘러보곤 땅바닥에 주저앉았다.

그의 경공술이 너무 빠른 까닭이었다. 조금 일찍 약속 장소에 도착했으니 엄정하가 도착할 때까진 대충 반 시진쯤 여유가 있을 듯했다.

반 시진 후.

귓전을 때리는 바람 소리. 왱왱거리는 소리를 뚫고 들려오는 청명한 목소리가 있었다.

"하하하, 이렇게 일찍 와 있다니! 과연 천리종횡은 다르군요."

'왔는가!'

담우소를 아무렇게나 내버려 둔 채였다. 두 눈을 반개하고 앉아 있던 최고봉의 두 눈이 천천히 뜨였다.

그의 귓전을 때린 목소리는 자신의 가래가 맺힌 듯 탁한 목소리와는 달리 청아하고 깨끗한 음조였다.

일시에 천시지청술을 발휘하여 목소리의 행방을 더듬은 최고봉이 시선을 동쪽으로 향했다.

기다렸다는 듯 동쪽의 큼지막한 절봉 위에서 백색 인영 하나가 비조가 되어 바람처럼 떨어져 내렸다.

파라락!

흘깃 보기에도 산봉의 높이는 족히 백 장이 넘어 보였다. 그리고 거센 돌풍이 사방에서 불어대고 있었다.

천하제일 경공대가를 자처하는 최고봉이라 해도 이런 곳에선 함부로 경공을 자랑하진 못할 터인데, 백색 비조는 제 맘대로 신형을 움직이며 바람을 탔다.

그 모습이 너무나 아름다워 옆에 쭈그려 앉아 있던 담우소가 입을 딱 벌리자 최고봉이 한탄하듯 말했다.

"허어! 내 경공이 진경에 이르기 위해선 사십 년이란 세월이 필요했는데 그 절반도 안 되는 세월 만에 저러한 경지에 오르다니!"

"저게 사람이란 말이오?!"

담우소는 놀란 목소릴 냈다. 내공을 잃어 시력이 보통 사람보다 약간 좋은 정도가 된 그로선 몇백 장 밖에서 날아 내리는 인영이 그저 희끄무레한 그림자로밖엔 보이지 않았다.

'비슷한 또래이니 놀랄 만도 하지.'

최고봉이 말없이 고개를 끄떡였고, 그사이 백 장이 넘는 산봉에서 초인적인 경공을 발휘하며 뛰어내린 인영은 금세 반대 편 절벽에 신형을 착지했다.

그리고 일 수유도 되기 전에 인영은 또렷한 모습을 드러내며 이쪽 절벽으로 다가들었다.

'헉!'

놀란 숨을 들이마시는 담우소를 뇌둔 채 최고봉이 재빨리 신형을 일으켜 세웠다.

어느새 코앞까지 다가선 엄정하를 향해 그의 허리가 크게 꺾였다.

"광명소주를 뵈오이다."

반례를 하며 엄정하가 고개를 끄떡였다.

"이번엔 오산인들이 고생을 많이 하셨습니다."

"이런 일을 가지고 고생이랄 것까지야."

"하하, 그저 빈말이었습니다."

"그, 그렇습니까?"

당황한 얼굴이 된 최고봉에게 다시 고개를 한차례 끄떡여 보인 엄정하가 황당한 표정이 된 담우소에게 고개를 쑤욱 내밀었다.

"뭐, 뭐야!"

뒤로 주춤 물러선 담우소의 얼굴을 요리조리 살펴보던 엄정하가 도톰한 입술로 미소를 배어 물었다.

"화화기공의 위력은 놀랍군요. 어찌 이리 감쪽같이 어려지게 만들었지요? 누가 보더라도 이십 대의 늙다리로는 보지 않겠군요."

엄정하의 시선은 여전히 담우소를 향하고 있었다.

그의 성정을 익히 아는 듯 최고봉이 얼른 대답했다.

"그래 봤자 일 년 정도밖엔 가지 않는 편법에 불과합니다. 계속 이런 모습을 유지하려면 본인이 화화기공을 익혀야만 하지요."

"일 년이라……."

손가락으로 턱을 만지작거린 엄정하가 말했다.

"그 정도면 화화기공을 익히기엔 무리가 없는 기간 아닌가요?"

"구결을 전하겠습니다."

"좋아요. 그리고 그 외의 사안들은 어떻게 됐지요?"

"이미 천지이단의 이름을 대고 이번 시험에 한 명의 기재를 출전시킨다는 통보를 했습니다. 광명좌사 쪽에서도 대비를 하고 있겠지만 거절하진 못할 겁니다."

"후후, 그렇겠지요. 공식적으로 신교를 둘로 나누려는 게 아니라면."

"……."

"그럼, 죄송하지만 잠시만 비켜주시겠습니까?"

"아! 예."

자신이 물러나야 할 때임을 자각한 최고봉이 슬쩍 뒤로 신형을 뽑아 올렸다.

휘익!

그저 몇 보를 뛰었을 뿐이지만 그의 신형은 이미 백여 장 밖으로 물러서 있었다. 방금 전 최고봉이 감탄했듯 엄정하 역시 크게 감탄했다.

"놀랍군! 놀라워!"

'네가 더 놀랍다!'

"그런데 놀랐소이까?"

자신을 삐뚜름하게 쳐다보는 담우소를 향해 질문을 던진 엄정하의 얼굴은 생글생글 미소 짓고 있었다. 방금 전 최고봉을 대할 때 보였던 냉철한 모습은 온데간데없는 모습이었다.

자신이 놀림을 당하고 있다는 생각에 표정이 험악해진 담우소가 딱딱하게 대답했다.

"당신 같으면 놀라지 않겠소?"

"하하, 그러게 처음부터 내 뜻을 따랐으면 이리 고생하지 않았을 게 아닌가요."

엄정하의 웃는 모습은 여전히 뇌쇄적일 정도로 아름다웠다. 과거 담우소의 가슴을 설레게 했던 것과 다름없이.

그러나 담우소에게 지금 그것은 보이는 그대로의 아름다움으로 다가오지 않았다.

오싹한 소름을 느끼곤 뒤로 주춤 물러서는 그에게 엄정하가 대뜸 종이 한 장을 꺼내 보였다.

"이게 무언지 아시겠습니까?"

'알 턱이 있냐!'

"당신에게는 꽤나 중요한 물건인데 모른다니 섭섭하군요. 이걸 얻기 위해 난 금산전장의 독장미에게 몸까지 팔았건만."

"금, 금산전장?"

"이제야 관심이 생겼습니까?"

"……."

대답이 없는 담우소를 바라보며 엄정하가 청아한 미간을 살짝 찡그려 보였다. 순진한 총각인 담우소로선 도무지 그 내심을 이해하기 힘든 눈빛을 한 채였다.

팔랑!

엄정하의 손끝을 떠나 나비가 된 종이가 담우소에게로 날아들었다.

파앗!

주변을 휘몰아치는 바람에 혹시 날아갈세라 얼른 종이를 낚아챈 담우소의 표정이 급거 기묘하게 변했다.

"이건……."

"금산전장의 주인인 막문위의 이름으로 쓰여진 저당권 포기 각서입니다."

"……."

"이젠 합법적으로 담 형이 본인의 것이 됐다는 걸 의미하는 것이기도 하고요."

절세미인이 울고 갈 듯 아름다운 얼굴로 엄정하는 미소 지었다.

　지금까지 자신이 겪었던 일련의 고난을 뒤에서 조종한 사람이 누구라는 걸 깨달은 담우소의 입에서 한숨이 흘러나왔다.

　"하아! 그렇다는 건……."

　"풍뢰문의 역대 조사 영위와 현판은 고스란히 돌려받았습니다."

　"……."

　"물론, 앞으로 그걸 어떻게 사용하는지는 전적으로 본인의 소관이겠지만요."

　"도, 돈으로는 해결할 수 없다는 거요?"

　"과거에도 말했듯 나는 부자랍니다."

　"그리고 광명신교의 위대한 광명소주이기도 하고."

　담우소의 눈빛은 날카로웠다. 그러나 슬쩍 두 눈에 이채를 발했을 뿐 엄정하는 전혀 아랑곳하지 않았다.

　아무렇지도 않다는 듯 웃어 보인 그가 말했다.

　"하하, 그걸 알면서도 지금까지 뻗대고 있었습니까?"

　"그럼, 내가 당장에 넙죽 엎드려 절이라도 할 줄 알았……."

　퍼억!

　담우소가 배를 끌어안고 주저앉았다. 그제야 예쁘장한 가죽신이 그의 아랫배에서 떨어졌다.

　여전한 얼굴로 엄정하가 말했다.

　"알았으면 기어야지요."

　"끄윽, 끅……."

　"오랜만의 만남인데 미안하군요."

　"……."

　"하지만 내 신분이 신분인만큼 이해해 주시길 바래요. 어차피 앞으

로 얼굴을 맞댈 일이 많을 테니까 빨리 적응되는 게 피차 이로울 것도
같고요.”

“멋대로 정하지…….”

퍼억!

이번엔 강도가 달랐다. 온몸을 강철같이 단련시켰던 담우소가 더 이
상 견디지 못하고 맥없이 땅바닥에 얼굴을 묻었다.

그 모습을 동정 어린 눈빛으로 응시하던 엄정하가 멀찍이 떨어져 있
는 최고봉을 향해 슬쩍 목소리를 높였다.

“이자는 내공을 몽땅 잃었군요.”

“내공이랄 것도 얼마 되지 않았습니다.”

“하지만 이대로라면 신교의 입교 시험을 보기가 어렵지 않을까요?”

“그건 그렇지만…….”

스윽!

어느새 지척까지 다가온 최고봉이 말했다.

“주화입마를 풀기 위해선 어쩔 수 없는 일이었습니다. 남은 보름 동
안 어떻게든 되리라 봅니다만.”

‘뭐, 별다른 기초도 없이 팔대기공 중 두 가지를 익히려 했으니 당연
한 일일 테지.’

엄정하가 냉정하게 말했다.

“이번 입교 시험은 다른 때와는 달라요. 그동안 명존의 폐관을 핑계
로 전횡을 일삼아온 광명좌사가 가장 신경을 써온 건 중원의 천지이단
이에요. 그중에서도 이대 살수 조직인 흑야천사와 은형마사는 눈에 가
시 같은 존재. 이번 입교 시험에서 뽑는 젊은 인재들 중 상당수는 만마
천(萬魔天) 시험을 볼 거예요.”

"만마천이라면 그 노괴들이 있는……."

"예, 과거 마천루에서 풀려난 전대 고수들이 기거하는 바로 그곳입니다. 명존께서는 전날 청우 선인에게 일패도지(一敗塗地)한 그들을 받아들이며 한 가지 약속을 받아내셨는데, 그건 후일 어떠한 일이든 한 가지를 해주겠다는 것이었습니다."

"그래서 그들은 만마천에서 기거하며 신교의 무술교두가 된 것이군요."

대꾸하는 최고봉의 안색은 가히 좋지 못했다. 그 역시 만마천의 존재를 알고는 있었지만 그들이 마천루와 관계되어 있다는 건 천만뜻밖이었다. 과거 그들이 일으킨 처참한 혈사를 알고 있었기 때문이다.

'만약 정파의 떨거지들이 이러한 사실을 안다면 당장에 청해성을 피바다로 만들려 몰려들겠군.'

표정만으로도 최고봉이 무슨 생각을 하고 있는지 짐작한 듯 엄정하가 고개를 끄떡였다.

"예, 아주 위험하면서도 이상적인 관계의 성립이었지요. 무공은 높지만 더 이상 싸우지 못하게 된 자들에게 신교의 청년 고수들을 가르치게 하는 것이니까요."

"소주의 말씀은 알겠습니다. 하지만 만마천에 들어갈 수 있는 자들은 십 년마다 단 여섯 명에 불과합니다. 이 녀석이 그곳에 들어갈 수 있으리라곤……."

"제 안목을 의심하시는 건가요?"

"그건 아닙니다만……."

슬쩍 담우소 쪽으로 시선을 던진 엄정하가 말했다.

"제 나이는 이제 약관을 간신히 넘겼습니다. 광명우사와 오산인의 지원을 받고 있다 해도 이미 본산에서 세력을 굳힌 광명좌사를 상대하기 힘듭니다. 솔직히 명존께서 끝내 폐관을 끝마치시지 않는다면……."

"명존께서는 결코 돌아가시지 않았습니다!"

최고봉이 버럭 목소리를 높이자 엄정하가 피식 입가에 미소를 띠었다.

"그리 목소리를 높이지 않으셔도 저 역시 불로불사의 경지에까지 올랐다는 무당파의 청우 선인에게 유일하게 패하지 않았다는 명존의 존안을 꼭 뵙고 싶습니다."

"으음."

"하지만 광명우사에게 받은 가르침 중에는 병법이란 것도 있지요. 그중 제가 항상 마음속에 담아두고 있는 건 '유비무환(有備無患)'의 네 글자입니다."

"……."

"물론 광명우사도 이번 입교 시험을 준비했겠지만 그분은 지금 강남의 성질머리가 꽤나 사나운 독장미를 상대하느라 바쁩니다. 제가 우연히 발견한 담우소란 사내는 꽤나 특이한 체질과 재능을 지녔으니, 만마천에만 들어갈 수 있다면 분명 진경을 보리라고 생각합니다. 그래서 노회한 광명좌사의 신경을 약간이라도 흐트러뜨린다면 이번 일도 그리 가치가 없는 일이라곤 생각되지 않는군요."

'이 녀석은 그저 미끼에 불과하다? 하지만 과연 이 녀석에게 그만한 가치가 있는 것일까?

엄정하를 한차례 쳐다보고 다시 담우소 쪽을 훑어가는 최고봉의 두 눈에서 순간적으로 기광이 번뜩였다.

이번 입교 시험에는 적어도 수백 명이 넘는 자들이 지원할 터였다. 매년 분기별로 입교 시험은 있지만 이번 시험은 특별했다. 앞서 엄정하가 말했다시피 십 년 만에 만마천에 뽑혀 들어갈 기재들을 선출하는 시험을 겸하기 때문이다.

광명신교를 이루는 주축 세력인 천지풍뢰 사대문파와 오행기, 천지이단 등에서 이번 시험에 상당수의 기재를 보냈으리란 건 불을 보듯 뻔했다.

광명신교가 서로 두 패로 갈라져 있는 상황에서 절정고수의 숫자는 향후 패권의 향방을 좌우할 중요한 변수될 수 있었다.

때문에 서로의 전력이 너무도 뻔한 상황에서 만마천의 시험은 더할 나위 없는 유혹임에 분명했다.

그런데 광명우사 측인 천지이단에서 이미 상당수의 기재들을 보낸 상황에서 다시 엄정하가 한 사람의 응시자를 추가하려 하고 있었다.

오랫동안 마도들의 소굴로 정평이 난 광명신교 내의 처절한 권력 투쟁을 몸소 겪어왔던 최고봉으로선 마음이 움직이지 않을 수 없었다.

'섣불리 판단할 순 없겠지만 어쩌면 광명우사는 호랑이 새끼를 키웠는지도 모르겠군. 아니, 위대한 명존의 피를 이은 자가 고양이 새끼일 리가 없는 것인가?

명존의 폐관 이후 노골적으로 야심을 드러내기 시작한 광명좌사에 비해 광명우사는 쉽사리 자신의 내심을 드러내지 않는 사람이었다.

때문에 별다른 세력을 만들지 않은 오산인과의 공조는 원활했지만요 근래 천지이단의 움직임을 보면 그에게 야심이 없다고도 말할 수 없는 상황이었다.

그런 당대의 효웅을 사부 삼아 큰 엄정하가 보이는 기묘한 행동은 최고봉을 자극했다.

물론 특이한 무공을 익혔다는 걸 제외하곤 특별한 점이 보이지 않는 담우소에게 엄정하가 거는 관심이 어떤 종류인지는 아직 알 수 없는 일이지만.

잠시 잠깐 사이에 생각을 정리한 최고봉이 말했다.

"이 녀석은 그냥 제 기명제자 정도로 처리하겠습니다."

'호오~ 이번 일에 나는 빠지란 말이군.'

엄정하의 두 눈에 이채가 떠올랐다.

"그래도 되겠습니까?"

"명존께서 폐관에 들어가실 때 저를 비롯한 오산인 중 세 명은 광명 소주에 대한 당부를 들었습니다. 소주께서는 저희를 마소와 같이 부려도 상관없으니 언제든지 필요하신 걸 말씀해 주십시오."

"감사하신 말씀 마음속에 묻겠습니다."

슬쩍 고개를 숙여 보인 엄정하가 발끝으로 담우소를 툭툭 걷어찼다.

혼혈이 찍혀 혼수상태에 빠졌던 담우소의 어깨가 꿈틀거렸다. 단숨에 해혈이 된 것이다.

"으윽!"

비틀거리며 몸을 일으킨 담우소를 향해 엄정하가 빙긋이 웃어 보였다.

"어떻게 편히 쉬었는지 모르겠네요?"

"……."

"아마 지금부터 무척 힘든 현실이 당신을 기다리고 있을 겁니다. 하지만 당신은 내게 찾아가야 할 것이 있으니 최선을 다할 거라 믿어요."

"그럼……."

눈빛이 살아난 담우소가 말했다.

"본 문의 현판과 조사 영위를 내게 돌려주겠다는 뜻이냐!"

쫘악!

어느새 최고봉의 수장이 지그시 담우소의 천령혈을 찍어 눌렀다. 여차직하면 일장을 토해내 목숨을 거두겠다는 단호한 의사 표명이었다.

그러나 자신의 생사가 경각에 달렸음에도 담우소는 치켜뜬 두 눈에서 힘을 풀지 않았다.

흡족한 표정이 된 엄정하가 부드러운 목소리로 말했다.

"그건 앞으로 당신의 행동 여하에 달린 게 아니겠어요."

"그렇게 은근슬쩍 넘어가지 말고……."

파악!

최고봉이 토해낸 내공에 짓눌려 다시 고개가 땅바닥에 처박힌 채 담우소가 외쳤다.

"야, 약속을 해라!"

"약속?"

"내가 찾아갈 때까지 본 문의 현판과 조사 영위를 절대로 소실하지 않겠다고!"

이때 담우소의 얼굴은 땅바닥에 완전히 파묻혀 있었다.

최고봉이 그렇게 만들었다.

보통 사람 같으면 그저 웅얼거리는 소리밖엔 듣지 못할 터인데 엄정하는 그의 부르짖음을 똑똑히 들었다.

'그동안 많은 일을 겪었을 터인데 성질은 여전하군.'

눈앞에 펼쳐진 모습과는 하등 관계가 없는 사람처럼 매혹적인 미소를 입가에 배어 물며 엄정하가 말했다.

“그럼, 당신은 나한테 뭘 해줄 건가요?”

“나, 나는⋯⋯.”

엄정하의 시선을 받은 최고봉이 내공을 거둬들이자 억지로 고개를 들어 올린 담우소가 입 안을 채우고 있는 흙덩이를 거칠게 내뱉었다.

“퉤엣! 네가 하려고 하는 일에 협조하겠다.”

“무조건?”

“당연하다!”

“후회하지 않겠어요?”

“후회하지 않는다!”

엄정하는 담우소의 대답에 정신을 기울이지 않았다. 그의 불타오르는 눈빛만을 바라봤다.

“좋아요. 그럼 그렇게 하기로 하죠.”

고개를 끄떡인 엄정하의 두 눈이 순간 황금빛으로 물들었다. 광명신교의 노장 고수들이 가장 두려워하는 금안공이 일으킨 변화였다.

제27장 마교의 본산(本山)에 도착하다

‘크윽!’

번개 같은 신법이었다. 그동안 담우소가 봤던 모든 것을 뛰어넘을 정도로 최고봉은 빠르게 신형을 뒤로 날렸다.

그러나 인간의 신법이 아무리 빠르다 해도 천공을 가르는 유성을 능가할 순 없는 법이다.

금광이 번뜩이는 엄정하의 시선이 움직인 순간 최고봉의 얼굴이 고통으로 일그러졌다. 맨 처음엔 눈알이 붉게 물들었고 다음에는 모발이 하늘로 치솟았다.

‘어? 대머리가 아니었던가?’

순식간에 벌어진 변화에 담우소는 눈이 돌아갔다. 지금까지 굳건히 대머리라 믿고 있던 최고봉의 변신에 가까운 모습 때문이었다.

일시에 이십 년은 훨씬 늙은 흉포한 얼굴, 그리고 맨들맨들한 대머리를 뚫고 튀어나온 치렁치렁한 적발!

최고봉의 변모는 충격적이었다.

그저 음탕한 표정이 완연한 길거리의 왈패 정도라 할 수 있었던 얼굴이 사악함을 물씬 풍기는 강인하고 패도적인 얼굴로 바뀐 것이다.

그렇다 해도 상황은 남의 집 불 구경이었다.

담우소의 두 눈에 떠오른 기광은 금세 동정으로 변했다. 패기만만한 얼굴이 된 최고봉이 곧 흉신악살과도 같은 모습이 되어 땅바닥을 뒹굴기 시작한 것이다.

"크아악!"

비명은 폐부를 울릴 듯 처절했다. 진정 고통스럽지 않다면 감히 흉내 내기조차 어려울 게 분명했다.

도대체 일이 어떻게 돌아가는지 전혀 짐작조차 못하고 있는 담우소를 향해 엄정하가 화편과도 같은 입술을 뗐다.

"제가 발휘한 건 보통 금안공이라 불리는 기공이에요. 명존만이 익힐 수 있는 화심인과 한 쌍을 이루는 무공이죠."

"……."

"광명신교에서는 자고로 반란이 많았어요. 힘을 우선시하는 교리 때문이지요. 그래서 역대 명존들은 절대적인 권력을 유지하기 위해 한 가지 안전 장치를 마련했는데, 그게 바로 화심인과 금안공이에요."

얘기를 하는 동안 금빛으로 번뜩이고 있던 엄정하의 눈동자는 본래의 매혹적인 빛을 되찾고 있었다.

추수와도 같은 눈동자.

방금 전의 모습이 전혀 상상이 가지 않는 엄정하를 쳐다보고 다시 몸부림 치기를 멈춘 최고봉의 처참한 신색을 훔쳐본 담우소의 얼굴이 떨떠름하게 변했다.

"그래서 이건 무슨 뜻이지?"

"무슨 뜻일까요?"

어느새 엄정하의 백옥 같은 우수가 불에 달궈진 듯 이글거리고 있었다. 이상하리만치 눈부시면서도 전혀 열기가 느껴지지 않는 광염이었다.

그것만으로 충분히 자신이 처한 상황을 깨달은 담우소가 아랫입술을 질끈 깨물었다.

"그게 화심인인가?"

"운 좋게 강호로 나오기 전 연마에 성공했지요."

'그래서 나보고 어쩌라고!'

내심의 절규를 죽인 채 담우소가 말했다.

"내 약속을 믿지 못하겠다는 소리군."

"당신은 본래 성격이 더럽잖아요."

"……."

"지금이라도 현판과 조사 영위를 포기하세요. 그리하면 제 화심인을 받지 않아도 돼요. 어차피 세상에 내세워 봤자 자랑스러울 것도 없는 삼류문파가 아니던가요?"

사람의 속을 박박 긁어내리는 목소리였다. 적어도 담우소는 그렇다고 느꼈다.

금안공이 거둬지고도 한참이 지나서였다. 땅바닥을 긁어대던 중 고통이 사라지자 부스스한 모습으로 신형을 일으킨 최고봉을 슬쩍 훔쳐본 담우소가 가볍게 진저리를 쳤다.

'젠장! 저런 꼴을 봤으니 그 화심인이란 걸 받으면 절대 두 마음을

품지 못하겠군. 그런 줄 알라고 저런 꼴을 보여준 것이겠지만.'

한탄이 절로 나왔다. 할 수만 있다면 엄정하의 말처럼 모든 걸 포기하고 달아나고 싶었다. 그래서 두 번 다시 마교 쪽은 쳐다보지도 않고 살고 싶었다.

하지만 한번 풍뢰문의 제자가 되었으니 어찌 이런 상황에서 외면을 할 수 있을까?

내심 한탄을 터뜨리며 담우소가 고개를 끄떡였다.

"네 뜻은 알았다."

"……."

"그냥 손을 쓰라는 말이다."

"정말로?"

"사내가 두말하는 거 봤냐!"

"그럼, 사양 않고."

담우소의 말이 끝나기도 전에 이미 엄정하는 손을 쓰고 있었다. 아니, 손은 이미 쓰여진 후였다.

파앗!

무방비 상태로 두 손을 내려뜨리고 있던 담우소의 천령혈을 때린 엄정하의 수장이 일시에 강렬한 기운을 뿜어냈다. 무형의 진기를 유형화시키는 경지의 일수였다.

'큭!'

보통 약간의 충격만 입어도 절명하고 마는 곳이 천령혈이다. 화심인에 얻어맞고 잠시 멍청해진 담우소의 귓전으로 냉랭한 일갈이 파고들었다.

"끓어요!"

“뭐?”

“꿇란 말이에요!”

털썩!

다리가 부러진 것도 아닌데 담우소의 다리가 땅바닥으로 꺾였다. 지금까지와는 달리 위엄이 넘치는 엄정하의 일갈이 일으킨 변화였다.

항시 입가에 매달려 있던 웃음기를 지운 엄정하가 말했다.

“당신은 이제부터 내 종복이에요. 앞으로 내가 하는 모든 명령을 따라야 하며 결코 거부할 수 없어요.”

“……..”

“만약 그렇지 않을 시에는 죽지도 살지도 못하게 될 것이에요. 그게 화심인을 받은 자의 운명이니까.”

담우소는 아직도 공포의 여운이 남아 있는 최고봉의 얼굴을 흘깃 훔쳐봤다. 천하에 두려울 게 없어 보이던 절정고수가 공포에 질려 있는 모습은 그리 쉽게 볼 수 있는 구경거리가 아니었다.

그러나 느긋하게 방석을 깔고 앉아 구경을 하기엔 지금 담우소가 처한 상황이 썩 좋지 못했다. 아니, 최악이라 할 만했다.

천하제일이라 할 만한 미모를 자랑하고 있는 눈앞의 미장부는 지금 자신에게 굴복을 요구하고 있는 것이다. 당근과 채찍을 적절히 사용해 가면서.

‘뭐, 그러니 지금은 속수무책이랄까?’

평소 같으면 어떻게 뻗대라도 볼 텐데 이번에는 앞뒤가 꽉 막혀 있었다.

자신의 능력으론 도저히 옴치고 뛸 수조차 없게 됐다는 걸 깨달은 담우소가 엄정하를 차갑게 쏘아봤다. 그리고 그보다 빨리 고개를 땅바닥으로 향했다.

퍽! 퍽! 퍽!

"젠장! 나 담우소는 이 자리에서 당신에게 진심으로 굴복했음을 선언하오. 하지만 그건 화심인 따위가 두려워서가 아니란 점을 명심하쇼."

"그럼 무엇 때문이지요?"

"당신한테 받아야 할 게 있잖소."

"단지 그것 때문?"

"사실 당신의 금안공이 두렵긴 하오."

"그렇군요."

자신을 만난 후 처음으로 고개를 숙인 담우소를 바라보며 엄정하는 기묘한 성취감을 느꼈다. 수많은 마공이학을 익히고 강호에 출도한 이래 처음으로 느껴보는 기분이었다.

도톰한 아랫입술을 피가 나도록 깨무는 것으로 기쁨의 신음을 참아낸 엄정하의 시선이 멀찍이 서서 다가들 엄두를 내지 못하고 있는 최고봉을 향했다.

"담우소는 내 화심인을 얻은 첫 번째 인물이에요. 이번 입교 시험 중 그를 당신이 맡기로 했으니 반드시 최고로 만들어놓을 줄 믿겠어요."

"며, 명심하겠습니다."

적발을 휘날리며 황망히 고개를 끄떡인 최고봉이 말했다.

"화심인과 금안공의 양대 기공을 소주께서 이미 익히셨다는 걸 알았다면 저희 오산인들도 그동안 마음속에 거리낌을 가지지 않았을 터인데……."

　한 가닥 두려움이 느껴지는 최고봉의 얼굴을 바라보며 엄정하가 나직이 웃었다.

　"하하, 명존께서도 화심인과 금안공은 익히셨다고 들었습니다. 아니, 그 외에도 육대기공 중 셋을 더 익히셨다고 알고 있어요. 하지만 그럼에도 천하무적이 되지 못해 나머지 하나를 마저 익히러 폐관하셨잖아요. 제가 두 가지를 익혔다고 해도 그리 대단할 것은 없습니다."

　"그렇지만 소주님처럼 빨리 육대기공 중 둘을 익힌 분은 신교 천 년 역사상 없었던 것으로 압니다."

　"어쩔 수 없이 그리됐을 뿐입니다. 어린 나이에 불귀의 객이 되고 싶은 생각은 없었으니까요."

　"그런……."

　"아아, 됐습니다. 제가 겪은 일들은 후일 차근차근 풀어 나갈 때가 있을 테니까요. 당신은 우선 그저 담우소 저 친구나 잘 돌보도록 하세요."

　그 말을 끝으로 엄정하는 휘몰아치는 바람을 타고 신형을 뽑아 올렸다. 놀랍게도 왔던 곳으로 다시 돌아가는 것이었다. 떨어져 내렸던 백장의 절벽 위를 거슬러 올라가기 시작했다는 말이다.

　'과연 나라면 오산인 같은 절정고수를 뒤에 놔둔 채 저런 대담한 경공을 펼칠 수 있었을까?

　순간 이마에 내천 자를 만들어 보인 최고봉이 비조로 변한 엄정하의 신법에 넋을 빼앗긴 담우소의 뒤통수를 주먹으로 후려갈겼다.

　퍼억!

　"이 불쌍하고도 복받은 녀석아! 한시가 급하니 얼른 내 옆에 따라붙어라. 지금부터 시험 공부에 들어간다."

'시험 공부?'

담우소가 이의를 제기하기도 전에 그의 허리를 한 팔로 휘감은 최고봉이 눈앞의 까마득하게 내려다보이는 절벽을 뛰어내렸다.

"히이익!"

엄정하가 떨어져 내렸던 절벽과는 아예 규모 자체가 다른 절벽이라는 점을 감안할 때 담우소의 입에서 터져 나온 비명은 일견 당연한 듯싶었다.

잠시 후.

최고봉의 옆구리에 끼인 채 담우소가 도착한 곳은 천하에서 가장 흉악한 마두들의 집결처에서 얼마 떨어지지 않은 이름 모를 동굴 안이었다.

동굴 안은 온통 신비로운 종유석으로 가득 차 있었다. 군데군데 물이 떨어지는 모습과 빛의 산란은 기경임에 분명했다.

아무렇게나 땅바닥에 나뒹군 채 주변을 둘러보고 있던 담우소의 귓전을 때리는 소리가 있었다.

"이곳은 소시 적에 내가 무공을 익히던 곳이다. 신교의 영역권이긴 하지만 감히 다른 자들은 침범할 수 없는 곳이니, 우리는 보름 동안 이곳에서 지내야겠다."

'냄새나는 늙은이와 이런 곳에서 보름 동안이나?'

담우소의 눈이 가자미눈이 되었다. 얼마 전 당했던 쓰라린 패배는 생각지도 않고 엄정하의 앞에서 보였던 최고봉의 추태만이 뇌리를 어지럽혔다.

그런 담우소의 내심을 아는지 모르는지 최고봉의 태도는 지금까지와 달리 진중했다. 익숙한 동작으로 주변에 보이는 편편한 바위를 찾아 가부좌를 틀고 앉은 그가 눈썹을 치켜뜨며 말했다.

"일단 네가 알고 있는 무공 중 가장 자신있는 걸 펼쳐 봐라."

'왜?'

"네놈을 가르치기 위함이다."

담우소 뱃속의 회충과도 같은 부연 설명이다. 최고봉이 자신의 실력을 가늠하려 한다는 걸 눈치 챈 담우소는 가볍게 속이 뒤틀리는 걸 느꼈다.

과거랄 것도 없었다. 한 달도 되기 전에 자신을 반쯤 죽여놨던 자가 지금은 사부 노릇을 하려 하고 있었다. 구배지례를 강요하긴커녕 자신에게 의사를 묻지도 않고.

'망할 적발귀신!'

모습이 변했으니 욕설의 형태도 변했다. 하지만 무림은 오직 강자만을 위한 대지였다. 최고봉을 매섭게 쏘아보는 것과는 별도로 담우소가 이리저리 몸을 움직이기 시작했다.

우두둑!

파파팍!

'허어! 손가락 끝에서 시작해서 발가락 끝으로 끝난다.'

온몸의 근육을 풀어주는 몇 차례의 발길질, 그리고 천천히 움직이기 시작한 담우소의 권각을 주시하고 있던 최고봉의 시선이 진지해졌다.

그저 얼마 전에 자신을 놀라게 했던 동작을 다시 확인해 볼 생각이었다. 그때의 기가 막힌 동작이 우연인지 필연인지를 알아야만 했다.

그런데 지금 담우소가 취하고 있는 권각법은 가장 기초적이면서도 기본적인 것들뿐이었다. 웬만한 무인들이라면 누구나 알지만 그만큼 간과하기 쉬운 것들.

이를테면, 대충 신형을 이리저리 움직이다 상중하의 삼단차기에 들어간 담우소의 동작은 다른 무림의 권법가들과 판이할 만큼 달랐다.

그는 번개같이 중단과 하단을 걷어차곤 상단차기와 함께 재빨리 신형을 반대 편으로 돌렸다. 순간적으로 걷어찬 곳과 똑같은 방향을 다시 다리로 휘감아 들어간 것이다.

게다가 이때 담우소의 권각법은 전혀 일관적이지 못했다.

하나가 움직이면 다른 하나 역시 그에 맞는 동작을 취하는 게 일반적인 권각법의 모습이다. 그래야만 격렬한 움직임 속에서도 몸의 균형을 잡을 수 있었다.

그런데 지금 담우소가 취해 보이고 있는 권각의 움직임은 항상 서로 전혀 다른 방향을 향하고 있었다. 다리와 팔의 움직임이 완전히 다른 동작을 동시에 펼쳐 보이는 것이다.

그러니 동작에 무리가 갈 게 분명하고 몸의 균형이 흐트러지는 게 당연한데 담우소는 거의 본능에 가까울 정도로 놀라운 균형감을 보이고 있었다. 언뜻 보기에도 주먹으로부터 팔꿈치까지 이어지는 궤적이 처음부터 다리의 각도와는 전혀 달랐음에도 불구하고.

'허허, 서로 간의 수준 차가 확연하지 않다면 처음에 저 녀석과 맞닥뜨린 상대방은 심한 혼란을 느끼겠군. 다리와 팔의 움직임이 전혀 다른 데도 묘하게 어울리는 권각의 무서움은 실제 맞부딪친 사람만이 짐작할 수 있을 테니.'

그렇게 최고봉의 눈앞에서 담우소의 권각은 한동안 앞을 노린다 싶으면 뒤로 돌아가고, 위에서 밑으로 떨어진다 싶으면 좌우로 격렬히 흔들렸다. 공수의 조화가 전혀 맞지 않는 듯하면서도 이보다 더 완벽할 수 없는 조화를 이뤘다.

그러한 모습을 이루기 위해서 얼마나 많은 발차기와 주먹질이 있었을까?

최고봉은 자신이 경공에 걸었던 전날의 고련을 떠올렸다. 먼저 내공을 연마하여 몸을 가볍게 하고, 비로소 다리 힘을 기르던 다른 자들과 달리 그는 먼저 기본을 가다듬었다.

힘차게 뛰어오를 수 있는 다리 힘을 기르기 위해 절벽을 맨손으로 넘나들었다. 죽을 고비를 숱하게 넘겼지만 후회는 없었다. 그때의 고련이 없었다면 오늘날 천하제일을 자부하는 경공을 이룰 수 없었을 게 분명한 것이다.

'어린 시절 기본을 확실히 이루어야만 비로소 후일 절정을 논할 수 있다. 그런 점에 있어서 이 녀석은 이미 훌륭한 기본을 이루었구나! 이처럼 젊은 나이에 벌써 신체를 제 마음대로 제어하는 경지에 오르다니 놀라운 일이다.'

담우소를 바라보는 최고봉의 시신이 가볍게 흔들렸다. 한순간 눈앞에서 팔딱거리고 있는 담우소의 젊음이 부럽다는 생각이 들었다. 다시 담우소와 같은 젊음이 생긴다면 자신이 이룬 경공의 한계를 깨보고도 싶었다.

그러나 그런 생각도 잠시, 자신에겐 그저 기본적인 동작에 불과하지만 담우소에겐 최고의 비전절학인 하나의 투로가 끝나자 최고봉이 손뼉을 쳤다.

짝!

"그만하면 됐다."

'그만하면 됐다고? 그럼 뭔가 더 있을 거라 생각했단 말인가!'

하나의 투로가 끝난 것이다. 꽤 격렬한 동작이 이어졌지만 전혀 호흡이 거칠어지지 않은 담우소가 천천히 보행을 멈췄다.

아직 운중행을 펼쳐 보이지 않았고 풍뢰문 삼대무공 역시 마찬가지였으나 내공을 잃은 지금 그런 걸 펼칠 수 있을 리 만무했다.

자신이 현재 취할 수 있는 동작 중 최고를 발휘한 담우소를 향해 최고봉이 말했다.

"너의 권각은 형(形)은 있지만 의(意)가 보이지 않고, 초식(招式)은 있으되 투로(套路)가 보이지 않는구나."

"……."

"그러나 기이하게도 무수히 많은 변초(變招)가 보인다. 어째서 정해진 투로도 없는 권각에서 그렇게 많은 변초가 발생하는 것이냐?"

'이 적발귀신이 뭔 소리를 하는 거지?'

담우소는 눈살을 찌푸렸다. 초식이니 투로니 하는 말은 그 역시 과거 사부에게 배운 바 있었다. 아니, 무공을 익힌다고 말하는 자들이라면 누구라도 알고 있는 사실이었다.

정해진 몇 개의 동작을 이어놓은 것이 초식이라면 투로는 몇 개의 초식을 이어놓은 길이라 할 수 있다. 초식이 씨앗이라면 투로는 밭인 것이다.

그래서 무공을 익히는 자들은 매일같이 하루도 빼놓지 않고 초식을 연마하고 투로를 연습했다.

천 번을 연습하고 만 번을 연습해야만 비로소 실전에서 힘을 발휘할 수 있는 것이 초식이고 투로인 까닭이다.

때문에 몇 개의 무공 초식을 몰래 훔쳐 배운다 해도 그것들을 연결해 놓은 투로를 능숙하게 체득하지 않으면 아무 짝에도 쓸모가 없었다.

투로로 연결되지 않은 동작이란 화권병퇴(畵拳瓶腿)와 같이 보기에만 아름다울 뿐 별다른 위력을 발휘하지 못했고, 조금만 관찰하면 쉽사리 깨지는 까닭이다.

그런데 지금 최고봉은 담우소의 권각을 일컬어 밭조차 없는 곳에 씨앗을 뿌린다고 혹평하고 있었다.

은근히 자신의 권각법에 자신이 있던 담우소로선 분기가 치밀어 오를 만한 말이었지만 그는 내심을 숨겼다.

“앞의 말은 이해가 가지만 뒤의 말은 이해가 가지 않습니다. 변초란 건 무엇입니까?”

“무공을 배웠다는 녀석이 변초가 무언지도 모르는 것이냐?”

“대충 배우기는 했지만 내가 아는 것과 노사(老師)가 하는 말이 좀 다른 것 같아서 하는 말입니다.”

담우소가 더러운 만큼 단순한 성격을 지녔다는 걸 알고 있는 최고봉이 나직이 코웃음 쳤다.

“흥, 노사라? 너는 내게 구배지례도 올리지 않아놓고 함부로 노사라고 부르는 것이냐?”

“이유야 어찌 됐든 내게 무공을 가르쳐 주는 사람이니 달리 부를 말도 없고 해서…….”

말과는 달리 절대 아홉 번 절할 생각이 없어 보이는 담우소였다. 내심 기분이 나빠진 최고봉이 손을 휘저었다.

“됐다. 앞으로도 날 그렇게 부르도록 해라. 단, 너와 나 사이의 인연이란 앞으로 단 보름간에 불과하다. 후일 오늘의 인연을 빌미 삼을 생각은 하지 않는 게 좋을 것이다.”

“알겠습니다.”

‘흥, 망할 녀석! 아마도 속으론 쾌재를 부르고 있겠지.’

담우소를 바라보며 차갑게 냉소한 최고봉이 말했다.

"변초란 정해진 초식에 또 다른 변화를 주는 걸 말한다. 단순한 태산압정(泰山壓頂)의 식으로 머리를 찍어 누르다가도 상대방의 변화에 따라 초식을 변화시키는 식으로 기본형에서 응용형으로 모양을 바꾸는 것이다."

"……."

"그러니 강호에서 행세하는 고수가 되기 위해선 반드시 변초에 능해야만 한다. 아무리 강력한 위력의 무공을 익혔다 해도 변초를 자유자재로 운용할 수 없다면 금세 그 허점을 간파당하기 때문이다. 그런데 네 녀석은 정해진 초식을 전개하는 것이나 투로에 큰 허점을 남겨둔 채 변초에만 힘을 기울였다. 기초가 부실한 채로 으리으리한 집을 세운 꼴이지."

'부실한 기초 위에 으리으리한 집을 지었다?'

담우소의 등줄기로 식은땀이 흘러내렸다. 사부의 가르침대로 비교적 충실히 기초를 쌓았다고 생각했던 그로선 천만뜻밖의 말을 듣게 된 것이다.

그러나 사실 최고봉이 설명한 것들은 하나같이 수십 년을 하루같이 고련한 일류고수들이나 간신히 이해할 만한 것들이었다.

보통의 재능을 타고난 사람으로선 정해진 초식을 완벽하게 익히고 몇 개의 투로를 능숙하게 전개하는 데만도 수십 년이 흘러간다.

땅바닥을 걷는 자로선 뛰기를 걱정해야지 하늘을 나는 것을 염두에 둘 수 없는 이치와 마찬가지였다.

자신 역시 중년을 지나서야 깨달은 상승무학의 이치 중 하나를 설명하곤 담우소의 모습을 곁눈질하고 있던 최고봉이 다시 말했다.

“그래서 그 이유에 대해 곰곰이 생각해 봤는데…….”

“…….”

“혹시 너는 사부가 없이 홀로 비급을 보며 무공을 연마한 것이냐?”

절반은 맞고 절반은 틀린 말이었다. 담우소에게는 사부가 있었지만 또한 없는 것과 마찬가지였다. 일류고수가 아닌 사부에게 전해 들은 지식은 한계가 있었고, 그나마도 파문당한 후 홀로 무공을 연마해야 했던 것이다.

그러한 사실을 세세히 설명하기 귀찮아진 담우소가 그냥 고개를 끄떡였다.

“노사의 말이 맞습니다.”

“역시 그렇군. 그렇지만 기본을 닦아준 사람은 있는 것 같은데?”

“나는 풍뢰문에 있었습니다.”

“풍뢰문?”

“절강성에 위치한 문파입니다.”

삼류문파의 제자답게 담우소는 친절하게 설명했다. 최고봉이 풍뢰문을 모를 거라 생각한 것이다.

그러나 최고봉은 풍뢰문을 알고 있었다. 그것도 비단 그냥 알고 있는 게 아니라 장문제자였던 담우소보다 더욱 자세하게 알고 있었다.

‘그랬던가!’

미간을 살짝 찌푸린 채 최고봉이 말했다.

“이제야 대충 아귀가 맞는구나.”

“…….”

“본래는 내가 창안한 한 가지 무공과 내공심법을 네게 전하려 했으나 그만둬야겠다.”

‘뭐라고!’

“그 대신 네 그 엉성한 권각법을 보름 동안 다듬어주마.”

“보름 후에 무슨 시험을 봐야 한다고 들었는데 그걸로 괜찮겠습니까?”

“왜? 자신없느냐?”

“뭐, 그런 건 아니지만.”

뒤통수를 긁적이는 담우소를 바라보며 최고봉이 음침하게 웃었다.

“흐흐, 너는 그런 데 신경을 팔지 말고 앞으로 보름 동안 내게서 살아남을 걱정이나 하거라.”

“……”

“아무래도 지옥 훈련이 될 것 같으니까.”

담우소를 바라보는 최고봉의 얼굴이 악마처럼 변했다. 그의 뇌리로 자신이 젊은 시절에 했던 훈련 중 일부가 떠오르고 있었다.

우르르르…….

돌덩이가 쏟아졌다. 그냥 쏟아진 게 아니었다. 바로 머리 위로 떨어져 내리고 있었다.

“빌.어.먹.을!”

주변을 아무리 둘러봐도 손발 하나 둘 곳이 없었다. 까마득한 절벽에 찰싹 달라붙은 채 담우소는 절규를 터뜨렸다.

한나절이 가기 전에 끝이 보이지 않는 산봉에 올라야만 했다. 그것이 정식 수련에 들어가기 전에 최고봉이 내건 조건이다.

그러나 말이 쉽지 담우소가 달라붙어 있는 절벽은 까마득했다. 높이가 얼마나 되는지 알 수가 없었다. 당연히 절벽에 매달려 기어오르는 데만도 온몸의 기력을 모조리 쏟아내야만 했다.

그런데 반 각 간격으로 떨어지는 돌덩이들은 또 뭔가!

정상에서 안면 가득 음험한 표정을 짓고 있을 게 분명한 최고봉을 떠올리며 담우소는 이빨을 부서지도록 갈았다.

"으드득! 이 적발귀신 녀석! 이번에 올라가면 반드시 죽여 버리고 말 테다!"

몇 차례나 생사지경을 넘기다 보니 이젠 악과 깡만 남아 있었다. 무공 수련이고 뭐고 이번만은 절대로 그냥 넘어가지 않을 심산이었다.

그러나 복수도 살아남고서 생각해 볼 문제였다.

후드득!

"이번에는 통나무냐!"

얼굴로 굴러 떨어지는 자잘한 흙먼지로 대충 사태 파악을 한 담우소가 다시 전력을 다해 몸을 암벽에 밀착했다. 열 번 중 한 번쯤은 무사히 넘길 수 있는 유일한 방법이었다.

그리고 어김없이 무지막지한 기세로 아름드리 크기의 통나무들이 하늘에서 비산하듯 떨어져 내렸다. 그중 하나라도 제대로 맞으면 황천행이 될 게 분명한 위력을 담고서.

콰콰쾅!

'크윽!'

조각난 나뭇조각 중 하나일 것이다. 어깨에서 피가 샘솟는 걸 바라보며 담우소는 표정을 일그러뜨렸다.

당장에 한쪽 팔에서 기운이 빠지는 게 몸의 균형이 흐트러지고 있었다. 재빨리 신형을 움직여 다친 팔 쪽의 부담을 던 담우소가 악착같이 절벽을 기어올랐다.

다음번에는 이번보다 운이 나쁠지도 몰랐다. 시간이 주어졌을 때 조금이라도 더 기어올라야만 했다.

어쨌든 보름간의 연공은 이제 시작에 불과했다. 엄정하와 약속을 했으니 아무리 현실이 기가 막힌다 해도 뒤로 내뺄 순 없었다.

*　　　　*　　　　*

담우소가 한나절 만에 절벽을 기어오르는 데 성공한 건 보름 중 십오 일 전부를 쓰고서야 가능했다.

그 기간 중 담우소는 낮에는 몇 번이나 목숨을 걸어야 했고, 밤에는 최고봉 스스로 말하길 '절정에로의 길'이란 긴 이름의 무리(武理)를 배워야만 했다.

짧다면 짧은 보름. 그러나 최소한 담우소는 그리 생각하지 않았다. 아무리 짧은 기간이라 해도 그것이 숱하게 목숨을 걸어야 하는 기간이었다면 결코 짧을 수 없었다.

담우소는 숱하게 목숨을 걸어야 했던 보름을 견뎌내고 그에 덧붙여 살아남기까지 했다.

담우소의 상체는 과거 몸에 새겨놨던 상처가 두 배로 늘어나 있었다.

그에 더해 더욱 사내다워진 자랑스런 상체를 한 벌의 흑의 무복으로 가린 담우소의 눈초리가 매서워졌다.

"드르렁! 퓨우! 드르렁……."

'저 망할 적발귀신이!'

이제는 별로 새로울 것도 없는 모습이다. 최고봉은 담우소를 사지에 몰아넣곤 죽거나 말거나 홀로 오수를 즐길 때가 많았다. 누가 마두 아니랄까 봐 사람을 가르치는 자세가 되지 않은 모습이었다.

이제는 슬슬 적응이 될 만도 한데 심사가 뒤틀린 담우소는 얼른 최고봉에게 다가들었다. 과거와는 비교도 되지 않을 사뿐한 걸음으로.

스윽!

격구라도 하려는 듯 다리를 한껏 뒤로 내뺀 담우소의 귓전으로 심통맞은 목소리가 흘러들었다.

"일격에 날 죽일 자신이 있는 거냐?"

"정확한 일격이 들어가기만 하면."

"별로 많지도 않은 확률에 목숨 걸지 말아라."

"그것도 그렇군요."

담우소의 입술이 삐뚜름해졌다.

벌써 잠에서 깬 듯 최고봉이 신형을 일으켜 세웠다. 그저 몸을 한차례 뒤척였을 뿐인데 그의 신형은 이미 담우소의 배후에 가 있었다.

'이렇게 쉽사리!'

아마도 마음만 먹으면 담우소 정도는 손가락 하나만으로도 죽일 수 있을 만한 신법이다.

단번에 배후를 뺏겨 버리자 맥이 탁 풀린 담우소가 얼른 얼굴에서 힘을 풀었다. 도저히 자신으로선 엄두 내지 못할 무위를 보면 보통 그리되는 법이었다.

"아하하하!"

통쾌하게 웃어 보인 최고봉이 말했다.

"네가 슬슬 무서운 게 뭔지 감이 잡히는 모양이구나."

"뭐, 목숨은 소중한 것이니까."

“녀석, 뻗대기는. 대충 겉모양도 갖췄으니 따라오너라.”

최고봉이 앞서 걸어가기 시작했다. 인상을 찌푸린 채 그의 뒤를 쫓으며 담우소가 물었다.

“이제 보름이 지났으니 광명신교로 가는 거요?”

딱!

“이 녀석아, 날 어떻게 부르라고 했지!”

“제길!”

얻어맞은 머리를 감싸 쥐고 뒤로 주춤 물러섰던 담우소가 말했다.

“남들 앞에선 천리종횡님이라 부르라고 했잖수.”

“그럼 왜 그렇게 부르지 않느냐.”

“여긴 지켜보는 사람도 없는데 굳이 그럴 필요까지야…….”

담우소를 바라보는 최고봉의 눈빛이 매서워졌다. 내공을 끌어올리지 않았는데도 위엄이 느껴졌다.

‘제길, 적발귀신 주제에 눈알을 부라리기는.’

속마음과 달리 얼른 담우소가 말했다.

“낮 말을 새가 듣고 밤 말은 쥐가 듣는다는 거지요.”

“알면 됐다.”

최고봉이 저 혼자 신형을 산봉 밑으로 날렸다. 대붕과도 같은 신법을 바라보며 가볍게 치를 떤 담우소가 얼른 그 뒤를 쫓아 내려갔다.

*　　　*　　　*

마교, 혹은 광명신교라 불리는 단체가 있는 곳은 내곤륜 중에서도 가장 험악한 십만대산이다.

십만대산이란 이름에 걸맞을 정도로 수없이 많은 군봉들을 넘어 최고봉과 담우소가 도착한 곳은 거대한 전각군이 들어서 있는 일종의 분지였다.

이만한 기암절봉으로 둘러싸인 곳에 족히 수만 평이 넘어 보이는 분지가 존재한다는 건 기적과도 같은 일이다. 무언가 자연의 이치에 위배되는 광경임에 분명했다.

그러나 처음 담우소의 눈길을 잡아끈 건 그런 초자연적인 모습이 아니었다.

숫자를 셀 수 없을 듯 세워져 있는 전각군으로 향하는 길은 험난했다. 최소한 주변을 둘러보면 그러했을 게 분명하다.

그런데 지금 그곳에는 버젓이 널찍한 청석로가 만들어져 있었다. 몇 개나 되는 위태로운 고개를 돌아가야 할 산길을 일직선으로 뚫어놓은 것이다.

얼핏 눈대중으로 보기에도 천여 장이 넘어 보였다. 그만큼이나 되는 산길을 인공적인 대로로 만든다는 건 상상을 불허할 정도의 노동력을 잡아먹었을 것이다.

이런 곳까지 저만한 청석을 들여오는 것도 쉽지 않을 뿐더러 산을 깎고 청석을 깔아 대로를 만든다는 건 더 더욱 쉽지 않았을 게 분명한 까닭이다.

때문에 담우소는 입을 가볍게 벌려야만 했다.

남쪽 토박이인지라 황제가 산다는 북경(北京)에 가보지 못했고 그러니 자금성(紫禁城)이 얼마나 휘황찬란할지 알 수 없었다.

그러나 담우소는 결코 무상(無上)의 권력을 지녔다는 황제라 해도 눈앞의 것과 같은 역사를 이루긴 쉽지 않을 거라 생각했다. 그야말로 눈앞의 역사는 마교 천 년의 저력이 응집된 모습이라 할 만했다.

그렇게 만들어진 청석대로 위로는 지금 무수히 많은 무인들이 오가고 있었다.

얼굴에 마교도, 혹은 마웅이라 써 붙이지 않았으니 초행인 담우소로선 그들의 정확한 신분을 알 도리가 없었다. 그저 그들의 허리춤이나, 등 어림에 매달린 흉포한 병장기를 바라보며 그들이 자신과 비슷한 목적 하에 온 사람들이라 짐작할 따름이었다.

게다가 일견하기에도 중년에서 환갑은 족히 넘겼을 무인들의 옆에 찰싹 달라붙어 있는 애티 나는 애송이들을 보라!

대충 훑어보니 근골도 좋고 영민해 보이는 녀석들뿐이었다. 마교의 악귀들이 처음부터 마귀의 자식들이었던 건 아니라는 걸 극명하게 대변하는 모습이었다.

그렇지만 어째서 아직 젖살도 빠지지 않은 얼굴을 한 애송이들 주제에 눈초리가 모두 저러할까?

대충 자신이 받았던 훈련을 그들 역시 받았으리란 생각을 하게 된 담우소의 고개가 자연스레 외로 꼬였다.

청석대로의 끝 쪽으로 보이는 큼지막한 전각군, 주변을 둘러싸고 있는 기암절봉이 무색할 광경에 침을 삼키던 촌닭과는 다른 모습이었다.

보름간의 연공으로 인해 담우소의 간은 약간 커진 상태였다. 아무리 복마전이라 불리는 광명신교라 해도 최고봉과 함께했던 보름간보다 더하진 않으리라 생각했다.

그런데 지금 눈앞에 보이는 인세의 것이 아닌 듯한 으리으리한 건축물들은 둘째 치고, 주변을 스쳐 가는 흉포한 눈빛의 애새끼들을 보자 은근히 기가 질렸다.

‘이곳이 마교의 본산이니, 아무리 나이 어린 녀석들이라 해도 저놈들 중 한 가닥하지 않는 놈들은 없겠지?’

홍안이 아직 가시지 않은 얼굴을 한 채 눈알을 굴리느라 여념이 없는 담우소의 뒤통수로 주먹이 날아들었다.

따악!

“이놈아! 당장 허리 펴고 고개 빳빳하게 쳐들지 못해!”

‘으윽!’

“너는 나 천리종횡의 추천을 받을 녀석이다. 대범하게 행동하지 않아 내 이름을 욕되게 할 작정이면 지금 당장 내 손에 죽는 편이 나을 것이다!”

지난 보름 동안 귀에 못이 박히도록 들었던 말이다. 철두공(鐵頭功)이라도 익힌 듯 눈살 하나 찌푸리지 않고 담우소가 얼른 대거리했다.

“알았다구요, 알았어요.”

‘이놈이!’

“하지만 중요한 시험을 앞둔 사람의 머리를 어찌 계속 때리는 것입니까!”

“중요한 시험?”

“시험 중엔 머리 쓰는 것도 있을 게 아닙니까?”

평소와 달리 그래도 꼬박꼬박 존대를 붙이는 담우소였다. 그러자 그런 모습이 갸륵했던 것일까. 평소와 달리 더 이상 주먹질을 하지 않고 최고봉이 말했다.

“그래도 시험을 걱정하긴 하는 것이냐?”

“떨어지면 쪽팔리잖아요.”

“흥, 쪽만 팔리겠느냐?”

적발귀신이란 표현이 딱 어울릴 만큼 음침한 표정이었다. 그 표정에
담긴 뜻이 무엇인지를 확실히 알고 있는 담우소가 가볍게 진저리 쳤다.
  어차피 담우소가 이런 식으로 최고봉에게 대거리를 할 수 있는 것은
코앞에 닥친 입교 시험 때문이었다.
  천하에 몇 안 될 정도로 흉포하고 더러운 성격을 지닌 최고봉을 건
들 필요는 없다고 생각한 담우소가 얼른 얌전한 표정을 지어 보였다.
  그러나 애초부터 담우소의 행동거지 따윈 전혀 안중에도 두지 않았
을 것이다.
  나직이 코웃음을 친 최고봉이 옷자락을 펄럭이며 청석대로 위를 걸
어갔다. 흉포한 얼굴과 달리 유유한 보행 그대로였다. 그리고 그러한
초절한 신법에는 이미 익숙해질 대로 익숙해진 담우소가 뒤질세라 그
뒤를 따랐다.
  웅성거림이 일기 시작한 건 바로 그 직후였다.
  그저 한 무리의 무인들 중 하나에 불과했던 노소가 바람처럼 청석대
로를 질주하는 모습은 그만큼 진귀한 광경이었으리라!
  '저자는!'
  소동이 일자 청석대로 끝에서 몰려든 마교도들을 향해 오만한 눈빛
을 던지고 있던 늙은이들이 움직였다.
  파파팟!
  그들은 그냥 움직이기만 한 것이 아니라 자연스레 최고봉의 앞을 가
로막아 섰다.
  "너희들은……."
  주변의 군마(群魔)들을 좌우로 물러서게 만들며 위풍당당하게 나타
난 세 늙은이들이 일제히 허리를 숙여 보였다.

"음산삼로(陰山三老)가 천리종횡 선배를 뵈오이다."

입을 연 것은 세 늙은이 중 붉은 얼굴을 하고 있는 자였다. 옆의 고목처럼 비쩍 마른 늙은이와 통통하게 살이 찐 늙은이와 달리 선풍도골의 풍모를 지닌 그를 향해 최고봉이 입술을 비죽거렸다.

"너는 음산삼졸 중 첫째인 구여해(具餘解)로구나. 그동안 잘 있었느냐?"

"음산삼졸이라니!"

"아무리 오산인 중 한 분이시라지만 말이 너무 지나치시오!"

"그만 하게, 동생들!"

양 옆에 늘어서 있던 두 늙은이가 왈칵 성을 내자 구여해가 얼른 목소리를 높였다.

"천리종횡 선배는 존귀하신 오산인의 한 분이시네. 그런 분께서 오랫동안 떠났던 신교의 본산으로 돌아오신 기쁜 날일세. 어찌 그리 무례를 범하는 것인가?"

말만을 듣자면 나머지 음산이로를 꾸짖는 뜻이 담겨 있다고 할 것이다. 그러나 최고봉을 바라보는 구여해의 눈빛은 얼음장처럼 찼다.

그러거나 말거나 못마땅한 표정이 된 음산이로를 향해 냉소를 던진 최고봉이 귓구멍을 손가락으로 후비며 말했다.

"허허, 그만한 것을 아는 걸 보니 구여해 너도 그동안 헛되이 나이만을 먹은 건 아닌가 보구나."

"그야 세월이 많이 흘렀지 않습니까."

"흐흠. 그래, 분명히 세월이 많이 흘렀다. 기껏해야 잡졸에 불과하던 너희들이 노부를 자처하게 되었으니."

"그, 그건……."

"아아, 그 일은 됐고."

소지에 묻은 귀지를 털며 최고봉이 목소리를 차갑게 물들였다.

"감히 너희 정도 되는 녀석들이 어째서 내 앞을 가로막은 것이지? 광명좌사가 천지이단 쪽에서 사람이 오는 걸 막으라고 지시를 내린 것이냐!"

오산인이란 말에 웅성거리며 모여든 마두들 중 나이 든 축들의 눈빛이 기괴하게 변했다.

느닷없이 십수 년간 암중으로만 흐르던 광명신교 내의 권력 투쟁이 표면으로 모습을 드러낸 것이다.

제28장 시험장(試驗場) 안의 풍운

자칭 음산삼로, 타칭 음산삼귀(陰山三鬼)라 불리는 세 늙은이들의 별호는 각기 소리장도(笑裏藏刀)와 고목노귀(枯木老鬼), 미륵철장(彌勒鐵掌)이다.

별호에 들어가 있는 음산에서 수년간 도적질을 하던 무뢰배였으나 기연을 만나 과거 천하제일의 도문(道門)을 자처하던 전진파의 심득을 얻었다.

그렇다 해도 본래 사람에겐 맞는 그릇이 따로 있다고 했다. 양생(養生)을 위주로 하던 전진파의 무공이 도적들에게 맞을 리 없었다.

수십 년의 세월을 요하는 전진파의 심원한 무공을 이해하지 못한 음산삼로는 편법으로 무공을 익히곤 십 년 만에 세상으로 뛰쳐나왔다.

편법으로 익힌 무공이라 해도 천하제일로 불리던 전진파의 무공을 익힌 몸들이었다.

첫째인 소리장도 구여해는 별호 그대로 웃음 속에 칼을 숨기고 사람들을 희롱했고, 둘째 고목노귀의 고목괴공(枯木怪功)과 셋째 미륵철장의 강맹한 장력은 적수를 찾기 힘들었다.

몇 차례의 대결 후 오만해진 음산삼로는 온갖 만행을 저지르고 다니기 시작했는데, 우연히 그들의 앞을 가로막은 것은 무당파의 제자였다.

ー일 대 삼의 싸움!

무림에 알려지지 않은 치열한 격전 끝에 심한 부상을 당한 채 도주해야만 했던 음산삼로가 찾아든 곳은 십만대산이었다. 당세제일의 무당파로부터 그들을 보호해 줄 단 하나의 무림 세력을 찾아온 것이다.

그 당시 그들을 광명신교에 입교시킨 건 지금의 광명좌사였다. 무당파와 원한을 맺기 싫어하는 오산인들의 반대를 무릅쓴 행동이었다.

'그러니 저 녀석들이 광명좌사의 충실한 개가 된 것이나, 오산인의 하나인 날 미워하는 것도 충분히 납득이 가는 일이긴 하다. 하지만 아무리 내가 본산에서 자리를 비운 지 벌써 십수 년이 지났다곤 해도 이런 대접을 한다는 건 너무 심하지 않은가.'

문득 부아가 치미는 최고봉이었다. 자신의 주변으로 몰려든 광명신교 휘하 군소문파에 소속된 노마(老魔)들의 시선이 집중되지 않았다면 벌써 손을 썼을 터였다.

하지만 그는 싸우려고 본산에 온 것이 아니었다.

분노를 꾹 누른 채 질문을 던지자 구여해가 눈빛 하나 변하지 않은 채 대답했다.

"천리종횡 선배는 잘 모르시겠지만 저희 음산삼로는 그동안 신교 내

의 법령을 감찰하는 위치에 올랐습니다. 혹 입교 시험에 정파의 끄나
풀들이 스며들까 봐 본산에 오는 자들을 관찰하고 있었습니다."

"법령을 감찰한다? 그렇다면 너희들이 흑천(黑川)을 맡았다는 것이
냐?"

"예, 그렇습니다."

최고봉의 눈살이 역팔자로 치솟았다. 흑천이란 광명신교가 위치한
십만대산의 후면을 흘러내리는 검은색 개천을 말한다.

지난 천여 년 동안 광명신교 교도들의 사체를 매장하는 동안 자연적
으로 형성된 썩은 물이 흘러내리기에 흑천이 되었다.

그 흑천이 위치한 곳에 세워진 뇌옥은 교 내의 반역자들을 가둬놓는
장소로 한 번 들어가면 결코 살아 나오지 못한다고 알려져 있었다.

웬만해서는 그곳에 잡혀 들어가지 않고, 한 번 잡혀 들어가면 반드
시 죄상을 불게끔 만드는 수백 종이 넘는 고문술의 천재들이 항시 상
비되어 있는 까닭이다.

따라서 대대로 흑천을 맡는 자는 광명신교 내에서도 가장 명존의 신
임을 받는 심복들이었다.

아무리 화심인과 금안공의 위력이 탁월하다 해도 빈번한 반란은 힘
을 숭배하는 마도의 특성이었다.

그런데 이제 입교한 지 이십 년도 채 되지 않은 음산삼노가 흑천을
맡았다는 것이다.

'이 망할 놈의 좌사 녀석이 이제 아예 대놓고 명존 행세를 하려 드는
구나!'

이빨을 으드득 갈아붙인 최고봉이 말했다.

"그래서 정파의 간자(間者)들은 많이 잡으셨는가?"

"이제부터 잡으려고 생각 중입니다."

"그런가? 허어! 입교 시험은 어디까지나 소개인이나 추천인이 분명해야 하거늘. 요즘 정파 간자들의 능력은 신통 광대해진 듯하이."

"그야 마천루가 붕괴된 이래로 정파의 위세는 날이 갈수록 대단해지고 있으니까요."

비수와도 같은 최고봉의 촌설을 슬쩍 비켜낸 구여해가 표정 하나 변하지 않고 말했다.

"그런데 신교를 떠나 중원을 방랑하시던 천리종횡 선배님께서 이곳엔 어인 일로 오신 겁니까?"

'이놈 봐라?'

내심 코웃음을 친 최고봉이 말했다.

"왜, 내가 못 올 곳을 왔던가?"

"그럴 리가 있겠습니까. 선배님이 오신 걸 알면 광명좌사님도 기뻐하실 겁니다."

"흥, 나같이 풍월을 쫓으며 노는 사람 하나가 온 일로 하는 일 없이 바쁘기만 한 좌사에게 수고를 끼칠 필요는 없겠지."

픽!

'윽!'

습관처럼 담우소의 뒤통수를 주먹으로 때린 최고봉이 말했다.

"얼마 전 길을 가다가 바보 하나를 주웠거든. 쓸 만한지 어떤지 도통 모르겠기에 이곳에 데려왔다네."

'길을 가다가 주웠다고?'

'쓸 만한지 알아보기 위해 이곳에 데려왔다?'

그때까지 최고봉과 음산삼로에게만 쏠려 있던 주변의 시선이 일제히 눈살을 찌푸리고 있는 담우소에게 향했다.

대수롭지 않게 돌려 말했으되 오산인의 한 명인 최고봉이 제자로 인정한 사내를 살피기 위함이었다.

'뭐, 뭐냐?'

주변의 시선이 모두 자신에게 쏠리자 담우소는 일시에 뜨악한 표정이 되었다. 시험도 보기 전에 이렇게 주변의 이목을 끄는 건 결코 그가 바라는 상황이 아니었다.

마교에 들어설 때부터 최고봉은 어깨를 펴고 당당하게 행동하기를 종용했지만 담우소는 당장에 오른쪽 귀로 듣고 왼쪽 귀로 흘려 버렸다.

—어떻게든 시험장에 들어가기 전까지는 어리숙한 행동을 한다!

담우소가 세운 필승 시험 합격 전략이다.

세간에서 귀에 딱지가 앉을 정도로 누누이 들은 바 대로 마교는 대단한 곳이었다.

눈앞으로 보이는 건물의 웅장함은 사람의 기를 팍팍 죽이고 몰려든 자들 중 어수룩하게 넘길 만한 자가 없어 보였다. 당장에라도 무림에 나서면 한 지역 안에서 산중대호 노릇을 할 만한 인물들로 청석대로는 가득 차 있었다.

당연히 그들이 옆구리에 보배처럼 끼고 데려온 녀석들이 만만할 리 없었다. 호락호락 입교 시험에서 담우소에게 '형님! 살펴가십시오' 하지 않을 게 분명한 것이다.

그들보다 족히 열 살은 더 늙은 담우소지만 이런 까닭으로 자신의 노회한 연배를 자랑만 하고 있을 순 없었다.

이번 시험의 합격 여부는 일신의 영욕이 문제가 아니었다. 생긴 모습답지 않게 독한 성격인 엄정하가 협박했다시피 풍뢰문의 존폐가 걸린 문제라 할 만했다.

따라서 담우소는 최고봉이 음산삼로에게 시비를 거는 동안 어떻게든 뭇 노마들의 시선을 잡아끌지 않을 요량으로 입을 꾹 다물고 침묵을 지키고 있었다.

타고난 영민함과 연배에서 풍겨 나오는 위엄은 주변을 뒤덮고 있는 노마들이 사라지고 애송이들만 남았을 때부터 발휘해도 늦지 않을 게 분명했다.

'그런데 이런 개 같은 경우가 있나! 이 바보 같은 적발귀신 덕분에 이건 처음부터 완전히 전력 노출에다가 집중 견제를 당하게 되었잖아!'

자신에게 오롯이 집중된 주변의 따끔거리는 시선을 어색하게 받아넘기며 담우소는 부글거리는 내심을 감추기 위해 거짓 웃음을 지어 보였다.

그의 내심을 아는지 모르는지 웬수 같은 최고봉이 주먹으로 연신 어깨를 치며 화통한 목소리를 냈다.

"사내자식이 덜 떨어져서 수줍음도 많구나! 여기 음산삼졸들은 과거 무림에서 쥐꼬리만큼의 명성을 날렸던 자들이다. 지금은 신교 내에서 제법 거들먹거리는 직위에 올랐으니 앞으로 나서서 인사라도 하려무나."

'이봐! 이건 얘기가 다르잖아!'

내심과는 달리 최고봉을 어색하게 일별한 담우소가 어정쩡한 걸음으로 음산삼로 앞으로 나섰다.

"서, 선배님들, 안녕하십니까."

"……."

“저는 다, 담우소라고 합니다. 위대한 광명신교에 입교 시험을 치러
왔으니 앞으로 잘 좀 봐주십시오.”

꾸벅!

‘이놈이!’

최고봉이 담우소를 앞으로 내민 건 어디까지나 특유의 싸가지없는
모습을 음산삼로에게 보이라는 의도가 숨겨져 있었다.

자신의 앞에서도 끝없이 뻗대던 배짱이라면 충분히 음산삼로의 복
장을 터지게 만들 수 있으리란 판단이었다. 그런데 그의 기대와는 달
리 지금 담우소가 취해 보이고 있는 태도는 완전히 겁먹은 시골뜨기와
다름없었다.

누누이 자신의 얼굴에 먹칠을 하면 가만두지 않겠다고 으름장을 놨
음에도 전혀 최고봉의 체면을 염두에 두지 않고 있는 모습이었다.

‘죽일 놈!’

도끼눈을 하고 담우소를 노려보던 최고봉이 내심 침음을 삼켰다.

주변의 몇몇 노마들의 얼굴에서 흥미가 싹 가신 기색이 떠오르자 담
우소의 입술이 묘하게 우물거리는 모양새를 본 것이다.

‘허어! 이놈 보게. 지금 심계를 쓰고 있군. 그것도 천하의 광명신교
에 들어와서!’

만약 최고봉이 애초부터 담우소의 됨됨이를 몰랐다면 그 역시 깜빡
속아넘어갔을 터였다. 그만큼 담우소의 태도는 천연덕스러웠다. 천하에
서 가장 심계가 깊은 마두들조차 담우소는 순간적으로 속여 넘긴 것이
다.

‘그렇다면 이 녀석이 어느 정도까지 마두들 앞에서 재롱을 피울 수
있을까?

갑자기 흥미가 동한 최고봉이 슬쩍 뒤로 물러났다. 진짜로 발을 움직여 뒤로 물러선 게 아니라 잠시 담우소가 하는 양을 지켜보기로 한 것이다.

그러거나 말거나 이때 담우소는 어차피 이번 시험 중 최고의 우방이라 믿고 있던 최고봉에 대한 미련을 깨끗이 포기한 터였다.

응시를 앞두고 합격 전략에 조금이라도 방해를 줄 수 있는 위험 요소는 처음부터 발본색원(拔本塞源)을 해야만 했다. 그리고 그 점에 있어서 유난히 높은 신분인데다 주변의 이목 끌기를 좋아하는 최고봉은 담우소에겐 위험 요소에 불과했다.

복잡한 생각 끝에 뒤로 물러선 최고봉 쪽은 쳐다보지도 않고 담우소가 표정 변화를 찾을 수 없는 구여해를 향해 살가운 미소를 던졌다.

"헤헤, 그런데 이번 입교 시험에는 응시자가 꽤나 많은 것 같습니다. 뭐, 광명신교의 위세가 천하를 진동시키니 당연한 일이겠지요. 음산삼로 선배님들께서는 혹시 감독관이신가요?"

"감독관?"

"예, 입교 시험을 감독하기 위해서 응시자들을 살피러 나오신 게 아닌가 해서요."

만약 다른 응시자가 음산삼로를 찾아와 이러한 말을 내뱉었다면 당장에 날벼락이 떨어졌을 것이다. 본래 성격이 안하무인하기로 유명한 음산삼로이니 까마득한 후배의 버릇없는 질문 따윈 용납하지 않을 게 뻔했다.

그러나 담우소의 뒤에는 호랑이 같은 최고봉이 서 있었다. 담우소 따윈 안중에도 두지 않고 있던 구여해가 입가에 부드러운 웃음을 담았다.

"허허허, 만약 내가 감독관이라면 자네는 지금 부정 행위를 저지르는 것일세. 그 점을 생각하고 질문을 던진 것인가?"

"어이쿠! 그럼 안 되지요. 제가 했던 질문은 없었던 것으로 하겠습니다."

담우소가 부산스럽게 손을 흔들어 보였다. 얼굴에도 당황한 기색이 가득했다.

입가의 미소를 더욱 짙게 하며 구여해가 말했다.

"애석하게도 나나 동생들은 감독관이나 시험관이 아닐세. 우리의 임무는 어디까지나 정파의 떨거지들이 혹시 이번 입교 시험을 망치러 침입하지 않는지를 살필 따름이지."

"어휴, 그렇군요. 오늘 선배님을 만나서 정말 중요한 사실을 깨달았습니다. 절 데려오신 천리종횡님은 한 번도 그런 말을 해주지 않으셔서요."

"천리종횡님? 자네는 선배님의 고제자가 아닌가?"

"아이쿠! 고제자라니요. 천만부당한 말씀이십니다. 제가 천리종횡님에게 몇 가지 주먹질과 발길질을 배우긴 했지만 어찌 제자를 자처하겠습니까."

말을 할수록 담우소의 모습은 더욱 부산스러워졌다. 말을 내뱉을 때마다 어깨와 다리가 계속 들썩거리고 있었다.

그 모습을 유심히 살피고 있던 노마들의 고개가 말없이 흔들렸다. 처음 시선을 거뒀던 노마들보다 조금쯤 더 인내심이 있는 자들이었다. 담우소의 손과 발이 안정되지 않은 걸 보고 대충 그의 내공이 형편없다는 사실을 눈치 챈 까닭이다.

'됐다! 내게 향했던 시선의 구 할을 거두는 데 성공했다!'

내심 쾌재를 부른 담우소가 다시 구여해에게 말했다.

"그렇다면 선배님들께서는 감독관이 아니니까 제가 한 가지 질문을 해도 되겠습니까?"

방금 전까지의 기세는 어디로 내버렸는지 묵묵부답하고 있는 최고봉을 유심히 쳐다보고 있던 구여해가 대충 대답했다.

"궁금한 게 뭔가?"

"대답해 주실 건가요?"

"자네와는 오늘 첫 만남이지만 천리종횡 선배님의 체면을 봐서 어찌 대답하지 않을 수 있겠는가?"

"헤헤, 그거 잘됐군요. 도무지 어디로 가야 시험을 치를 수 있는지 지금까지 궁금해서 죽는 줄 알았거든요."

"……."

뒤통수를 긁적이는 담우소의 두 눈이 반달 모양을 해 보였다. 앳된 홍안과 더불어 순진한 청년의 모습 그 자체였다.

"에잉, 뭔 놈의 사람들이 이리 많은 거야!"

어디까지나 혼잣말이었다. 그러나 혼잣말 치고 최고봉의 목청은 꽤나 좋은 편이었다. 주변의 시선이 집중되자 담우소가 얼른 눈살을 찌푸려 보였다.

"그렇게 한바탕 드잡이질을 못한 게 못마땅한 겁니까?"

"홍, 네놈이 그 녀석들 앞에서 간교한 술수를 부리지만 않았어도."

"그들을 모조리 손봐주셨겠지요."

"아무렴."

"그리고 그 뒤에는요?"

"……."

"쳇! 벌써 사람들이 모여드는군. 우리 잠시 자리를 옮기죠."

주변을 둘러본 담우소가 얼른 최고봉의 손목을 잡고 으슥한 곳으로 걸어갔다.

화려 찬란한 고루전각들과는 조금 거리가 먼 곳.

천여 년의 역사와 전통을 자랑하는 광명신교의 입교 시험이 치러지는 장소는 본산으로 향하는 입구에서 왼쪽으로 꺾여진 소로를 한참 걸어서야 모습을 드러냈다.

워낙에 광명신교 본산의 규모가 큰 탓에 상대적으로 작아 보였지만, 웬만한 문파에 버금갈 정도로 너른 연무장(鍊武場)이었다.

그 한가운데 마련된 큼지막한 단상을 목표로 삼삼오오 모여든 군웅들의 숫자는 대충 어림잡아도 몇천 대에 이를 듯했다. 마치 무림의 커다란 영웅대회를 개최하는 형상이라 할 수 있었다.

담우소가 최고봉을 끌고 간 곳은 단상 쪽으로 모여든 사람들과는 정반대로 구석진 자리 중 하나였다.

시험관이나 감독관들이 착석할 게 분명한 빈 단상 쪽을 냉정히 일별하곤 담우소가 침착하게 입을 열었다.

"천리종횡님."

"응?"

"이제 받아오신 번호표는 제게 주시고 그만 볼일이나 보러 가시는 게 어떻겠습니까."

"어째서 내가 그래야 하지?"

"어차피 처음부터 여기까지만 절 책임지기로 했던 거 아닙니까?"

"그래서?"

"뒷말을 꼭 제 입으로 해야 하는 겁니까?"

　방금 전 음산삼로를 꼬드겨 시험장의 위치를 알아낼 때의 사근사근
한 맛이라고는 눈을 씻고 봐도 찾을 수 없는 목소리요, 표정이었다.

　감히 자신과 두 눈을 똑바로 맞추고 있는 담우소의 건방진 눈빛을
잠시 물끄러미 바라보던 최고봉이 콧방귀를 뀌었다.

　"흥, 이제야 네놈 같구나. 나는 방금 전에 네놈이 하는 짓을 보고 무
슨 약이라도 처먹었는 줄 알았다."

　"그야 천리종횡님이 쓸데없는 일을 만드니까 그러는 거 아닙니까."

　"내가 일을 만든다고?"

　"그럼 일을 만든 게 아닙니까? 어차피 천리종횡님이야 높은 어르신
이니 대충 절 인도하신 후 높은 자리에 앉은 양반들하고 모여서 담소
를 하시든 그동안 쌓였던 은원을 푸시든 상관이 없지요."

　"……."

　"하지만 저는 이번 시험에 목숨을 건 놈이올시다. 어떻게라도 합격
확률을 높이는 것에만 신경 쓰기에도 정신을 차릴 수 없는 형국인데,
바쁘신 와중에 친절하게 적까지 만들어주시니 어찌 몸둘 곳을 찾을 수
있겠습니까."

　"그때 음산삼로와 내가 싸워선 안 되었다는 뜻이냐?"

　"적어도 제 합격을 위해서 도움이 되는 행동은 아니었겠지요. 뭐, 천
리종횡님이야 그런 데까지 신경 쓰실 까닭이 없겠지만요."

　노골적으로 '이제 너 따윈 필요없으니 꺼지라'는 뜻이었다. 분노보
다는 의구심이 든 최고봉이 눈썹을 치켜 올렸다.

　"나는 지난 십오 일 동안 네게 이번 시험에 필요한 모든 제반 사항을
알려줬다. 그리고 네놈은 충실히 그걸 숙지하고 준비했지. 그런데도
시험에 붙을 자신이 없는 것이냐?"

"나 같은 삼류문파 출신은 함부로 자신을 논하지 못하는 게 아니겠습니까. 그저 최선을 다할 뿐."

"흐흐, 말과는 달리 눈빛은 살아 있구나. 나만 방해하지 않으면 붙을 자신이 있다는 뜻으로 받아들여도 좋겠느냐?"

"뭐, 그 입교 시험이란 게 천리종횡님이 가르쳐 준 대로만 된다면야."

"염려 말아라. 분명 입교 시험은 그런 식으로 진행될 테니까. 하지만 평소의 입교 시험에는 사람이 이렇게 많이 몰려들지 않는다. 요즘의 상황으로 볼 때 예상치 못한 변수가 생길 수도 있다."

"그때는 또 그때고."

"대답 한번 시원하구나. 최선을 다할 뿐이라? 좋은 말이다. 물론 최선을 다해야겠지."

연무장의 입구에서 한 명의 장한을 때려눕히고 빼앗아 들었던 번호표를 담우소에게 내준 최고봉이 발걸음을 돌렸다.

물론 그걸 냉큼 받아 드는 담우소에게 '그러니 최선을 다해서 수명이 연장되길 빈다!'는 심도 깊은 협박을 잊지 않은 채였다.

"가십니까?"

"임무에서 해방됐으니 이젠 내 맘대로 몇 가지 일을 처리해야겠다."

"너무 과하게 힘을 쓰진 마십시오. 아직 나하곤 해결하지 못한 일도 있으니까."

"네놈 걱정이나 하거라!"

지난 보름간 사부 겸 원수 겸이 되어주었던 최고봉을 만감이 교차한 표정으로 쳐다본 담우소가 그제야 시선을 주변으로 돌렸다.

마교의 영향권 내에 있는 군소문파 중 이번 시험에 제자를 내보내지 않은 곳은 없는 듯했다.

마교의 위세에 눌려 차양이나 깃발을 휘두르며 기세를 올리진 못했으되 이별을 고하는 노소들의 모습은 결연하기까지 했다.

여기저기서 합격하지 못하면 살아서 돌아올 필요가 없다는 말과 핏발 선 눈으로 고개를 끄떡이는 소년, 소녀들의 모습을 심심치 않게 볼 수 있었다.

'애송이들!'

단 한 마디로 평가를 내린 담우소가 시선을 돌린 곳은 아직 주인공도 등장하지 않은 빈 단상 쪽이 아니었다.

자신과 같이 주변을 살필 수는 있지만 주변에서 살피기엔 용이하지 않은 곳에 몸을 숨기고 서 있는 몇 명의 소년, 소녀들 쪽이었다.

'열다섯 명? 모인 인원수를 생각한다면 생각보다 많지 않군. 하지만 어차피 합격에 필요한 인원은 여섯 명이다. 저 녀석들 중 열 명만 추리면……'

담우소의 상념은 오래가지 못했다.

아직 결론을 내리지 못했는데 그가 찍은 열다섯 명 중 하나가 벌써 움직이고 있었다.

순간적으로 담우소가 내린 판단과 비슷한 생각을 한 듯 합격하기 위해 머리를 굴릴 줄 아는 자들이 모였다고 판단되는 곳을 들쑤시고 다니기 시작한 것이다.

"나는 북천검문(北天劍門)의 진소백(眞少白)이다. 네가 마음에 드는데 연합하지 않겠나?"

건방진 말투에 어울리는 건방진 얼굴이었다. 얼굴로만 보자면 이제 십칠팔 세나 되어 보이는데, 목소리가 노숙한 것이 강호 경험만으로도 그 정도는 되어 보였다.

꽤나 널찍한 그늘을 드리우고 있는 느티나무에 몸을 기대고 있던 청년이 눈살을 가볍게 찌푸렸다.

북천검문이라면 마교의 세력권에 든 문파 중에서도 상당한 명문에 속했다. 청해성에서도 북단에 위치한 까닭에 무림 중에 큰 명성을 떨치진 못했지만 비전인 한천검법(寒天劍法)은 마도에서도 예리하기로 정평이 나 있었다.

그늘 속에 침잠되어 있던 신형을 일으키자 청년의 얼굴이 드러났다. 먼저 다가선 진소백보다 한두 살 나이 먹어 보이는 얼굴이다. 얼굴을 종횡으로 나눠놓은 십자의 상흔이 청년의 얼굴을 그렇게 보이게 만들었다.

그래 봤자 그가 자신처럼 스물을 넘지 않았을 거라 확신한 진소백이 얼른 손을 내밀었다.

"광명신교의 이번 입교 시험은 다른 때와 다르다. 십 년마다 단 한 차례씩만 제자를 받아들이는 만마천에 들어갈 자들을 뽑는 시험을 겸한다. 네가 만마천에 들어가고 싶으면 나랑 손을 잡아야만 한다."

"너, 지나친 자신감이군."

십자 상흔의 청년은 진소백의 손을 잡지 않았을 뿐더러 고개를 돌려 탁! 하고 침을 내뱉었다. 얼굴과 어우러져 사나운 늑대를 연상케 하는 모습이었다.

그러나 애초부터 이 정도 반응쯤은 예상했다는 듯 진소백이 새하얀 이빨을 드러냈다.

"자신감이란 가질 만한 자격을 지닌 자들만이 가질 수 있는 거다. 얼굴의 그 십자흔. 일자탈혼문(一字奪魂門)의 냉심운(冷沈雲)이겠지. 너

역시 명성에 걸맞지 않게 뒤로 빠져 있는 걸 보면 어느 정도 이번 시험
의 정보를 입수한 모양이지만, 내 정보가 더욱 정확하다.”

“틀리면 죽는다!”

그제야 진소백이 내민 손을 잡으며 냉심운은 입술을 꿈틀거렸다. 제
딴에는 미소를 지어 보인 것이리라.

그래 봤자 기분 나쁜 얼굴이라고 내심 중얼거리며 진소백이 나직이
말했다.

“북천검문과 일자탈혼문은 광명신교가 위치한 청해성에서 마도문파
중 가장 명성이 드높은 문파다. 너와 내가 손을 잡았으니 일단 입교 시
험에 합격할 확률은 팔 할이다.”

“팔 할?”

고작이라는 말이 빠진 얼굴이다. 냉심운의 불만이 무엇인지를 이해
한다는 얼굴로 진소백이 말했다.

“만약 이번 입교 시험에 만마천이란 대명이 빠진다면 확률은 십 할
일 것이다.”

“그랬으면 뺀질뺀질한 상판을 한 네 녀석과 합작 따윌 하지는 않았
을 것이다.”

“이하 동문이다.”

지지 않고 차갑게 응대한 진소백이 말했다.

“그래서 다른 동료들을 구해야만 하겠다.”

“강권수(剛拳手) 하후패(夏候悖)가 적당하겠군.”

“경공에 능한 비영검수(飛影劍手)와 단창(短槍)의 명수인 주태(朱台),
철사장(鐵砂掌)의 공력이 이십 년을 넘는 용지(龍智)도 필요하다.”

진소백이 읊어 제낀 자들은 하나같이 청해성을 중심으로 하는 변방

무림에서 젊은 나이에 명성을 얻은 자들이었다.

자신이 생각했던 것보다 더 많은 이름들이 호명되자 냉심운이 십자상흔을 일그러뜨렸다.

"그렇게나 많이 필요하단 말이냐?"

"여섯 명! 본 문에서 천금을 써가며 알아낸 정보에 의하면 이번 시험의 합격자는 그 정도 숫자이다."

"……."

"처음부터 손을 잡고 다른 자들을 떨어뜨리면 확률은 십 할이 되는 것이다."

"마음에 안 드는군."

말과는 달리 냉심운의 입술은 비죽거리고 있었다. 어색하지만 웃음임에 분명했다.

담우소가 움직인 건 진소백과 냉심운이 움직이고도 한참이 지난 후였다.

그들이 부산스레 자신들이 찍은 인물들과 접촉을 시도하고 있는 동안 담우소는 수수방관했다. 그러다 담우소가 어슬렁거리며 걸어간 건 자신이 있던 외진 자리에서 가장 가까운 곳에 우두커니 서 있던 여인에게로였다.

여인?

여인이라기보다는 아직 소녀라는 게 더욱 정확할 것이다. 여인치고는 꽤나 장신인 데 반해 얼굴은 이제 갓 십칠팔 세를 넘겼을까 싶을 정도로 앳되어 보였다.

흑단 같은 머리를 질끈 동여맨 평범한 은채(銀釵)와 이마로 흘러내린 몇 올의 머리카락.

소녀의 시선이 향하고 있는 건 하늘이었다.

전체적으로 아직은 덜 여물었다고나 할까.

소녀의 용모는 특별히 매우 아름다워 세월을 초월할 만한 미모는 아니었다. 장신인 키와 어울려 단아한 자태를 이룬 전체적인 분위기만 아니라면 평범한 축에 속하는 외모였다.

덕분에 종종 뛰어난 미모를 지닌 여인들에게서 보이는 이해 불가능의 오만함이 소녀에게는 없었다. 팔자걸음으로 다가온 담우소에게 소녀가 먼저 입술을 열었다.

"어째서 내게 다가왔죠?"

"첫눈에 반해서."

"바보는 아니라고 보는데요."

'너 역시 마찬가지다.'

버릇처럼 뒤통수를 긁적이며 담우소가 말했다.

"나는 청해성 출신이 아니거든."

"강남 사투리군요."

"토박이지."

"어떻게 강남 토박이가 수천 리도 더 떨어진 청해성까지 왔지요?"

"별로 생산적이지 못한 질문이군."

그제야 청명한 하늘로부터 시선을 뗀 소녀가 담우소를 바라봤다. 단아한 자태에 어울리는 흑백이 또렷한 이지적인 눈동자였다.

소녀의 눈동자에 자신의 마음이 몽땅 읽히는 듯한 느낌을 받은 담우소가 나직이 헛기침을 했다.

"에헴, 나는 담우소야."

"구소옥(具素玉)이에요."

"좋은 이름이군."

"나는 하얀 옥이고 당신은 비로군요."

유혹하는 어투가 아니었다. 이지적인 눈동자를 보면 절대 그런 생각은 하지 못할 터였다.

'그런데도 유혹을 당한 듯 가슴이 두근거리는군. 어린 계집애, 보통 내기가 아니다.'

느슨해지려는 마음 한 켠을 단단히 추켜올리며 담우소가 말했다.

"서로 통성명을 했으니 손을 잡기로 한 거다."

"날 어떻게 믿지요?"

"먼저 움직인 녀석들이 괜찮은 녀석들은 모조리 빼앗아갔다. 뭐, 남의 동네에 왔으니 그 정도는 어쩔 수 없는 노릇이지."

"그래서 합작을 하기엔 절대적으로 불리한 여인의 몸인 내게 접근한 건가요?"

"어차피 합작이 필요한 건 최종 시험에 돌입할 때다. 그때까지는 오직 자신의 힘만으로 버텨야 하지. 그걸 이겨낼 수 있다면 누구든지 믿을 수 있다."

"물론 그때가 되면 적어도 청해성에 대해 당신보다 잘 알고 있는 내 도움을 받아 동료들을 규합할 것이고요?"

"누이 좋고 매부 좋고가 아닌가?"

"난 아직 당신의 능력을 알지 못해요."

"그거야 일차 시험이 끝나면 자연히 알게 되겠지."

"당신, 꽤나 자신만만하군요."

"내가 본래 그래."

구소옥을 향해 씨익 웃어 보인 담우소가 건들거리며 중앙의 단상 쪽으로 걸어갔다.

구름처럼 운집해 있는 응시자들 사이를 어떻게 헤집었는지 단상 위에는 이미 세 명의 흑포중년인들이 올라서 있었다. 드디어 입교 시험의 전권을 쥔 시험관들이 도착한 것이다.

십 년마다 열리는 만마천.

명존을 제외하곤 최고의 반열에 올라 있는 좌우광명사자와 오산인, 오행기의 각 기주들, 천지풍뢰 사대문파의 문주들, 천지이단에 속한 수많은 마도문파들의 문주들까지…….

명존이 폐관에 들어간 후 분열이 심각할 정도에 이른 광명신교에 소속된 제문파들은 요 몇 년간 만마천이 열리기만을 손꼽아 기다리고 있었다.

어차피 명존이 갑자기 폐관을 끝마치고 모습을 드러내지 않는 이상 단기간에 광명신교가 평정될 일은 없었다. 서로 반목하고 있는 좌우광명사자의 세력이 팽팽하여 딱히 누가 이긴다고 할 수 없는 상황인 까닭이다.

그러니 지금에 와서는 차근차근 힘을 쌓아 세를 불리는 게 살아남는 유일한 길이었다. 힘이 곧 정의로 일컬어지는 마도의 역사상 이런 위태위태한 대치 상황이 오랫동안 이어진 일은 거의 없었기 때문이다.

—그러니 어떻게든 만마천 내에 문하 제자를 집어넣어야 한다.

—십 년 후에 절정고수가 되어 나오는 녀석들만 있다면 후일 살아남을 수 있는 확률이 수배로 늘어난다.

—기필코 합격을!

—이번 시험에 문파의 미래와 생존이 달려 있다.

단상의 높이는 일 장이 조금 넘었다.

놀라운 경공술과 무례함을 발휘하여 사람들의 머리를 뛰어넘어 단상 위에 올라선 흑포중년인들의 입가에는 한결같이 옅은 조소가 매달려 있었다.

그저 한차례 훑어보는 것만으로도 그들은 이곳에 모인 사람들의 열렬한 바람과 기대를 충분히 읽을 수 있었다.

'과연 저기 모인 어린아이들 중에서 만마천에 들어갈 수 있는 아이들이 한 명이라도 있을까?'

서로 의견을 나눈 바 없지만 세 중년인들의 생각은 한 가지였다.

그들 중 가운데 서 있는 냉막한 표정의 중년인이 주변을 무심한 시선으로 응시하며 소리쳤다.

"본인은 이번 광명신교의 입교 시험 중 첫 관문을 맡은 환도(幻刀) 금불패(金不敗)요!"

"환도!"

"수십 년간 단 한 차례의 살행(殺行)도 실패해 본 일이 없다는 환영문(幻影門)의 삼 형제 중 대형이잖아! 그렇다면……."

"옆의 두 사람은 삼 형제 중 둘째인 환사(幻邪)와 셋째인 환소(幻笑)겠군."

갑자기 주변이 떠들썩해진 건 당연했다.

현 문주인 금불패를 제외하곤 나머지 두 형제의 이름조차 알려져 있지 않은 환영문은 마도문파라기보다는 살수문에 가까웠다. 돈을 받고 사람 죽이는 일을 전문적으로 하는 문파라는 뜻이다.

그런 까닭으로 정파의 인사들은 물론이거니와 마도의 인물들에게조차 보통의 살수문은 멸시를 당하곤 했다. 뒤로는 살인을 청부하곤 해도 겉으로는 욕설을 퍼붓는 걸 당연하게 생각했다.

그런데 그런 살수문 중에서 유일무이하게 정사를 떠나 무림에서 인정을 받는 문파가 있었으니, 그곳이 바로 환영문이었다.

본래 환영문은 다양한 환술과 기공이학으로 정평이 난 문파였다. 딱히 정파라고도 할 수 없으나 마도문파라고 하기에도 에매한 정사 중간의 문파였다.

그런 환영문이 삼십 년 전 마천루 잔당들과의 조그만 교분으로 정파에 의해 거의 멸문지경에 이르렀다.

그 당시 정파가 펼친 천라지망(天羅地網)은 수천 리에 이르렀다.

웬만한 일류고수라 해도 빠져나갈 수 없는 게 당연한데, 환도 삼 형제는 살아남았을 뿐더러 천신만고 끝에 환영문의 무죄까지 입증했다.

천라지망에서 살아남자 환영문의 무수한 기공이학을 동원하여 수많은 살수행을 성공시켰고, 그렇게 벌어들인 막대한 금력을 이용해서 증인과 증거 자료를 마련하는 데 성공한 것이다.

덕분에 한 문파를 억울하게 피로 씻은 죗가에 말문이 막힌 정파의 무수한 문파들은 환영문의 살수행을 암묵적으로 인정할 수밖에 없었고 그 일은 곧 전설이 되었다.

살수문이라면 얼굴을 옆으로 돌려 침을 뱉던 마도의 사내들조차 엄지손가락을 꼽으며 찬탄 터뜨리기를 주저치 않았다.

그만큼 요 수십 년간 정파무림의 위세는 기세가 등등했고 그들을 꺾은 환영문 삼 형제의 명성은 드높기만 했다.

그런데 고작 첫 번째 시험의 감독관으로 살아 있는 살수들의 전설이라 불리는 환영문 삼 형제가 나섰다?

예상했던 것보다 훨씬 더 이번 입교 시험이 다른 때와는 차원을 달리한다는 생각에 단상 아래 자리를 잡고 있던 군마들은 침을 꿀꺽 삼켰다.

군데군데 자신들보다 그리 처지지 않는 명성을 지닌 대마두들이 제자로 보이는 소년, 소녀들의 손목을 단단히 부여잡고 있는 모습을 일별한 금불패가 입술을 열었다.

"참으로 기라성 같은 마도의 걸출한 영웅들께서 모습을 드러냈소이다. 다른 때 같으면 한데 모여 술이라도 한잔 나누고 싶은 마음 간절하오."

"……."

"하지만 지금 이 자리는 어디까지나 광명신교에 입교할 수 있는 자격을 심사하는 자리외다. 큰 목소릴 내고 싶지 않으니 시험에 관계되지 않은 분들은 모두 뒤로 빠져주시기 바라오."

정통 마도문파의 인물이 아닌 까닭인지 금불패의 목소리는 순후하기까지 했다. 그러나 그 목소리에 담긴 힘은 주변에서 냉소를 던지고 있던 대마두들의 낯빛마저 바꿔놓았다.

'연무장의 크기가 보통이 아닌데 마치 귓전에 대고 속삭이는 듯한 목소리라… 참으로 놀라운 공력이로구나!'

연무장의 크기는 수백 장에 달했다. 그리고 자유분방한 무림인답게 응시자들이 도열해 있는 모습은 난잡하기 그지없었다.

내력이 뛰어난 사람이라 해도 목청을 높여 고래고래 떠들어야 모든 사람이 알아들을 수 있을 터였다. 그런데 금불패는 목청을 높이지 않았을 뿐더러 듣는 이의 귀에 순후하다는 생각마저 들게 만들었다.

자신들이라면 감히 그럴 수 있을까?

생각만큼 쉽지 않겠다는 생각에 고개를 흔들어 보인 대마두 몇이 제자를 뇌둔 채 뒤로 신형을 날렸다. 강자존 약자멸인 마도의 율법에 따른 행동이었다.

그러자 금불패가 발휘한 훌륭한 공력을 단번에 알아보지 못한 자들의 안색도 변할 수밖에 없었다.

자신들보다 훨씬 윗줄의 인물들이 뒤로 신형을 날렸으니 감히 끝까지 남을 엄두를 내지 못하게 된 까닭이다.

"사부가 한 말을 명심했으렷다!"

"마음을 침착하게 가지거라!"

"크게 심호흡을 하고 나가는 거다!"

몇 차례나 당부의 말을 내뱉으며 끝까지 시험장에 남아 있던 마두들은 발길을 돌렸다.

이제 결전의 때가 왔고 자신들이 직접 시험을 보지 않는 이상 제자들의 능력을 믿을밖에 도리가 없었다.

제29장 중요한 것은 기본(基本)이다

'허어! 시험 한번 치르기 힘들군.'

잠시 잠깐 만에 불순한 의도로 시험을 방해하려던 세력을 깡그리 몰아낸 금불패의 입가에서 미소가 흔적도 없이 사라졌다. 유일하게 혈육으로 만들어진 인간으로 보이게 하던 표정과 함께.

마치 얼음으로 조각된 한 겹의 가면을 쓴 듯 냉막하게 변한 얼굴로 단상 주변을 훑어본 금불패가 차갑게 말했다.

"이곳에 모인 자들은 위대한 광명신교에 입교하기 위해 모인 자들이 맞는가."

그리 크지 않은 목소리였다. 그러나 심혼을 파고드는 얼음 송곳에 단상 아래 모인 오백 명이 넘는 소년, 소녀들은 모골이 송연해지는 걸 느꼈다.

그들에겐 더 이상 응석을 받아줄 부모도, 모진 풍파로부터 앞을 가려줄 사부도 존재하지 않았다.

일찍이 담우소가 눈여겨봤던 일단의 무리들을 제외하곤 일시에 얼어붙어 입술조차 떼지 못했다.

가장 먼저 입술을 뗀 건 진소백의 옆에 서서 얼굴의 십자 상흔을 긁적이고 있던 냉심운이었다.

"질문하신 그대로입니다."

'얼굴을 가로지른 저 십자 상흔은 일자탈혼문 비전의 자전십팔도(紫電十八刀)에 당한 게 분명하다. 그리고 옆에 서 있는 녀석의 우보(右步)가 앞으로 반치가량 튀어나와 있는 걸 보면 한천검법을 익힌 게 분명하다. 이미 만마천에 들어갈 일진의 후보 여섯을 뽑아놓았는데, 이번 이진에는 만만치 않은 녀석들이 들어왔구나!'

진소백의 옆에는 냉심운만 있는 것이 아니었다. 그사이 포섭한 하후패와 비영검수, 주태, 용지 등이 육합(六合)의 진세를 은연중에 이루고 있었다.

그러나 금불패의 시선을 끈 건 오직 진소백과 냉심운뿐이었다. 하후패 등도 뛰어난 후기지수이지만 앞의 두 사람과 비교하자면 손색이 느껴지는 것이다.

슬쩍 고개를 들었던 안타까움을 금세 뇌리 속에서 지운 금불패가 얼른 진소백 등에게서 시선을 떼며 목소리를 약간 높였다.

"내 말을 알아들은 게 이 많은 무리 중에 단 한 명뿐이라니! 이곳에 모인 무리는 도대체 시험을 볼 마음이 없는 것인가?"

"아, 아닙니다!"

"저희들도 알아들었습니다."

뒤늦게 튀어나온 대답들이었다.

우후죽순처럼 곳곳에서 터져 나오는 대답 따위엔 관심조차 보이지 않고 금불패가 차갑게 냉소했다.

"흥, 용렬하기는!"

한마디로 딱 자른 금불패가 호령했다.

"무릇 시험을 보는 자에겐 법도가 있는 법이다. 지금 당장 오와 열을 맞춰서 도열하도록 하라!"

"오, 오와 열?"

"그게 무슨?"

더듬거림이 흘러나온 건 일반적인 마도의 무가(武家)나 일인전승(一人傳承)으로 무공을 익힌 축들이었다.

꽤 큰 마도문파에서 뽑혀 나온 소년들은 잽싸게 서로 간에 호응을 해가며 오와 열을 맞췄다.

그러는 중에 몇 차례의 충돌이 일었으나 곧 장내는 정리되고 있었다. 이미 세력을 형성한 진소백 등의 활약상이 눈에 띌 정도였음은 당연했다.

'벌써 세력을 형성했군. 확실히 여기 모여 있는 얼간이들 중에서는 군계일학(群鷄一鶴)이라 할 만하다. 그러나 지금 중요한 건 그런 것이 아니지. 세력을 형성하고 지도자의 자질을 나타내는 시험은 한참 뒤에 있다.'

자신의 임무를 떠올린 금불패가 동생들을 향해 손짓했다.

"둘째, 일단 일각이 지나기까지 우왕좌왕했던 녀석들을 확인했겠지?"

여태껏 눈앞에서 벌어지는 일과는 무관하다는 듯 눈을 지그시 감고 있던 환사가 대답했다.

"물론입니다."

"둘째는 녀석들을 골라내고, 셋째는 혹시 일어날지 모를 불상사에 대비하라!"

"알겠습니다."

여전히 눈을 감은 채 환사가 신형을 날렸고, 형들과 달리 얼굴에 봄날같이 훈훈한 미소를 매달고 있던 환소가 곧 그 뒤를 따랐다.

파파파파팟!

환소의 수중을 벗어난 한 줌의 대나무 젓가락이 향한 곳은 땅바닥이었다. 환사에 의해 개같이 끌려 나가고 있는 문하제자의 모습에 신형을 날렸던 마두들의 발걸음이 주춤했다.

환영문이 천하에 이름을 떨친 건 기환이술(奇幻異術)이었다.

명성 높은 환소가 던진 것이 기껏해야 대나무 젓가락에 불과하고 향한 곳은 땅바닥이라 해도 쉽사리 몸을 날릴 순 없었다. 이곳에 모인 마두들치고 강호에서 수십 년간 굴러먹지 않은 자들이 없기 때문이다.

그중 진법에 어느 정도 조예가 있는 흑산대마(黑山大魔)가 음침한 눈빛을 발하며 말했다.

"팔괘(八卦)인가?"

기껏해야 대나무 젓가락 몇십 개로 수십 명이 넘는 마두들의 앞을 가로막은 환소가 히죽 웃었다.

"팔괘로 보이시오?"

"팔괘만이라면 내가 이렇게 발길을 멈추진 않았겠지."

"잘 보셨소. 방위 자체는 팔괘이지만 그 속에는 환영문 특유의 변화가 담겨 있소."

"역시!"

혀를 찬 건 흑산대마가 아니었다. 진법에 조예가 있는 그가 어떻게든 해주리라 기대하고 있던 다른 마두들이었다.

오히려 흑산대마는 음침한 안색을 잔뜩 일그러뜨리고 있었다. 일반적인 병가의 진법이라면 어떻게든 생문(生門:진법 중 살아 나갈 수 있는 방위)을 찾을 수 있겠지만 환영문의 기환술이 더해졌다면 어려웠다.

과거와는 달리 현재의 환영문은 살수문이었다. 생문이나 휴문(休門:진법 중 위험이 덜한 방위)을 만들 까닭이 없었다.

'뚫자면 목숨을 걸어야 한다!'

흑산대마의 일그러진 얼굴이 의미하는 바는 자명했다. 아무리 후일의 영광을 위한 것이라 해도 일개 시험에 불과했다. 광명신교의 존엄을 부인할 뿐더러 목숨을 걸기엔 무리가 있었다.

이빨을 뿌드득 갈아붙인 흑산대마가 힐난하듯 으르렁거렸다.

"내 제자는 이 시험을 위해 십수 년간 고련에 고련을 거듭해 왔다. 고작 줄을 잘못 섰다는 이유로 탈락시킨다는 게 말이 된다고 보느냐!"

"맞다!"

"이런 시험이 세상에 또 어딨느냐!"

"시정해야 한다!"

흑산대마를 따라 탈락된 소년, 소녀들의 사부와 친인척들이 벌 떼처럼 고함을 질러댔다.

그러나 환사는 여전히 여유만만하게 탈락자들을 양산하고 있었다.

수많은 마두들과 맞닥뜨리고서도 전혀 입가의 미소를 지우지 않은 환소가 둘째 형 쪽을 힐끔 쳐다보곤 봄날처럼 부드럽게 말했다.

"하하, 그동안 입교 시험을 치르면서 관행이 되었다곤 하지만 이번 시험은 더욱 심한 것 같구려."

"……."

"우리 삼 형제가 어째서 첫 번째 시험을 맡았겠소이까?"

"그, 그건……."

환소의 시선이 말을 더듬는 흑산대마를 무심히 향했다.

"시험관의 명령은 절대적이오. 그리고 이번에 뽑는 건 광명신교와 명존께 충성을 맹세할 제자들이지 여타 다른 세력의 후광을 업은 어리광쟁이들이 아니오."

"그렇다곤 하지만……."

"무림에서는 눈치가 빨라야만 살아남소. 그리고 돌발적인 상황에 대한 대처 능력이 떨어지는 자들은 자신뿐 아니라 동료들까지 위험에 빠뜨리오. 그만하면 떨어질 사유로 충분하오."

만약 말을 꺼낸 자가 전설적인 환영문 삼 형제 중 환소가 아니었다면 씨알도 먹히지 않았을 것이다. 그만큼 첫 일각 만에 떨어진 소년, 소녀들의 후광은 만만치 않았다.

그러나 환소가 말했다시피 매년, 매 분기마다 있어온 입교 시험 난행 사건에 대한 해결책으로 금년에 광명신교가 내세운 패는 효과가 있었다.

정파 천하라 해도 과언이 아닌 과거의 무림에서 정파의 추살령을 받고도 거뜬히 생존한 환영문 삼 형제를 무시할 수 있는 마두들은 별로 없었던 것이다.

"두고 봅시다!"

앞장을 섰던 흑산대마가 데려온 제자 중 재수없게 떨어진 한 놈을 데리고 발길을 돌렸다. 아직 떨어지지 않은 제자들에게 피해가 갈 것을 두려워한 것이다.

그렇게 그나마 진법에 조예가 있던 흑산대마가 승복하고 물러서자 나머지 탈락자들의 측근들로서도 더 이상 저항할 도리가 없었다.

이빨이 가루가 될 정도로 갈아붙이는 자와 후일을 말하며 원독에 찬 눈빛을 던지는 자들로 나뉜 채 나머지 마두들 역시 발길을 돌렸다.

그러자 그들만을 바라보고 있던 탈락자들의 얼굴이 새파랗게 질렸고 개중엔 눈물을 찔끔거리는 녀석들까지 있었다. 그만큼 이번 시험은 마도에서는 절대적이라 할 만했다.

남은 인원 삼백 명.

첫 번째 탈락자들을 내는 데 일각, 예상됐던 반발을 막는 데 이각, 상황을 정리하는 데 일각을 썼으니 도합 반 시진(1시간) 만에 이뤄낸 개가였다.

두 사제의 힘을 빌어 오백 명을 넘게 헤아리던 소년, 소녀들의 숫자를 단숨에 삼백 명으로 떨어뜨린 금불패의 표정은 여전했다.

단호한 조치에 기가 질린 소년, 소녀들의 얼굴은 이미 처음과 같지 않았다.

애초부터 별다른 연고없이 시험에 임했던 자들이나 그렇지 않은 자들 모두 얼굴이 딱딱하게 굳어 있었다.

자칫 한순간의 방심으로 떨궈져 나간 탈락자들의 처참한 모습을 본 까닭이다.

일을 끝마친 동생들이 돌아오자 주변을 훑어보고 이제야 시험을 치를 분위기가 됐다고 판단한 금불패가 차갑게 말했다.

"모두 무공을 익힌 자들이니 마보(馬步)를 알고 있을 것이다."

"예, 그렇습니다."

"알고 있습니다."

거의 동시에 소년, 소녀들에게서 대답이 터져 나왔다. 여전히 중구

난방인 대답이었으나 처음과는 다른 절박함을 내포하고 있었다.

그 정도로 만족한 듯 금불패가 말을 이었다.

"첫 번째 시험은 마보다."

"……."

"지금부터 전혀 내공을 사용하지 않은 상태로 마보를 한다. 조금이라도 내공을 운용한 자는 바로 탈락이고, 조금이라도 자세가 흩뜨러진자 역시 탈락이다. 현재 인원 중 백 명이 남을 때까지다. 동서남북으로 탁 트인 곳이니 전혀 시험에 부정이 끼어들 여지는 없을 것이다."

"아아!"

첫 번째의 줄 서기에서 탈락하지 않은 소년, 소녀들과 관계있는 마두들의 입에서 엇갈린 탄성이 흘러나왔다.

기본기를 충실히 교육했던 자들과 시험을 앞두고 편법으로 내공을 올린 자들의 희비가 교차하는 순간이었다.

그렇다 해도 처음의 줄 서기와는 달리 이번에 금불패가 내뱉은 방법은 무공의 상리상 지극히 합당한 것이었다. 신법이나 내공을 위주로하는 마두들의 입에서 불만이 터져 나왔지만 항의할 거리는 없었다.

금불패와 환사, 환소가 보는 앞에서 삼백 명의 소년, 소녀들이 일제히 양다리를 어깨 넓이로 벌리고 말에 타듯 구부렸다.

드디어 첫 번째 시험의 시작이었다.

마보란 지극히 단순한 동작이지만 중원에 널리 퍼진 외가의 무공 중가장 기본이 되는 수련법이다.

강호의 삼류권사(拳師)라 해도 알고 있는 육합권(六合拳)의 수련법이기도 했고, 소림 칠십이절기 중 하나인 백보신권(百步神拳)의 수련법

중 하나이기도 했다.

중원 무공의 특징인 '모든 무공의 기본이 되는 하체의 견실함'을 확인하기에 마보만큼 확실하고 훌륭한 방법은 없다는 뜻이다.

그러나 종종 세상은 기본을 지키는 자들이 오히려 비웃음을 당하곤 한다.

중원에 무공이 퍼진 후 대대로 이름을 날린 이들은 정파에서 배출한 절정고수들이었으나 가장 많은 인명을 해친 건 편벽괴이한 무공을 익힌 마도의 인물들이었다.

오직 무공을 이름을 날리고 자신의 욕심을 채우기 위한 수단으로 이용한 마도의 인물들에게 개인적인 성취감이나 지극히 높은 무공 경지를 향한 향상심 따윈 처음부터 없었다.

─어떻게 하면 상대방을 꺾고 자신은 살아남을 수 있는가!

추잡하긴 하지만 지극히 현실적인 목표였다.

채음보양(採陰補陽)과 같은 편법이 등장했고, 선단술을 가장한 음사한 내공 수련법이 인기를 끌었다.

어떻게라도 내공을 높여 강해지기만 하면 마도에서는 대접을 받을 수 있는 풍조가 횡행했다. 그것이 마도의 목표와 실정에 꼭 맞았기 때문이다.

그러나 그러한 마도의 작태는 얼마 안 가 커다란 암벽에 가로막히고 만다. 처음에는 승승장구하며 내공을 높이고 무공을 높여 정파의 후기지수들을 짓밟을 수 있었던 마도의 고수들이 하나같이 어느 정도에만 이르면 무공이 정체되었다.

별별 수단을 다 써봐도 소용이 없었다. 무공을 수련하면 할수록 높은 경지를 향해 나아가는 정파의 고수들에게 마도의 고수들은 점차 밀려야만 했다.

마도에게 있어 힘에서 밀린다는 건 곧 죽음을 의미했다.

위기감은 더욱 지독한 편법을 낳았다. 편벽괴이란 말로도 다 형언할 수 없을 정도로 끔찍한 내공법이 세상에 등장하기 시작했다.

임신부의 배를 갈라 음정(陰精)을 취하는 수법이나 시체에서 시정(屍精)을 흡수하는 패륜의 수법조차 그리 놀라운 것이 아니게 된 것이다.

그러나 그렇게 천리(天理)를 어겨가며 흡수하고 수련한 내공이란 그만큼의 상흔을 몸 안에 새겨 넣었다.

수련하면 할수록 순평해지는 것이 아니라 수련하면 할수록 위험이 증가했다. 위기감에 의해 잘못된 외길로만 치달은 당연한 결과였다.

때문에 역대 황조로부터 탄압을 받아 마도로 분류된 무리 중 유일무이하게 바른 무공의 기본을 지니고 있던 광명신교로서는 마냥 두 손을 놓고 있을 수 없었다.

천여 년 동안 몇 차례에 걸쳐 일어났던 정사대전에서 항상 정파에 밀려야만 했던 역사는 둘째 치고, 불을 신성시 여기는 교리에 위배되는 행동은 묵과할 수 없었던 것이다.

수백 년에 걸친 대대적인 마도 통합 작업!

교도들의 수많은 피와 희생을 바탕으로 지난 백여 년 만에야 간신히 마도의 절정에 오른 광명신교는 다음 목표인 정파의 합병을 놓고 세력을 확장하기 시작했다.

오직 투철한 신앙심을 지닌 교도들의 직계 혈손으로만 이어져 오던 교의 문을 열고, 그동안 백안시하던 마도의 무리들을 교도로 받아들

였다. 진흙탕 속에서도 연꽃은 필 수 있다는 판단 하에 벌어진 일이었
다.

정파에서는 당연한 것이었지만 마도에서는 지금까지 그 유래를 찾
아보지 못했던 기본을 중시하는 풍조가 서서히 꽃을 피우기 시작한 건
그때부터였다.

'그러니 마교에 입교하는 시험에 무공의 기본을 중시하는 풍조가 깃
들어 있는 건 당연한 일일 것이다. 하지만 그렇다곤 해도 처음부터 마
보라니, 황당하군.'

지난 십오 일간 담우소는 최고봉에게 고역만을 치른 것이 아니었다.
어차피 화심인을 받았으니 후일이라도 엄정하에게 중히 쓰임을 받으리
라 여긴 그에게 상승의 권각을 가르침받고 광명신교에 대한 많은 이야
기를 들었다.

그중 광명신교 신앙의 근간을 이루는 성화의 위대함과 명존으로 재
림한다는 미륵신앙 따윈 안 들으니만 못했으나 독특한 무공에 대한 해
석은 담우소의 정신을 번쩍 들게 만들었다.

어차피 정파 중 명문의 무공은 아는 것이 없으니 설명 중 그저 고개
를 끄떡일밖에 도리가 없었다. 무지막지한 최고봉에게서 살아남으려
면 반드시 그리해야만 했다.

하지만 광명신교가 어째서 다른 마도와 다른지에 대한 이야기가 끝
난 후 이어진 무리에 대한 가르침이 담우소에겐 전혀 낯설지 않았다.

절정고수이자 대선배인 최고봉이 진중한 얼굴로 내뱉은 가르침임에
도 전혀 막히는 게 없었다. 광명신교와 마도 간의 구구한 설명을 들을
때와는 전혀 다른 양상이었다.

덕분에 잠시 멍청해져 있던 담우소는 곧 깨닫는 것이 있었다. 최고

봉이 몇 차례에 걸쳐 설명한 무리는 하나같이 담우소 자신이 이미 외우고 있는 것들이었다.

권을 쓰는 방법으로부터 하체를 단련하여 다리를 쓰고 호흡을 조절하여 큰 힘을 발휘할 수 있는 법까지…….

풍천경을 익히는 동안 담우소가 수도 없이 반복해서 외우고 따라했던 동작이며 호흡법이었다.

덕분에 내공도 한 점 운용하지 못하는 주제에 산중의 대왕을 자처하고 있던 대왕 멧돼지를 다리로 목을 졸라 식량을 삼은 일도 있었다.

풍천경에서 이른 대로 부단한 수련으로 동작과 기합을 일치시키기만 하면 내공을 운용하지 않고도 그 정도의 힘은 쉽사리 일으킬 수 있었다.

—그렇지만 이런 것이 상승 외가기공의 초석이며 전부라고?

맨처음 담우소는 최고봉을 똑바로 쳐다보며 펄쩍 뛰었다. 아무리 생각해도 납득이 되지 않는 것이다.

수년간의 노력 끝에 풍천경을 적어도 오성은 넘겨 익혔을 터였다. 사부도 없이 홀로 연마했지만 그 정도는 된다고 생각했다.

그런데도 강호에 나오자 삼류를 면치 못했다. 내공을 쓸 줄 아는 자들만 만나면 담우소가 뼈를 깎는 고통을 참아가며 익혔던 권각법은 아무 짝에도 쓸모가 없는 것이 되곤 했다.

그게 현실이었다. 아니, 현실이라고 생각했다.

'하지만 곧 나는 생각을 고쳐먹어야만 했다. 절벽을 기어오르는 동안 그 적발귀신이 가르쳐 준 대로 호흡과 동작을 일치시키게 된 나는 풍천경에서 이르던 어구들을 좀 더 정확하게 이해하게 됐다. 힘을 쓰

는 건 결코 수련만으로 되는 게 아니었다.'

짧은 기간 중의 깨달음이지만 그 결과는 컸다. 지난 수년간의 고련으로도 이해하지 못했던 풍천경상의 차력(借力)과 타력(打力)의 오의를 지금 담우소는 이해하고 있었다. 비로소 진정한 풍천경의 힘을 발휘할 수 있게 된 것이다.

딛고 있는 땅의 힘을 빌어 완벽한 마보의 자세를 취하고도 지극히 평안한 표정이 되어 있던 담우소가 슬쩍 주변을 훑어봤다. 벌써 첫 번째 시험이 시작된 지 세 시진째가 지나가고 있었다.

애초에 기초를 부실하게 쌓은 응시자들은 탈락되어 빽빽하던 주변이 듬성듬성하게 변해 있었다. 시작할 때의 인원 중 남은 건 절반 정도나 될까 싶었다.

그만큼 어려서부터 마도의 무공에 길들여진 응시자들에게 내공을 전혀 배제한 장시간의 마보는 악몽과도 같은 것이었다. 현재 남아 있는 소년, 소녀들 중 태연한 얼굴을 하고 있는 이들의 숫자가 현저히 적은 것만 봐도 알 수 있는 일이었다.

덕분에 어렵지 않게 목표했던 소년, 소녀들을 찾아낸 담우소의 입가로 가느다란 미소가 떠올랐다.

'과연 가장 먼저 세력을 형성했던 녀석들 중 탈락자는 아직 한 명도 없군. 어려서부터 내공을 익혔을 테니 이런 상황이 더욱 괴로울 텐데도 불구하고 은연중에 한데 뭉쳐 서로가 서로를 격려하고 있다. 저들이 뿜어내고 있는 기백만으로도 주변의 얼빵한 녀석들은 땅바닥에 주저앉고 말 것이다.'

담우소의 시선이 향한 곳은 진소백 등이 진을 치고 있는 곳이었다. 이미 시험관인 금불패의 시선을 잡아끌었을 정도로 그들은 시험장을 위압하고 있었다.

숫자는 고작 여섯 명에 불과했지만 세 시진이라는 시간이 흐르는 동안 그들의 주변은 일종의 거대한 공터로 변하고 있었다.

다른 때 같았으면 조금이라도 더 버틸 수 있었을 응시자들이 청해무림 제일의 후기지수들이 내뿜는 살기에 질려 하나둘 나가떨어진 것이다.

충분히 그럴 수 있다는 생각에 담우소는 내심 고개를 끄떡였고 다음에 그의 시선이 향한 건 예의 소녀 구소옥이 있는 자리였다.

먼저 접근한 쪽은 담우소였다. 혹시라도 최고봉이 전해준 시험 정보가 틀릴 경우를 대비하기 위해서였다. 목숨보다 소중한 걸 담보로 건 상황에선 당연한 일이었다.

그러나 담우소의 우려와는 달리 시험은 최고봉이 전해준 정보대로 진행 중이었다.

이런 마보쯤은 몇 날 며칠이라도 견뎌낼 수 있는 담우소이고 보면 처음과는 사정이 많이 달라졌다고 할 수 있었다.

최종 시험에 함께할 세력을 모으는 건 첫 번째 시험을 통과한 자들 중에서 적당히 골라 잡아도 늦을 것이 없었다. 구소옥이야 떨어지든 말든 전혀 상관할 바가 없어졌다는 뜻이다.

그런데 사람의 마음이란 게 참 묘했다.

이를 악문 채 여인으로선 수치스러울 수도 있는 마보를 하고 있는 구소옥을 바라보는 담우소의 시선은 평범하지 않았다.

오연하다는 생각이 들 정도로 단아하던 자태가 묘하게 흐트러진 구소옥의 모습을 지켜보자니 일시 측은한 감정이 일어났다.

'하하, 다 늦은 나이에 저 어린 여아에게 연심(戀心)이라도 동한 것인가?'

절대 입 밖으로 내뱉을 수 없을 정도로 낯간지러운 생각이었다.

여인보다 더욱 아름다운 사내, 웬만한 미녀라도 울고 갈 정도의 미모를 지닌 엄정하를 만난 이래 느껴보지 못한 감정에 담우소는 내심 고개를 흔들었다.

도대체가 만난 지 하루도 되지 않은 소녀에게 연심이 동할 리 없었다. 그리고 연심이 동한 것이 아니라면 이리 마음이 쓰이는 까닭을 생각해 내기란 애매한 일이었다.

파앗!

마음이 흔들렸기 때문이리라! 땅의 기운에 기대어 있던 담우소의 발끝을 타고 가벼운 진동이 일었다.

느닷없이 일어난 풍천경의 기운이 발바닥 끝 용천혈(湧泉穴)을 타고 질풍과 같은 기세로 땅을 울렸다.

"헉!"

"어이쿠!"

"으헉!"

날벼락이었다. 그것도 마른하늘에 떨어진 날벼락이었다. 담우소의 발끝을 타고 일어난 거창한 기운에 휘말린 소년 몇이 땅바닥을 나뒹굴었다.

본래 다리 힘과 허리 힘이 대부분 빠져 있었다곤 하지만 적어도 한 시진 이상은 더 버티고 서 있을 수 있을 만한 여력을 지니고 있는 소년들이었다.

'한 시진이면 상황이 어떻게 변할지 알 수 없는 일인데…….'

황당한 표정의 뒤는 울상이었다. 어려서부터 이번 시험에 대비해 고련에 고련을 해온 소년들은 어이없는 결과에 넋이 빠져버렸다.

마치 다리가 없는 듯 흐느적거리는 걸음으로 주변을 배회하고 있던 환사가 다가들자 소년들 중 하나가 분한 듯 소리쳤다.

"나는 아직 더 버틸 수가 있었다고요!"

"일어서 봐라."

다가선 환사의 목소리는 무심했다. 기회라도 잡은 듯 다리에 힘을 주고 신형을 일으키려던 소년이 휘청거리며 제자리에 주저앉았다. 일단 한 번 기세가 풀리자 기초가 튼실하지 못한 다리에 쥐가 나기 시작한 것이다.

"크흐흑!"

참지 못하고 흐느끼기 시작한 소년들을 환사가 개같이 끌고 갔다. 탈락자들이 모여 뭉친 다리 근육을 풀고 있는 장소로 십여 명의 인원이 추가되는 순간이었다.

'이런!'

담우소는 찔끔했다. 환사가 탈락자들을 처리하는 동안 여전히 입가의 미소를 지우지 않고 있는 환소가 그의 곁으로 다가들었다.

"매우 뛰어난 진각이로군?"

"……."

"설마 하니 내가 눈을 장식으로 달고 다닌다고 생각하는 건 아니겠지?"

이 정도 되면 모른 척만 하고 있을 순 없었다. 뻔뻔스런 얼굴로 담우소가 환소를 바라봤다.

"마보를 한 채 오래 버티고 있다 보니 무료하더군요."

"허허, 무료했다고?"

"그리고 시험의 과제는 마보에만 국한됐을 뿐 그 외의 다른 행동에 대한 사항은 언급이 없었지 않습니까?"

"그도 그렇군. 첫 번째 시험의 과제는 확실히 백 명이 남기까지 마보를 하라는 것이었지, 그 외의 사항에 대한 언급이 없었어."

환소는 사람 좋아 보이는 웃음을 만면에 가득 담았다. 만약 과거 환영문과 관련된 전설을 조금이라도 알고 있는 사람이라면 간담이 서늘해졌을 것이다. 환소가 이런 웃음을 짓는 경우란 종종 정반대의 상황을 염두에 두고 있을 때가 많기 때문이다.

환영문이나 환소의 유명한 파안대소에 대해 아는 것이 없는 담우소가 역시 히죽 웃어 보였다.

"게다가 중요한 사실은 제가 일으킨 진각에는 한 점의 내공도 담겨있지 않다는 것이지요."

"……."

"전 오직 외공만을 수련했을 뿐 내공이 한 점도 없거든요."

담우소의 얼굴에는 해맑은 기운이 넘쳤다. 여전히 웃음이 떠나지 않고 있는 환소의 얼굴에 비견될 정도였다.

대화를 나누던 중 이미 담우소의 내부에 경력을 일으켜 조사한 환소의 입술이 꿈틀거렸다. 이질적인 자신의 경력이 훑고 지나갔음에도 담우소의 체내에서 전혀 반발력을 느끼지 못한 것이다.

'이와 같은 경우는 두 가지다. 내력이 전혀 없거나 이미 내력을 자유자재로 다룰 수 있는 경지에 올랐거나.'

환소로선 후자를 생각할 수 없었다. 누구라도 마찬가지였을 것이다. 내력을 자유자재로 다룬다는 건 전설에서나 떠도는 천인합일(天人合一)의 경지에서나 가능한 까닭이다.

그러나 내력을 전혀 사용하지 않은 진각에 반경 삼 장이 격렬한 울림을 발한다는 것도 역시 말이 안 됐다. 그 정도의 힘을 전이한다는 건 웬만한 내공 고수라 해도 쉽지 않은 노릇이었다.

일시에 말문이 막힌 듯 침묵에 빠져든 환소를 힐끔 바라본 담우소가 천연덕스레 말했다.

"그럼 저는 시험에나 계속 열중하겠습니다. 다들 액면 그대로의 과제에만 정신이 팔려서 꽤나 오랫동안 이 짓을 하고 있어야 할 것 같으니까요."

"액면 그대로의 과제?"

"처음에 말했다시피 마보를 한 채로 내력만 사용하지 않으면 뭐든지 해도 상관없다는 것 아닙니까."

"그건……."

"뭐, 저야 상관없는 일입니다. 내공이 없기에 이런 단련은 꾸준히 해 왔으니까요."

담우소의 얼굴은 과연 여유가 넘쳤다. 세 시진째가 넘어서고부터 오직 오기와 끈기만으로 버티고 서 있는 주변의 다른 소년, 소녀들과는 전혀 상반된 얼굴이었다.

'흥, 이 녀석이 바로 천리종횡님이 데려왔다는 그 아이인가?'

그동안의 살수행을 통해서 웬만한 사람의 내심쯤 곁눈질만으로도 알 수 있게 된 환소의 눈가로 잔주름이 일어났다. 대번에 담우소의 정체를 파악한 까닭이다.

그러나 비록 오산인 중 하나인 최고봉의 위명이 광명신교를 비롯한 전 마도를 쩌렁쩌렁 울린다고 해도 환영문 삼 형제를 위압할 수는 없었다.

환소가 눈가에 잔주름을 만들어낸 건 담우소가 거짓말을 하고 있지 않다는 사실과 방금 전의 한마디로 파생될 일들이 눈에 선했기 때문이다.

아니나 다를까! 마보에만 열중하기 시작한 담우소에게서 시선을 뗀 환소의 입가에서 미소가 사라졌다. 성미 급한 녀석들 중 몇이 이미 움직임을 보이고 있었다.

촤악!

발끝으로부터 차여진 한 줌의 흙이 비산했다. 그리고 그 뒤를 이은 건 한 줌의 우모침 세례였다.

굳이 내력을 주입하지 않더라도 흙먼지 속에 숨겨진 한 줌의 우모침은 매우 효과적인 공격법이었다.

얼떨결에 공격을 받은 소년들 중 몇이 땅바닥을 나뒹굴거나 우모침에 당하지 않기 위해 신형을 뒤로 뽑아냈다. 어려서부터 몸에 익힌 무공이 자연스레 발현한 것이다. 그리고 그들은 바로 환사에게 머리채를 휘어 잡혔다. 탈락이 결정된 것이다.

그러나 우모침 한 줌으로 몇 명이나 되는 경쟁자를 탈락시킨 소년 또한 최종 합격자가 되지는 못했다.

도대체가 무슨 생각으로 시험에 임했는지 주변에서 얌전을 떨고 있던 소녀의 소맷자락에서 유엽비도(幼葉飛刀)가 사방으로 폭사되었다.

금종조(金鍾罩)나 철포삼(鐵布衫)과 같은 외가의 무공을 일류의 경지까지 체득한 고수가 아니고선 본신의 내공을 이용하지 않고 받아낼 수 없는 급공이었다.

"빌어먹을!"

"으악!"

"나쁜 년!"

처음 우모침을 사용했던 소년을 포함해서 자신보다 두 배는 됨 직한 몸집의 소년 대여섯 명을 한꺼번에 탈락시킨 소녀의 입가로 간특한 미소가 배어 물렸다.

"깔깔깔, 병신 같은 새끼들! 그 정도도 못 받아내면서 시험에 합격하길 바랬니!"

채챙!

우모침을 날렸던 소년과는 달랐다.

양손에 쌍수검(雙手劍)을 빼 든 채 경계를 늦추지 않는 소녀의 모습은 기세가 등등했다. 누구라도 자신을 떨어뜨리려면 대가를 지불해야 한다는 걸 확실히 하는 모습이었다.

덕분에 담우소가 던진 한마디로 야기된 미친 바람은 한동안 그녀의 주변을 침범하지 못했다.

무림은 겉모습만으로 강약이 구분되지 않았다. 그리고 이런 난전이 벌어질 경우 강한 자를 먼저 공격하는 건 바보나 생각할 수 있는 방법이었다.

그녀의 앞을 스쳐 간 미친 바람은 금세 주변을 휩쓸었다. 사막에서 일어난 용권풍(龍捲風)처럼 시험장 안을 금세 난장판으로 만들었다.

마도의 본색을 보여주기라도 하려는 듯 온갖 암기가 난무했고 모략이 판을 쳤다. 그야말로 시험장은 소무림이 되어 소년, 소녀들의 각축장이 되어버렸다.

그렇다 해도 무풍지대(無風地帶)는 있었다.

용권풍이 일어나기 전에 이미 주변을 청소한 담우소가 있는 곳과 진소백 등이 육합의 진을 치고 있는 곳이었다.

시험장의 곳곳에서 암기가 날아다니고 독사(毒砂)가 비산하는 와중에서도 담우소는 콧노래를 흥얼거리고 있었고, 육합의 진세는 굳건하기만 했다.

담우소야 주변에 사람이 없으니 그렇다 치고 진소백 등이 치고 있는 육합의 진세에는 흥미로운 구석이 있었다. 다른 곳과는 달리 아예 미친 바람이 범접할 엄두를 내지 못하고 있었다.

그저 진세에서 흘러나오는 투기만으로 주변를 제압하여 다른 자들의 범접을 허락하지 않는 것일까?

그렇지는 않았다. 진소백이나 냉심운 등은 그저 마도의 후기지수이기만 한 것이 아니었다.

그들은 정파가 득세하고 있는 중원과는 달리 마도의 거대 방파란 방파는 모두 몰려 있는 청해성에서도 명문이라 할 수 있는 문파의 후계자들이었다.

그런데 그런 뒷배경을 지닌 자들이 육합의 진세를 갖춘 채 여섯이나 모여 있었다. 서로가 서로를 격려하는 연합의 형태로.

아무리 강호 경험이 적은 나이라곤 하지만 주변의 녀석들로선 감히 덤벼들 생각은 할 수 없을 터였다. 힘을 숭배하는 마도의 특성을 단적으로 보여주는 모습이라 할 만했다.

'그렇다곤 하지만 아직 나이 어린 아이들이 아닌가! 벌써부터 마도의 썩어 빠진 강자존의 철칙에 얽매인 모습은 별로 보기 좋지 않구나!'

애초에 마도를 걷지 않았던 과거를 지닌 금불패였다. 눈앞에서 벌어지고 있는 마도 후기지수들의 작태에 눈살을 찌푸리고 있던 그의 표정이 가볍게 변했다.

다른 곳과 확연히 구별되는 두 군데의 무풍지대와 달리 연신 밀려드는 암습을 묵묵히 받아내고 있는 한 명의 소녀에게 시선을 빼앗긴 것이다.

"저 아이는……."

워낙에 부지런히 움직이는 환사 덕분에 심심한 처지가 된 환소가 금불패에게 다가들며 말했다.

"출처 불명의 사문을 지닌 구소옥이란 아입니다. 보시다시피 마도에서는 찾아보기 힘든 종류의 아이지요."

찌푸린 눈살을 펴지 않고 금불패가 고개를 끄떡였다.

"그렇군. 정말 이상한 아이야."

"처음에 말썽을 일으킨 천리종횡님의 제자와 저 여아만이 이번 시험의 진정한 의도를 이해하고 있는 것 같습니다."

금불패가 고개를 흔들었다.

"딱히 그렇진 않네."

"예?"

"천리종횡님의 제자는 교활한 녀석이라 자신을 숨긴 채 주변을 충동질했네. 나름대로 뛰어나단 평가를 내릴 순 있어도 시험의 목적에 완전히 부합된다고 할 순 없지."

"……."

"하지만 저 구소옥이란 여아는 주변의 경쟁자들과는 달리 묵묵히 마보 그 자체에만 신경을 쏟고 있네. 힘이 약한 여아라 꽤나 많은 암습을 당한 것 같은 데도 지금까지 전혀 자세가 변하지 않았어. 무공을 배워 익힐 기본과 근성을 살피는 이번 시험의 목적에 가장 부합한다고 할 수 있다고 사료되네."

환소의 눈빛이 기묘해졌다. 대형인 금불패가 이런 식으로 길게 얘기하는 걸 본 일이 없었기 때문이다.

시선을 돌려 묵묵히 담우소와 구소옥을 살펴본 환소가 지나가는 목소리로 말했다.

"한쪽은 천리종횡님의 제자이니 정통 광명신교의 후예라 할 수 있지만 재수가 없어 만마천에 들어갈 여섯 명 중에 뽑히지 못한 아이입니다. 그리고 다른 한쪽은 전혀 마도와는 관련이 없으니 만마천에는 결코 들어갈 수 없는 아이입니다."

"……."

"그런데 대형은 오히려 후자 쪽에 마음이 끌리는 것 같군요."

"구소옥이란 여아처럼 나나 자네 역시 정통적인 마도는 아니니까."

본래대로라면 만마천에 들어갈 후보 여섯 명 중에 뽑혔어야 할 사람은 담우소였고 절대로 만마천에는 들어갈 수 없는 성분을 지닌 건 구소옥이었다.

이미 정해진 운명을 조금이나마 비틀 수 있는 쪽은 담우소이지 결코 구소옥이 될 수 없었다. 그런데도 금불패는 구소옥 쪽으로 마음이 기우는 듯했다. 교활한 성정을 싫어하는 천성 때문이었다.

그러나 환소는 내심 고개를 흔들었다.

담우소를 직접 상대하지 않은 금불패와 달리 그는 지독한 근성으로 똘똘 뭉쳐 있던 눈빛을 잊지 못했다. 의뭉스러울 정도로 여유가 넘치던 목소리와는 달리 온몸으로 주변을 제압하던 담우소의 투기를.

제30장 성화제전(聖火祭奠)의 밤

"그만!"

금불패는 목소리에 웅혼한 내공을 실어야만 했다. 한번 불기 시작한 미친 바람을 멈추려면 그런 도리밖에 없었다.

─헐떡거리는 호흡과 상대에 대한 지독스런 살의(殺意)!

마도의 본성을 발산하며 시험장 안에서 죽기 살기의 혈투를 끝마친 소년, 소녀들의 숫자는 현저히 줄어 있었다. 대충 헤아리기에도 백 명을 넘지 못할 듯했다.

자신의 오성 공력이 담긴 일갈을 듣고서야 동작을 멈춘 마도의 후기지수들을 바라보는 금불패의 눈빛은 차가웠다.

살아남은 자들 중 대부분은 남보다 강한 자들이었다. 지닌 바 역량으로만 보자면 충분히 시험에 합격할 자격을 갖췄다고 할 수 있었다.

하지만 금불패의 시선을 잡아끈 건 기껏해야 너댓 명뿐, 나머지는 그저 들러리에 불과했다.

지독스레 합격의 의지를 불태웠지만 그들의 운명은 이미 정해져 있었다. 대부분 인생 그 자체에 있어 주역이 되지 못하고 조연이나 단역으로 스러져 버릴 운명이라 할 수 있었다.

"결과는?"

시선이 향하지는 않았으되 삼 형제 중 가장 바쁘게 움직여야만 했던 환사에게 한 질문이었다.

반대 편에서 아직 드잡이질을 멈추지 않은 녀석들의 뺨따귀를 날리고 있는 환소을 바라보며 눈살을 찌푸리고 있던 환사가 얼른 대답했다.

"끝까지 마보의 자세를 흐트러뜨리지 않고 살아남은 자는 모두 여든다섯 명입니다. 탈락자들 중 마지막에 떨어진 십오 명을……."

"아니, 됐다."

"예?"

"어차피 탈락된 자들이나 탈락되지 않은 자들이나 광명신교의 입교 시험에는 합격한 것이다. 너와 환소가 뽑은 인원은 따로 분류하면 될 문제다."

시험장에 남아 있던 생존자들의 안색이 일그러졌고, 탈락자가 모여 있는 장소에 주저앉아 있던 자들의 안색은 급격히 활기를 되찾았다.

시험이 끝났으니 내공을 운용할 수 있게 되었고, 금불패의 목소리를 들을 수 있었다. 내공만 운용할 수 있다면 설혹 모기의 날갯짓처럼 낮

게 웅얼거린다 해도 이곳에 모인 사람들의 이목을 속일 수는 없는 까
닭이다.

침묵하는 환사에게서 시선을 뗀 금불패가 불만과 의혹을 가슴속에
묻은 채 눈빛만을 반짝이고 있는 단하의 소년, 소녀들을 훑어봤다.

한마디 격한 목소리가 터져 나올 법도 하건만 장내는 오직 고요만이
감돌고 있었다. 그동안 금불패를 비롯한 환영문 삼 형제가 취했던 단
호한 조치가 있었기에 가능한 모습이었다.

처음부터 이러한 상황을 염두에 두고 단호한 모습을 보였던 금불패
가 목소리를 높였다.

"어차피 이곳에 시험을 보러 올 수 있는 자격 요건을 갖췄다면 이미
진정한 마도라 할 수 있고, 지금까지 광명신교는 그런 자들을 내치지
않았다."

'그게 무슨?'

"이러한 원칙은 지난 백여 년간 광명신교가 치렀던 입교 시험과
하등의 차이가 없다고 할 수 있다. 다만 오늘 이와 같은 선별 과정을
집어넣은 건 입교의 자격을 떠난 다른 자격을 심사하기 위함이었
다."

'만마천!'

'만마천이다!'

소리없는, 그러나 무엇보다 간절한 외침이라 할 만했다. 끝까지 시
험장 안에 살아남은 소년, 소녀들의 눈빛이 맹렬히 불타올랐다.

젊은 나이에 절정고수의 반열에 오르고 마도의 으뜸이라 할 수 있는
광명신교에서 두각을 나타낼 수 있는 황금 빛 길이 그들 앞에 드디어
모습을 드러낸 것이다.

그러자 눈에는 보이지 않지만 무엇보다 격렬한 침묵 속의 아우성을 눈빛만으로 지그시 내리누르며 금불패가 말을 이었다.

"하여 이제 시간이 흘러 입교자들이 정해졌고 다음 시험에 들 자격을 취득한 사람들에 대한 자료도 모였으니 이만 오늘의 시험을 마치도록 하겠다."

"아아!"

"아아!"

시험장 안과 밖에서 동시에 격한 탄성이 터져 나왔다. 이긴 자와 진 자, 환희와 비탄으로 양분된 탄성 속에 강렬한 의혹과 의구의 감정이 실려 나왔다.

그들은 알고 있었던 것이다. 한날한시에 광명신교에 입교하게 됐지만 앞으로 두 부류의 소년, 소녀들의 운명은 완전히 갈라지고 말았다는 것을.

금불패가 단상 위에는 더 이상 볼일이 없는 듯 환사와 환소에게 몇 가지 사항을 지시하고 있을 때였다.

불만과 의혹을 가슴속에 삭인 채 흩어져 가는 주변의 다른 소년, 소녀들과는 달리 그때까지도 육합의 진세를 풀지 않고 있던 여섯 명 중 진소백이 목소리를 높였다.

"한 가지 질문이 있습니다."

"자네는?"

짐짓 금불패는 눈살을 찌푸려 보였다. 애초에 그의 시선을 가장 먼저 잡아끈 건 진소백 등이었다. 그만큼 그들이 특출났기 때문이다.

그러나 첫 번째 시험이 끝난 지금에 이르러 금불패를 포함한 환영문 삼 형제의 관심을 독차지 하고 있는 건 담우소와 구소옥이었다.

과거 정파의 집단전에 곤욕을 치렀던 만큼 환영문 삼 형제가 세력을 만드는 재능과 그 연계를 무시할 수는 없었다. 일 인의 힘으로는 아무리 무공이 천하무적의 경지에 올랐다 해도 한계가 있다는 걸 그들 자신이 누구보다 뼈저리게 경험한 까닭이다.

하지만 천생이 무인인 금불패는 진소백과 냉심운이 주축이 된 후기 지수들이 썩 마음에 들지 않았다. 자신이나 동생들처럼 여러 가지 암계와 모략을 배우는 건 무공의 기초를 확실히 쌓은 후에도 늦지 않다고 생각했다.

때문에 진소백을 바라보는 금불패의 시선은 냉랭하기만 했다. 호의의 감정이라곤 눈을 씻고 봐도 찾을 수 없는 모습이었다.

시험관의 태도가 그럴진대 앞서의 일들을 돌이켜 보면 주눅이 들 만도 하건만 진소백의 태도는 당당했다.

청해성 마도의 제일기재라는 자부심을 그대로 드러내며 어깨를 쭈욱 편 그가 냉철한 목소리를 냈다.

"제 이름은 진소백, 북천검문의 제자입니다."

"그렇군. 그런데 질문이란?"

"처음 이번 시험의 목표는 기본을 알아보기 위함이라 하셨습니다."

"그런데?"

"하지만 제가 알기로 기본이란 외가의 것만이 있는 것이 아닙니다. 내가기공을 어려서부터 꾸준히 쌓는 것도 기본이라 할 수 있고, 비조공(飛鳥功)을 열심히 연마하는 것도……."

"자네의 뜻은 알겠네."

"그렇다면 어째서 기본을 파악하기 위해 굳이 마보를 시험 과제로 내셨습니까? 그리고 이번 시험의 합격자는 어떤 방식으로 선별하실 건

지도 궁금합니다.”

당돌할 정도의 태도와 말이었다. 자신을 믿고 세력을 형성했던 동료들에 대한 책임감이 그를 그렇게 만들었다.

한눈에 신중하게 뒤로 빠져 있던 진소백이 앞장선 연유를 파악한 금불패가 싸늘한 표정이 되었다.

“본인은 이미 이번 시험에서 떨어진 사람은 아무도 없다고 밝혔다. 오늘 밤 열리는 성화제전에는 이곳에 있는 모든 응시자들이 참석할 수 있다는 말이야.”

“…….”

“그런데 뭘 더 묻고 있는 것인가?”

“그, 그건…….”

“왜? 자네에겐 그것으로 족하지 않다는 건가?”

진소백의 얼굴이 붉게 달아올랐다. 후기지수라 불리긴 해도 아직 어린 나이였다. 산전수전을 모두 겪은 금불패에게 자신의 주장을 모두 내뱉기엔 무리가 있었다.

진소백이 말문이 막혀 주춤거리자 뒤에서 물끄러미 두 사람의 대화를 지켜보고 있던 구소옥이 청아한 목소리를 냈다.

“거기 그 사람이 말한 건 아마도 만마천의 합격자와 불합격자를 확실히 밝혀달라는 뜻인 것 같군요.”

“자네는?”

“구소옥이라 합니다.”

“사문은 어떻게 되지?”

금불패는 진심으로 궁금한 점을 물었다. 구소옥이 입가에 미소를 흘리며 대답했다.

"저는 대산(大山)에서 왔어요."

"대산?"

"예, 저는 그곳 주인의 뜻에 따라 이곳에 왔습니다."

반문을 던진 금불패의 안색이 가볍게 굳었다. 그저 찰나간에 보인 표정의 변화였다.

금세 본래의 신색을 되찾은 금불패가 얼른 구소옥을 외면한 채 진소백에게 말했다.

"으음, 만마천에 들어갈 후보들을 뽑는 일차 시험의 합격자들은 이미 동생들이 명단을 만들고 있으니 내일 정오가 되면 자네도 알 수 있을 걸세."

"……."

"오늘의 시험은 그저 일차 시험에 불과하네. 뽑힐 만한 자들은 모두 뽑혔으니 자네는 크게 걱정할 필요가 없을 거야. 자네는……."

"아!"

의미심장한 말이었다. 진소백의 입술이 가볍게 벌어진 사이 금불패가 단상 위에서 신형을 날렸다.

휘익!

처음 단상 위에 모습을 드러냈을 때와 같이 신출귀몰한 신법이나 이번에는 웬지 도주한다는 느낌이 강하게 드는 모습이었다.

왁자한 소란의 끝물. 제각기 뒤에서 초조히 기다리던 친인들에게로 시험장의 소년, 소녀들은 달려갔다.

이제 기껏해야 한 가지 시험이 끝났다.

아직도 남은 길은 끝이 보이지 않았다. 조금이라도 생각이 있다면 왁자하게 떠들 수 없을 텐데 시험장을 벗어난 그들은 정신없이 떠들어 댔다.

그렇게라도 하지 않으면 그동안 심장을 터질 듯 짓눌렀던 시험의 무게를 토해내기 힘들었기 때문이다.

그렇게 아직은 덜 여문, 그렇기에 미숙하지만 많은 가능성을 내포하고 있는 주변의 다른 소년, 소녀들과 동떨어진 사내가 있었다.

시험장의 한쪽 귀퉁이.

시험의 끝을 알리는 금불패의 선언이 떨어지고도 한참 동안 마보의 자세를 풀지 않고 있던 사내는 담우소였다.

주변이야 어떻게 돌아가든 홀로 꿋꿋이 땅바닥에 다리를 고정시키고 있던 담우소는 대부분의 소년, 소녀들이 시험장에서 모습을 감추고서야 신형을 바로세웠다.

스윽!

땅의 기운에 기대어 있던 자세를 풀자 온몸에서 가벼운 힘의 폭발이 있었다.

만약 지난 십오 일간 최고봉에게 체계적으로 기운을 다스리는 법을 체득하지 못했다면 몇 차례의 발길질이나 주먹질로 힘을 분출시켜야만 했을 터였다.

그만큼 갑작스레 담우소의 용천혈을 타고 체내의 경락을 떠돌아다닌 힘의 크기는 작지 않았다.

한 사람의 내가고수가 수십 년의 고련으로 쌓은 내경(內勁)이 한꺼번에 폭발하는 것과 비슷할 정도의 힘이었다.

그러니 정상적인 무인이라면 이런 경우를 당했을 때 당황하지 않을 수 없었을 터였다.

체내의 힘을 밖으로 배출하는 것은 쉬워도 체외의 힘을 몸 안으로 끌어들인다는 건 지극히 위험했다.

그러나 담우소는 과거 풍천경과 지뢰경을 익힌 이래 이와 같은 일을 다반사로 겪었다. 덕분에 주화입마까지 당했으나 그동안 어느 정도 해결책을 마련하고 있었다.

체외에서 흡수된 힘을 격렬한 권각으로 재빨리 소멸시키는 방법으로, 최고봉의 말을 빌리자면 참으로 단순하면서도 무식한 자만이 생각해 낼 수 있는 방법이었다.

최고봉에게 배워 익힌 진기도인(眞氣導引)의 수법으로 몸에서 일어난 폭발을 가벼운 호흡으로 단전(丹田)으로 돌려보낸 담우소가 뒤통수를 긁적였다.

'아니꼽지만 과연 적발귀신이 가르쳐 준 수법이 효과가 있구나.'

그랬다. 금방이라도 폭발할 듯 소용돌이치던 기운이 하단전으로 갈무리되자 예전과는 달리 호흡이 크게 안정되었다. 그리고 곧 늘어지게 한숨 잔 듯한 느낌이 뒤를 따랐다.

어떻게 보든 같이 마보를 했던 주변 또래들의 얼굴과는 아예 차원을 달리하는 모습임에 분명했다.

우드드득!

넘치는 활기를 느끼며 가벼운 동작으로 온몸의 근골을 잘게잘게 풀어주던 담우소의 눈가에 이채가 떠올랐다.

'응, 아직도 떠나지 않은 녀석이 있네?'

담우소의 시야에 들어온 건 시험을 치는 내내 쌍수검을 풍차처럼 휘두르던 소녀였다.

언뜻 보이는 모습을 살펴보자면 소녀는 연한 녹색의 무복을 입고 있었다. 그리고 양 갈래로 땋아 내린 머리가 어깨까지 내려왔는데, 눈썹이 아미처럼 휘어진 게 귀여워 보였다.

만약 양쪽 허리춤에 매달린 쌍수검이 없고, 악귀와 같이 주변을 몰아쳐 가던 모습을 보지 못했다면 규방의 처자라 착각할 만큼 얌전해 빼는 모습이었다.

역시 여인이란 경험을 해봐야 그 속내를 안다는 생각에 담우소가 내심 고개를 흔드는데 소녀가 갑자기 고개를 획 돌렸다.

'어이쿠!'

얼른 시선을 갈무리했으나 조금 늦었다. 규방의 여인으로선 도저히 상상할 수 없는 활달한 걸음걸이로 소녀가 냉큼 담우소에게 다가왔다.

"당신……."

"……."

"꽤 잘생겼네요."

과거 담우소가 풍뢰문의 장문제자로 있을 때 사형제들에게 놀림 반, 진담 반으로 자주 듣던 말이다.

게다가 종종 일을 처리하기 위해 동리에 내려갈 때면 마을 처녀들에게 추파도 꽤나 많이 받았으니 담우소의 외양이 그리 못난 것은 아닐 터였다.

그러나 지금에 이르러 담우소의 외양은 많이 변해 있었다. 몸은 과거보다 더욱 좋아졌지만 얼굴은 전체적으로 강퍅하게 변해 있었다. 좋게 말해 사내다워졌다고 할 수는 있겠지만 여인들이 좋아할 만한 외모와는 거리가 멀었다.

'과연 채화음적(採花淫敵)들이 가장 가지고 싶어하는 무공이라 할

만하군.’

　화화기공을 전수하며 최고봉이 줬던 퉁박을 떠올리며 담우소가 퉁
명스레 말했다.

“너도 그렇게 못생긴 편은 아니다.”

“고작 못생긴 편이 아니다?”

“예쁘게 생겼다고 칭찬하는 거야.”

대뜸 외간 사내에게 다가온 소녀도 문제가 있었지만 담우소의 대응
또한 그리 정상적이진 않았다.

“…….”

“…….”

담우소가 자신의 생각보다 만만찮다는 생각이 들었는지 소녀가 고
개를 귀엽게 갸웃해 보였다.

“흐응, 생긴 모습만큼 숙맥은 아닌가 보네.”

“너 역시 생긴 모습은 귀엽다.”

“고마워.”

‘칭찬이 아닌데…….’

담우소의 노골적인 시선에도 굴하지 않고 소녀가 도톰한 입술로 생
긋 미소를 만들어 보였다.

“내 이름은 마경화(馬梗花). 별명은 가시나무꽃이야.”

“가시나무꽃? 네 이름을 딴 별명이냐?”

“호호, 내가 강호에 출도한 이래 날 건든 사람치고 혼줄이 나지 않은
사람이 없거든.”

“그러냐.”

파악!

고개를 끄떡여 보이는 담우소의 발치로 한 줌 흙이 날아들었다. 별다른 경력이 느껴지지 않았기에 멀뚱한 시선으로 바라본 담우소가 말했다.

"불만있냐?"

"숙녀의 이름을 들었으면 너도 이름을 말하는 게 도리잖아."

"사마외도 주제에 무슨 도리를 따지겠냐. 나는 볼일이 있으니 나중에 보자."

"앗!"

화가 나자 아미가 역팔자가 된 마경화를 뇌둔 채 담우소가 신형을 움직였다. 아니, 움직였다 싶은 순간에 이미 그의 신형은 오 장 밖에 도달해 있었다.

방금 전 땅으로부터 빌어왔던 기운을 한순간에 용천혈로 폭발시키자 일어난 현상이었다.

'이런!'

순식간에 목표로 삼았던 장소에 도달한 담우소가 헛바람을 들이켰다. 단숨에 목표로 했던 사람을 따라잡은 것까지는 좋은데 너무 가깝게 다가선 것이다.

처음 봤을 때와 똑같이 전혀 흐트러짐이 보이지 않는 모습 그대로 시험장을 빠져나가던 구소옥의 시선이 담우소를 향했다.

"방금 전에 당신이 퇴짜를 놓은 소녀는 청해성 무림에서는 모르는 사람이 없을 정도로 유명한 왈가닥이에요."

"뒤통수에도 눈이 달렸는가 보군."

"관심이 있어서 지켜봤을 뿐이에요."

“그래?”

담우소의 입가로 슬그머니 미소가 떠올랐다. 사내들이 관심있는 여인에게 지어 보이곤 하는 표정도 함께였다.

그러거나 말거나 별로 관심이 없다는 표정으로 구소옥이 대답했다.

“시험이 시작되기 전에 제안을 했던 건 당신이니까 저로선 당연히 관심이 갈 수밖에 없지 않겠어요.”

“흐음.”

굳이 대답하지 않은 담우소의 얼굴은 부정도 긍정도 나타내지 않았다. 소년과는 다른 노회함이 만들어낸 침묵이었다.

그러나 구소옥 역시 일반적인 그 나이 또래의 소녀하고는 달랐다. 담우소의 무책임한 침묵에도 불구하고 별다른 감정을 겉으로 드러내지 않았다.

“그렇지만 당신을 지켜보자니 장담을 했던 것과는 달리 다른 사람들과 별다른 점을 찾을 수 없더군요. 첫 번째 시험에서 본신의 진재실학을 모두 내보이지 않은 건 분명하지만, 그건 다른 사람들도 마찬가지일 테지요.”

“……”

“그래서 당신이 그랬던 것처럼 저 역시 당신에 대한 판정은 일단 보류입니다. 동맹을 맺는 건 적어도 몇 번의 시험은 더 거쳐서 당신의 진짜 능력이 발휘된 후에도 늦지 않으니까요.”

“그도 그렇군.”

어깨를 으쓱해 보인 담우소가 슬쩍 한량이나 지어 보일 법한 미소를 입가에서 지웠다. 눈앞의 구소옥이 그런 것에 전혀 신경을 쓰지 않는 부류임을 직감한 것이다.

그러자 자신의 볼일은 끝났다는 듯 발길을 돌리려던 구소옥이 잠시 주춤하고 멈춰 섰다.

'왜?'

눈빛으로 질문을 던진 담우소에게 평범한 얼굴을 평범하지 않게 만드는 이지적인 눈동자가 어깨 너머를 가리켰다.

"그전에 당신에게는 먼저 해결해야 할 일이 있는 것 같네요."

"응?"

어느새 앞서 걸어가기 시작한 구소옥을 놔둔 채 뒤를 돌아보던 담우소의 눈빛이 가볍게 흔들렸다. 쌍수검을 양손에 꼬나 쥔 마경화가 기세등등하게 달려오고 있었다.

'어이쿠, 두야!'

*　　　　*　　　　*

담우소가 느닷없이 쏟아진 검광 아래 목숨을 건질 수 있었던 건 어디까지나 적발귀신, 아니, 존귀한 오산인 중 일 인이신 천리종횡 최고봉님의 덕분이었다.

천지에 두려울 게 없다는 듯 달려들던 가시나무꽃 마경화라 해도 마도의 꽃답게 절대적인 강자에겐 가시를 곤두세울 수 없었다. 그것이 광명신교의 수뇌진 중 일 인과 관련이 된 사람이라면 더 더욱.

"그러니까 당신이 천하제일 경공대가라고 명성이 드높은 천리종횡 선배님의 제자라는 건가요?"

떨어지는 낙엽을 찰나간에 서른여섯 토막을 낼 수 있다는 질풍쌍마검(疾風雙魔劍)을 멈췄으나 여전히 마경화의 몸에선 살벌한 검기가 줄기줄기 흘러나오고 있었다.

자신의 대답이 조금이라도 늦는다면 마경화가 아직 출수하지 않은 질풍쌍마검의 살초를 수도 없이 토해내리란 걸 눈치 챈 담우소가 얼른 대답했다.

"아무렴, 아무렴. 내가 그 유명한 천리종횡님의 제자이지."

"흐응, 그렇단 말이지요?"

미심쩍은 표정이었다. 자신이 십팔 초식을 출수할 동안 단 한 차례의 반격도 하지 못한 담우소였다. 마도의 우상이나 마찬가지인 최고봉의 제자임을 그대로 믿기엔 무리가 있음에 분명했다.

자신이 전혀 신뢰받지 못하고 있다는 사실을 깨달은 담우소가 가볍게 눈살을 찌푸렸다.

"너, 지금 내가 실력이 부족해서 네 공격에 한 번도 반격하지 못한 줄 아냐?"

"그럼?"

당장 마경화의 표정이 살벌해졌다. 얌전하고 단정한 얼굴에서 어떻게 그런 표정이 나오는지 신기할 지경이었다.

'음, 마침 아무도 없군.'

주변을 한차례 둘러보곤 눈빛을 강하게 한 담우소가 가볍게 땅바닥을 발로 굴렀다. 마보를 할 때와 똑같이 풍천경을 일으킨 것이다.

다만 달라진 것이 있다면 그때는 마보를 하느라 땅바닥에 두 다리를 단단히 고정시키고 있어야 했고 이번에는 그럴 필요가 없다는 점이었다.

"아앗!"

딛고 있던 땅바닥에서 갑자기 일어난 기이한 힘에 정신을 뺏겼던 마경화의 얼굴이 한순간 확 일그러졌다.

잠시의 틈새를 비집고 바람처럼 파고든 담우소의 손가락이 이미 기쾌무비하게 마경화의 양손 곡지혈(曲池穴)을 찌르고 지나갔다.

챙그랑!

거의 동시였다. 힘없이 땅바닥으로 떨어져 내린 쌍수검의 검면을 발끝으로 살짝 걷어찬 담우소의 신형이 재빨리 뒤로 물러났다. 이미 공중으로 차 올려진 쌍수검을 손 안에 거둔 채였다.

가히 마술이라고 불러야 할까?

도저히 자신이 어떻게 당한 것인지 종잡을 수 없는 심정이 된 마경화가 목소리를 더듬거렸다.

"그, 그게 무슨……."

"뭐, 그저 간단한 진각과 경공이야."

확실히 그러했다. 담우소가 일으킨 힘은 풍천경 중 발자결이었고 순간적으로 안으로 파고든 신법은 최고봉의 지도로 한층 다듬어진 운중행이었다.

아미를 상큼하게 치켜뜨며 마경화가 말했다.

"고작 진각으로 내 하체를 허물어뜨렸을 뿐더러 쌍수검의 반격을 전혀 염두해 두지 않고 면전으로 파고들었다는 건가요?"

"그리 어려운 일은 아니었어. 방금 전에 네가 펼쳐 보인 몇 식의 검식만으로도 허점은 충분히 살필 수 있었으니까."

"……."

"만약 네가 제대로 기본을 닦은 상태에서 쌍검술을 사용할 수 있었다면 승부는 알 수 없었을지도 몰라. 하지만 지금의 네게는 그리 과하게 힘을 쓸 필요도 없었어. 그저 삼류 정도의 인물들에게 쓸 정도의 힘이면 족하달까?"

말인즉슨 그저 강호의 삼류무사들에게나 쓸 만한 수법으로 담우소가 마도의 후기지수 중 한 명인 마경화를 제압했다는 뜻이다.

'망할 녀석! 어쩌다 한 수 득수했다고 저리 교만을 떨다니!'

마경화는 기재였다. 여인의 몸이지만 어려서부터 만마천에 들어가기 위해 수없이 많은 고련을 쌓은 그녀의 자존심은 하늘을 찌를 정도였다.

그녀가 강호에 나온 후 가시나무꽃이라 불리며 뭇 마도 사내들의 경원을 받게 된 배경에는 평소 절대 남에게지지 않으려는 성정이 큰 부분을 차지했다.

그런데 오늘 더럽다고 소문난 자신의 성격을 능가하는 담우소를 만나자 일시에 치밀어 오르는 분노를 억제할 수 없었다. 쌍수검을 뺏긴 후 담우소에게 가졌던 약간의 경이로움이 순식간에 사라져 버린 것이다.

순간 독날한 시선을 던지기보다 오히려 금방이라도 달려들듯 사나운 암고양이 같던 기세를 거둬들인 마경화가 입가에 생글거리는 미소를 매달았다.

"호호, 그렇군요. 제가 비록 쌍검을 들고 춤이나 추는 주제이긴 하지만 진재실학을 내보이지도 않고 병기를 취하다니… 과연 천리종횡님의 고제자는 다르네요."

"별로 대단한 건 아니야. 네가 제대로 무공을 익혔다면 나로서도 꽤 어려운 싸움이 되었겠지."

"호호, 그런가요?"

'쌍검을 휘두르는 동작이 제법 기본이 닦인 것 같아서 충고를 했더니 이것이 감히 내게 칼을 갈고 있군.'

비록 과거 같으면 상대도 되지 않을 정도의 고수이나 마경화는 담우소에게는 연배상 한참이나 나이 어린 후배라 할 수 있었다. 무림에서의 십 년 차이는 일반 사회의 삼십 년 차이와도 같았다.

어차피 인생에 쓴맛이라곤 본 일이 없을 터였다. 이 참에 하늘이 얼마나 높은지를 보여줘야겠다는 생각을 한 담우소가 수중의 쌍수검을 마경화의 발치로 던져 줬다.

그동안 경험했던 삼류 간의 싸움에서라면 대충 이쯤에서 서로 간의 분쟁을 멈추자는 뜻이 담겼겠지만 이번만은 달랐다. 마음속으로 승복하지 못하겠으면 다시 한 번 해보자는 뜻이 강했다.

그러니 만약 마경화가 명분과 체면을 중시하는 정파의 인물이었다면 부끄러운 표정으로 뒤로 물러났을 터였다. 이미 상대방이 손속에 사정을 두었으니 아무리 분하다 해도 승부는 다음을 기약할밖에 도리가 없었다.

그러나 마경화는 마도였고 천방지축이었다. 느릿한 호선을 그리며 발치로 떨어져 내리는 쌍수검을 담우소와 하나 다름없는 동작으로 손안에 넣은 그녀의 신형이 물 흐르듯 부드럽게 빙그르르 돌았다.

채앵!

원무(圓舞)였다. 그리고 원무를 따라 역시 한 바퀴 은빛의 검기를 만들어낸 쌍수검이 검인을 맞부딪친 순간은 찰나였다. 그저 환상 같고 하나의 아름다운 춤사위 같은 동작이었다.

파파팟!

그 섬광이 쪼개지는 것과 같은 순간에 이미 마경화는 검과 혼연일체가 되어 담우소의 면전을 쇄도해 들어오고 있었다. 담우소가 허락했고 마경화가 받아들인 이차 격전의 시작이었다.

성화제전의 밤. 그것은 광명신교에 입교한 제자들은 반드시 거쳐야만 하는 중요 행사였다.

역사의 중간에 페르시아에서 발원한 배화교(拜火敎:조로아스터 교)에 큰 영향을 받은 광명신교는 고래로부터 불을 신성시 여겼다.

불로부터 일어난 광명이 후일 세상의 모든 악(惡)을 멸하고 극락의 세상으로 앞서 왔던 자들과 현세의 교도들 모두를 이끈다고 생각했다.

물론 중원에 들어온 무수히 많은 종교들이 그러하듯 배화교의 교리는 광명신교에 포함된 순간부터 대부분 변질의 과정을 거쳤다.

광명 사상을 토대로 한 자비(慈悲)와 자애(自愛)는 역대 황조의 탄압 속에 사라지고, 현재는 절대적인 힘에 대한 동경과 성화에 대한 막연한 숭배만이 남아 있었다.

박해 속에서 살아남기 위해 마도의 무리를 끌어들이고 힘을 추구한 지난 세월이 남긴 결과물이고 부산물이었다.

그 가운데 십만대산에서 천여 년의 세월을 이겨내며 타오르고 있는 성화를 처음으로 맞는 성화제전의 밤은 특별했다. 전통적으로 성화제전의 밤을 맞지 못한 자는 진정한 광명신교의 제자로 인정받지 못하는 까닭이다.

마경화를 떼어놓느라 남들보다 늦게 시험장을 벗어난 탓에 담우소는 한참이나 시험장 주변의 산속에서 시간을 보내야만 했다.

황궁을 능가할 정도로 드넓은 전각군이 모여 있는 광명신교의 본산이건만 시험장 주변으로 만들어져 있는 길은 몇 갈래나 되어 사람을 헤매게 만들었다.

그러는 동안 만난 마도의 인물들에게 애꿎은 광명신교와 배화교의 관계에 대한 이야기만 잔뜩 주워들은 담우소의 눈에 이채가 떠올랐다.

'저 녀석들은?'

인적을 찾을 수 없던 산길을 가로지르자 나타난 건 눈부신 횃불의 길이었다. 그리고 한쪽 방향으로 늘어서 있는 횃불들 사이로는 가슴에 타오르는 불꽃 문양이 새겨진 무복을 걸친 무사들이 군데군데 도열해 있었다.

이번 입교 시험에 몰려든 마도의 무리들을 제어하기 위해 주변 경계에 나선 광명신교의 무사들임에 분명했다.

그들의 주변으로는 꽤나 많은 사람들이 오가고 있었는데, 딱히 전각군이 밀집되어 있는 방향만 아니라면 무엇을 하든 관심이 없어 보였다.

대충 무사들 중 가장 인상이 순해 보이는 인물을 골라 길을 물으려던 담우소의 시선을 잡아끈 건 다름 아닌 진소백 일행이었다.

담우소에 앞서 일차 시험이 시작되기도 전에 세력을 만든 축들로 청해성 일대에서는 상대할 자가 없는 기재들이었다.

"그래서 모든 것이 내 잘못이라는 건가?"

"지금에 이르러선 그렇지 않다고도 말할 순 없는 노릇이겠지."

"뭐라고!"

굳이 귀를 기울이지 않더라도 알 수 있는 일이었다. 나이 어린 마도의 기재들은 지금 첫 번째 시험의 결과를 들어 힘 겨루기를 하고 있었다.

대충 사정을 눈치 챈 담우소가 내심 고개를 흔들었다.

구경 중에 가장 좋은 게 불 구경과 싸움 구경이라 했다. 성화제전에 참가할 테니 불 구경은 따놓은 당상이라 할 수 있는데, 그에 앞서 싸움 구경마저 하게 생긴 것이다.

주변을 한차례 둘러보곤 진소백 등의 근처에 서 있는 무사 하나를 점 찍은 담우소가 슬며시 다가서며 능을 쳤다.

"쯧쯧, 위대한 신교의 권역 안에서 싸움박질을 하고 있다니… 도대체가 올해 입교 시험에는 정신 상태가 글러먹은 자들이 많이 들어왔군요."

굳이 머리를 굴릴 것도 없었다. 횃불 아래에 버티고 서 있는 무사는 광명신교에서는 가장 하급에 속하는 부류임에 분명했다. 그리고 그런 부류만큼 평소 불만이 많은 자들도 찾아보기 힘들었다.

아직 초저녁이니 밤새 계속될 성화제전이 끝날 삼경 말까지는 아직도 한참이나 남아 있었다.

혹여 수시로 순찰을 돌며 자신들을 갈구는 흑천 소속의 감찰무사들에게 책이라도 잡힐까 봐 두 눈을 잔뜩 부라리고 있던 무사의 얼굴이 꿈틀거렸다.

한참 무료하던 참에 싸움이 났다. 은근히 '자식들! 좋은 주먹 놔뒀다 뭐 하고 저리 꾸물거려!' 하며 쾌재를 부르고 있는데 담우소가 말을 걸어온 것이다.

"흐흐, 본래 젊은 나이 때는 싸우기도 하고 팔이나 다리 하나가 박살 나기도 하는 게지."

'어라?'

"칼날의 핏물을 핥으며 사는 무림인으로 태어나서 젊은 나이에 몸

에 흉터 하나 남기지 못했다면 사내자식이라 할 수도 없는 게 아닌
가.”

눈이 보이지 않고 순진한 강호 초출이 들었다면 꽤 감동했을 수도
있는 말이었다. 그러나 담우소는 눈뜬장님이 아니었고 순진한 강호 초
출도 아니었다.

‘후우~ 그러면서 왜 두 주먹은 불끈 쥐고 있고 눈빛은 화등잔만해
져 있는데?’

주변의 다른 흉포한 얼굴들과는 달리 사람다운 얼굴을 하고 있다고
생각해서 다가왔다. 그런데 눈앞의 무사도 별다를 게 없다고 판단 내
린 담우소가 얼른 말을 바꿨다.

“그도 그렇군요.”

“당연하지!”

무사의 시선은 이제 완전히 진소백 등이 서 있는 쪽으로 돌아가 있
었다. 슬슬 언성이 높아지기 시작하더니 금세 검광과 도광이 번뜩이기
시작한 것이다.

담우소 역시 그쪽에 관심이 쏠리긴 마찬가지지만 목적을 잊어버리
진 않았다. 나직한 헛기침으로 무사의 신경을 잡아챈 담우소가 재빨리
본론을 짚어냈다.

“그런데 성화제전이 곧 벌어지지 않습니까?”

“성화제전?”

느닷없이 벌어진 싸움으로 느슨해져 있던 무사의 얼굴로 가벼운 긴
장감이 일어났다.

“자네도 이번에 입교 시험을 쳤는가?”

“실력도 없는 자가 다행히도 신교에 입교하게 된 것 같습니다.”

“그런가?”

“예, 그렇습니다.”

“이번에는 꽤나 고수급의 신진들이 대거 입교한다고 들었는데, 자네 역시 대단한 고수가 아닌지 모르겠구만.”

예의상 한 말이었다. 보통 진짜 고수들은 아무리 나이가 어리다 해도 자신과 같은 하급 무사에게 이렇게 붙침성을 보이진 않는다는 걸 그는 알고 있었다.

‘흐음, 딱히 그 적발귀신의 제자란 사실을 밝힐 건 없겠지.’

히죽 웃어 보일 뿐 가타부타 말이 없는 담우소의 얼굴을 잠시 응시하던 무사가 목소리를 가다듬으며 말했다.

“성화제전은 앞으로 정확히 반 시진이 지난 후 벌어진다네.”

“……”

“혹시 자네처럼 길을 잃고 헤매는 사람이 발생할까 봐 횃불로 길을 만들어놨으니 횃불을 따라서 저쪽 등천봉(登天峰)으로 오르게나.”

무사가 손가락으로 가리키는 방향은 광명신교의 전각군이 모여 있는 맞은편 산봉이었다.

과연 점점이 반짝이는 횃불들이 길게 이어져 있는 것이 방향을 안 이상 다시 길을 잃는 일은 없을 것 같았다.

“흐음, 그렇군요. 이거 선배님을 만나 신세를 졌습니다.”

“뭘 그런 걸 가지고. 혹시 외당(外堂)의 소속이 되면 다시 만날 일이 있을지도 모르겠네.”

“하하, 그러면 제가 술을 한잔 사지요.”

“그거 좋지.”

“그럼.”

무사에게 고개를 꾸벅 숙여 보인 담우소가 양팔을 활개 치며 등천봉
쪽으로 걸어갔다.

마도답게 일단 시작하자 갈수록 흉포일로로 치닫기 시작한 싸움에
관심이 가기는 했으나 일단은 등천봉에 오르는 게 더욱 급했다.

이제 시험은 막 시작된 셈이었다. 담우소의 예상이 틀리지 않는다면
앞으로도 애송이들의 실력 따윈 신물이 날 정도로 보게 될 게 분명했다.

제31장 만마천(萬魔天)이 거론되다

성화제전의 밤은 소리없이 지나갔다.

다른 때 같았으면 광명신교 내에서 가장 커다란 행사였을 텐데 이번만은 그렇질 못했다. 행사 자체는 장엄했으나 그곳에 참가한 사람들의 반응은 시큰둥하기만 했다.

이번에 광명신교로 몰려든 마도 인물들의 목표는 단순한 입교 시험에 있는 것이 아니었다. 그들의 진정한 목표는 절정고수를 양산하는 신비의 만마천이었던 것이다.

시험 이틀째.

외견상 첫 번째 시험에서 끝까지 살아남았던 자들과 그렇지 못한 자들이 모인 곳은 전날의 시험장이었다.

성화제전은 오직 광명신교의 제자만이 참가할 자격이 있었다. 하룻

밤을 친인들과 헤어져 본산의 입구 쪽에 마련된 접객원(接客院)에서 보낸 소년, 소녀들의 얼굴에는 초조감이 잔뜩 배어 있었다.

분명 어제 환영문 삼 형제에 의해 치러진 것은 만마천에 들어갈 후보자를 뽑는 시험을 겸하고 있음이 분명했다. 그렇지 않다면 시험을 치르기 전에 그와 같이 참관을 하고 있던 마도의 인물들과 신경전을 벌일 까닭이 없었다.

상황이 그러하니 만약 오늘 일차 시험의 합격자로 판명되지 않는다면 하급무사로서 광명신교에 남을밖에 도리가 없었다. 일반적인 입교자들의 운명이란 그처럼 뻔했다.

딱히 누군가가 알려준 바는 없지만 시험장에 몰려든 소년, 소녀들은 그와 같은 사실을 명백히 알고 있었다.

지난밤 성화 앞에서 입교의 맹세를 한 이상 그들로서는 다른 길을 찾을 수 없었다. 광명신교란 이름이 마도에서 차지하는 위세는 그만큼 절대적이었다.

새벽부터 하나둘 몰려들기 시작해서 시험장 주변을 서성거리길 두어 시진.

어제 단상이 마련되었던 연무장의 한가운데에는 커다란 나무로 만들어진 게시판이 마련되어 있었다.

그곳에 한 장의 벽보가 붙은 걸 근처에서 시간을 죽이고 있던 소년 중 하나가 발견하자 금세 주변이 떠들썩해졌다.

사람의 그림자 하나 얼씬하지 않았는데 게시판에는 어느새 하얀 종이에 빽빽하게 글씨가 들어찬 벽보가 붙어 있었던 것이다.

'도, 도대체 어떻게?'

'그사이 귀신이라도 왔다 간 것인가?'

게시판의 한가운데 붙어 있는 벽보가 무엇인지는 뻔했다. 빽빽하게
들어차 있는 명단 안에 자신의 이름과 번호가 적혀 있는지를 확인해야
할 터인데, 주변의 분위기는 딱딱하기만 했다.

느닷없이 나타난 벽보에 놀란 건 둘째 치고 자신의 능력에 절대적인
자부심을 가지고 있던 기재들이라 해도 시험의 결과를 확인하는 순간
이 오자 머뭇거릴 수밖에 없었다.

그러나 이곳에 모인 축들 중에선 애초부터 자신의 능력에 그리 큰
자부심을 지니지 않은 사람도 있었고 세상의 일에 도통 무신경한 사람
도 존재했다.

수많은 눈동자의 주목을 받으며 홀로 팔랑이고 있는 벽보 쪽으로 걸
음을 떼는 사내가 있었고 그에 뒤질세라 걸어오는 소녀도 있었다.

"어이!"

먼저 아는 척을 한 사람은 담우소였다. 은근히 밤새 찾아다녔으나
찾지 못했던 구소옥을 만나자 반가운 마음이 들었다.

구소옥 역시 그런 담우소의 아는 척이 싫진 않은 듯 특별할 정도로
아름다운 눈빛을 빛내며 고개를 끄떡였다.

"당신이군요."

"살아남으니까 또 보게 되네."

"마경화의 조부는 마도의 절정고수인 천라검객(天羅劍客) 마염(馬廉)
으로 그의 질풍마검식(疾風魔劍式)은 마도일절이라 불려요."

"……."

"설마 하니 그녀를 죽인 건 아니겠지요?"

선량한 일반인들이 듣는다면 주춤거리며 거리를 둘 만한 소리였다.

단정하고 도톰한 입술로 그와 같이 악독한 말을 서슴지 않는 구소옥

을 바라보며 담우소가 고개를 흔들었다.

“나는 그렇게 야만적인 인간이 아니야.”

“호오!”

“혹시 내가 그렇게 하길 바랬던 건가?”

“마음대로 생각하세요.”

“흠, 하지만 확실히 천방지축에 엉덩이에 뿔이 난 아가씨긴 했지.”

‘그렇다면 어떻게?’

이지적인 구소옥의 눈동자에 의문이 떠올랐다.

머리가 좋은 사람으로부터 그런 눈빛을 받는다는 건 쉬운 노릇이 아니었다. 웬만하면 자랑이라도 늘어놓을 만한데 담우소가 히죽 웃어 보였다.

“뭐, 지금 중요한 건 그런 게 아니잖아.”

“그럼 뭐가 중요하죠?”

“일단은 귀신이 붙여놓고 간 일차 시험의 결과부터 알아봐야 하는 게 아닐까?”

“궁금한가 보군요.”

“난 이 시험에 목숨을 걸었으니까.”

어깨를 으쓱하며 담우소는 전혀 진지하지 않은 표정으로 진지한 말을 내뱉었다. 고명한 독심술(讀心術)을 익히지 못했다면 절대 내심을 알 수 없을 터였다.

“그럼 이만.”

이미 환희와 절망의 향연장으로 변해 있는 게시판 쪽으로 걸어가는 담우소의 발걸음은 거침이 없었다.

먼저 말을 걸었으면서도 전혀 구소옥을 배려하지 않고 있음을 분명히 하는 모습이었다.

'재밌는 사람.'

담우소의 멀어져 가는 뒷모습을 빤히 바라보던 구소옥이 말없이 그 뒤를 따랐다.

담우소처럼 구소옥의 표정은 내심을 알기 어려웠다. 하지만 그녀 역시 시험의 결과는 궁금한 게 분명했다.

"놔놔놔!"

"으흐흑, 내가 떨어지다니!"

만약 때맞춰 곳곳에서 붉은색 무복을 걸친 일단의 무사들이 모습을 드러내지 않았다면 게시판 주변은 한동안 몸살을 앓아야만 했을 것이다.

모두의 예상을 뒤엎고 큼지막한 벽보에 적혀 있는 이름은 고작 해야 사십이 명에 불과했다. 어제 시험장 안에서 끝까지 살아남은 숫자의 절반 정도밖에 되지 않는 숫자였다.

"나는 어제 마보를 끝까지 참아냈다구!"

체념한 다른 자들과는 달리 울분을 토해내던 단발의 소년이 단숨에 제압되어 한쪽으로 끌려갔다.

어제 시험을 방해하던 세력의 중심이었던 흑산대마의 마지막 제자였다. 무사들이 다가들자 본신의 무공을 사용해서 저항했으나 전혀 효과가 없었다.

벽보에 적힌 명단에 들지 못한 한 명당 두 명씩 이름이 적혀 있다.

어떠한 저항도 적의무사들에겐 소용이 없었다.

전문적으로 연수합벽을 연마한 듯 한 명이 공격을 하는 동안 다른 한 명은 반드시 상대방을 제압했다. 개처럼 끌려가는 명문마도의 제자들은 흑산대마의 제자만이 아니었다.

미리부터 서로의 공수(攻守)를 약속하고 있다손 치더라도 이와 같을 수 없을 정도로 깨끗하고 완벽한 제압이었다.

'흐음, 마교에서는 처음부터 이와 같은 반응이 있을 줄 짐작하고 철저하게 준비한 게 분명하군.'

다행스럽게도 담우소의 이름은 벽보에 적힌 사십이 명 중에 포함되어 있었다.

어제의 일과 오늘 벌어진 일련의 사건의 중심에서 담우소는 광명신교의 무서움을 절실히 느꼈다.

게시판을 이용해서 주변의 시선을 모으고 대번에 파악이 된 탈락자들을 처리하는 숙련된 모습은 경이로울 지경이었다. 덕분에 잠시 잠깐만에 소란은 종료되었다.

자신처럼 첫 번째 시험에서 살아남는 데 성공한 얼굴들을 훑어보며 담우소는 내심 고개를 끄떡였다. 하나같이 마보를 하는 동안 눈여겨봤던 얼굴들이었다.

'이런!'

흐뭇한 표정으로 주변을 살피던 중 반갑지 못한 얼굴을 발견한 담우소가 얼른 고개를 반대 편으로 돌렸다.

그러나 조금 늦었달까, 벽보에 적힌 명단을 바라보며 팔짝거리고 있던 마경화가 표독스런 표정으로 앙칼지게 소리쳤다.

"이 나쁜 놈!"

단숨에 달려든 마경화가 뿜어내는 독기(毒氣)를 피해 슬쩍 옆으로 물러선 담우소가 어색한 웃음을 지어 보였다.

"건강하군."

"이 음탕한 색마(色魔)!"

"색마?"

담우소의 시선이 은근슬쩍 자신의 하체 쪽을 향하자 마경화의 안색이 가볍게 붉어졌다. 담우소의 얄궂은 얼굴을 대하니 어제의 악몽이 떠올랐다.

거꾸로 매달린 채 얼마나 세게 얻어맞았던지 새벽 나절까지도 통증에 이를 악물어야만 했던 자신의 엉덩이를 생각하자 분함에 온몸이 떨릴 지경이었다.

"눈 감아!"

다 큰 처녀의 엉덩이를 북 치듯 두들긴 무뢰한(無賴漢) 주제에 소지(小指:새끼손가락)를 이용해 귓구멍을 후비고 있던 담우소가 고개를 갸웃거렸다.

"흐음, 사람을 색마라고 불러놓고 이제는 날더러 눈을 감으라고 하는 거냐?"

"눈을 감기 싫다면 네 두 눈을 모조리 파내든지!"

누가 마도 아니랄까 봐 악독한 말이었다. 어제의 일도 있고 해서 대충 넘어가려던 담우소의 얼굴이 심술궂게 변했다.

"거, 말 한번 고약하게 하는군. 만약 내가 진짜 색마였으면 지금 네게 그런 말을 듣고 그냥 있을 성싶으냐."

"그게 무슨……."

"어제 이미 쌀이 익어 밥이 되었을 것이고, 넌 눈물을 흘리며 자신의 신세를 한탄하느라 오늘 이 자리에 나오지도 못했을 거란 뜻이다."

"뭐라고!"

미간을 파르르 떤 마경화의 손이 대뜸 옆구리에 매달린 쌍수검으로 향했다. 가시나무꽃답게 사생결단이라도 내려는 모습이었다.

그 모습을 냉연히 바라보던 담우소가 대뜸 표정을 바꾸곤 차갑게 말했다.

"지금 검을 빼 들면 후회할 거다!"

"후회?"

어림없다는 표정이었다. 말로 해서는 안 되겠다는 생각이 든 담우소가 대뜸 마경화 앞으로 다가섰다.

"아!"

기쾌하게 쌍수를 움직여 쌍수검을 빼 들려던 마경화의 양손을 거머쥔 담우소가 살그머니 속삭였다.

"너, 다시 내게 엉덩이를 맞고 싶나?"

"……."

"난 막나가는 놈이라서 이곳에 보는 눈이 있든 없든 간에 어제하고 똑같이 할 거다. 그래도 괜찮겠냐는 말이야."

여인에게는 더 이상 없을 협박이었다. 두 손이 제압되었으나 다리가 있었다. 어떻게든 반항은 할 수 있을 터였다.

"나쁜 놈!"

선택의 여지를 준 담우소를 잡아먹을 듯 노려보던 마경화가 쌍수검을 쥐고 있던 손에서 힘을 풀었다.

그에 맞춰 제압하고 있던 마경화의 양손을 놓고 뒤로 물러선 담우소가 밉살스레 한마디를 더 보탰다.

"내가 시험관이라면 만마천에 들여보낼 녀석 중에 남에게 엉덩이를 두들겨 맞는 녀석을 뽑지는 않을 거야."

"으!"

"그러니 너도 망신당하고 저기 울보 녀석들처럼 집으로 돌아가기 싫거든 이제부터라도 조금쯤 얌전해지는 게 어때?"

"어, 언젠간……."

"날 찢어 죽이고 말 거라고?"

"……."

말문이 막히자 마경화의 얼굴이 다시 붉어졌다.

'하하, 저러고 있으니 귀여운 구석도 있네.'

마경화에게 히죽거리며 다시 농을 걸려던 담우소의 얼굴이 순간 딱딱하게 굳었다.

'한기(寒氣)?'

얼굴이 굳은 것은 찰나였다. 좌측으로 맹렬히 어깨를 비튼 담우소의 귀밑머리가 강하게 흩날렸다. 눈으로 쫓을 수 없을 정도로 빠른 무언가가 스쳐 지나간 것이다.

게다가 일은 그 정도로 끝난 것이 아니었다.

왼쪽 다리 하나로 온몸의 체중을 지탱하고 있던 담우소의 면전으로 맹렬한 경력을 함유한 물건이 파고들었다.

쇄액!

촌각을 몇십 조각 낸 순간이었다. 면전을 직격하고 있는 게 방금 전 자신의 귀밑머리를 스쳐 지나간 돌멩이라는 걸 직감한 담우소의 눈빛이 매서워졌다.

'이건 피할 수 없다!'

최고봉에게 극한까지 단련된 생존 본능의 속삭임이었다. 의식의 흐름을 뛰어넘는 무언가의 명령으로 허리를 가볍게 뒤튼 담우소의 다리가 번개같이 위로 차 올려졌다.

파악!

어느 정도의 빠르기면 가능한 일일까. 담우소의 앞차기와 격돌한 돌멩이는 순식간에 가루로 변해 비산했다. 기합 한 번 터뜨리지 않고 이뤄낸 일이었다.

"아!"

비산하는 돌 가루 속에는 경력뿐 아니라 지독한 한기도 스며 있었다.

자신에게로 파고드는 정체 불명의 한기를 피해 황급히 뒤로 몇 보 물러선 마경화의 입이 가볍게 벌어졌다.

처음 담우소의 뒤통수를 노렸다가 실패하자 공중에서 회전을 일으키며 더욱 빠르게 그의 안면을 파고든 돌멩이 때문이 아니었다.

그 정도의 회선(回線)의 묘기는 암기를 다루는 자라면 진기의 운용을 어느 정도 조작할 줄 알면 흉내 내기가 그리 어렵진 않았다.

문제는 담우소의 일각(一脚)에 산산조각 난 돌 가루에서 회오리치며 사방으로 터져 나온 뼛골을 저며내는 한기였다.

돌멩이의 직격이 있은 직후였다.

이미 담우소와 이삼 장이나 되는 거리를 유지하고 있었음에도 마경화는 다시 뒤로 신형을 물려야만 했다. 광풍노도처럼 밀어닥치는 한기에 위기감을 느꼈기 때문이다.

'세상에! 이렇게 지독한 음한기를 함유한 공력이 있다니!'

자신도 모르게 마경화의 시선이 담우소 쪽을 향하고 있었다. 방금 전까지 '언젠가 반드시 죽여 버리고 말겠다'는 등의 말을 내뱉었던 것치고는 꽤나 근심이 어린 표정이었다.

파팍!

앞차기 후 다리를 타고 파고드는 한기를 재빨리 땅 쪽으로 쏟아 부은 담우소가 어깨를 가볍게 떨어 보였다. 어느새 그의 어깨를 스쳐 가는 서늘한 기운이 있었다.

"읏!"

이번에는 어깨를 뒤틀거나 신법을 펼칠 여유조차 갖지 못했다. 막 모습을 드러낸 순백의 궁장을 걸친 여인은 전신에서 지독한 한기를 뿜어내고 있었다.

사라락!

마침 불어온 바람에 흩날리는 은발(銀髮). 설백이 무색할 정도로 투명한 피부는 인세의 것이 아닐 듯싶었다.

혼백을 얼려 버릴 듯 냉막한 여인의 시선과 맞닥뜨린 담우소의 주먹이 의지를 역행하며 피가 날 정도로 쥐어졌다.

순간 몸속의 혈류를 얼리며 침습한 냉기 때문이 아니었다. 당장에라도 눈앞의 여인을 박살 내고 싶어 날뛰기 시작한 본능을 억제하기 위해서였다.

'제길! 평생 만날 수 없을지도 모르는 절정고수이긴 하지만 상대는 여자다!'

너무 밝은 빛은 고개를 돌리게 만든다. 은발여인의 느닷없는 등장은 주변의 시선을 일시에 돌려놓았다.

미인의 숙명이라 할 수 있는 주춤거리는 발걸음과 힐끔거리는 시선을 양산하기엔 아직 시간이 좀 더 필요할 듯했다.

그런 와중에 자신과 시선을 맞닥뜨리고도 고개를 돌리지 않는 담우소의 태도가 신선했을 것이다. 잠시 물끄러미 그를 바라보던 은발여인의 진홍빛 입술이 움직였다.

"훌륭한 각법이다."

'분명 방금 전까지 내 뒤에 있었는데, 내 발차기를 봤다는 건가?'

"네 사부가 누구더냐?"

신비로울 정도의 은발을 제외한다면 많이 잡아봤자 이십 대 중반을 넘지 않아 보이는 절세 미모의 여인이었다.

대뜸 하대를 하고 나섰지만 서서히 처음의 충격에서 벗어난 주변인들에게선 조금도 반감이 흘러나오지 않았다.

간혹 소녀들 중 몇이 눈을 흘기긴 했지만 극소수일 뿐이었고, 세상은 대중이 원하는 방향으로 흘러가기 마련이었다.

그러나 여인의 미모에는 본시 냉정한 담우소였다. 하얗다 못해 건드리면 묻어 나올 듯 투명한 피부 때문에 더욱 인상적인 여인의 옥용을 바라보는 담우소의 시선이 삐딱했다.

"당신, 몇 살이나 먹었수?"

"……."

"몇 살이나 처먹었길래 초면부터 내게 말을 놓느냐구."

본능에 순응하여 은발여인을 조금이라도 자세히 보기 위해 주변으로 몰려들었던 소년들의 입이 크게 벌어졌다.

아무리 예의범절과는 다소 거리를 두고 있는 마도라고는 하지만 은발여인과 같은 미인에게는 마음이 움직이지 않을 수 없었다.

담우소가 은발여인에게 대놓고 막말을 하자 소년들은 갑자기 자신들이 열혈남아가 되는 걸 느꼈다. 담우소에게 까닭을 알 수 없는 살의를 품게 된 것이다.

그러거나 말거나 담우소의 태도는 처음과 변화가 없었다. 가까이 서 있던 축들 중 몇이 달려들고 싶은 마음을 애써 참아야 했을 정도로 안 하무인이었다.

침묵 속에 한빙과도 같은 눈빛으로 담우소를 바라보던 은발여인이 말했다.

"적어도 내 나이는 너보다는 많을 것이다. 아직 어린 나이에 말이 너무 거칠구나."

"그럼 당신은 상대가 자기보다 나이가 많으면 무조건 하대를 받아도 좋은 거야?"

"……."

은발여인은 대답하지 않았다. 담우소의 피를 들끓게 했을 정도의 절 정고수로서 남에게 하대를 받는다는 건 상상할 수도 없는 일임에 분명 했다.

그럴 줄 알았다는 얼굴이 된 담우소가 설교하듯 말했다.

"물론 상대가 당신보다 훨씬 강하고 위세를 떨치는 사람이라면 당신 역시 하대를 참아 넘기겠지. 무림이란 그런 곳이니까. 그렇기에 대뜸 처음 보는 내게 하대를 한 것이겠고."

"……."

"하지만 말야, 아무리 당신이 자신의 무공이나 세력에 자신이 있더 라도 초면부터 사람에게 하대를 하거나 암습을 하는 버릇은 좋지 않아. 나처럼 본래 성격이 더러운 놈은 그런 꼴을 당하면 참지를 못하거든."

말을 마친 담우소가 주변을 매섭게 둘러봤다. 짐짓 은발여인과의 대 화가 길어지자 악화일로를 치닫기 시작한 주변의 소년들을 위협하는 으름장이었다.

그 모습만으로도 충분히 담우소가 주변의 다른 애송이들과 다른 점이 있다는 걸 깨달은 은발여인이 슬쩍 입가에 미소를 배어 물었다.

"확실히 방금 전의 일은 미안하게 됐어. 너와 저기 여아가 싸우는 통에 앞으로 나아가지 못하겠기에 길을 연다는 것이 좀 심하게 손을……."

"또 하대를 하려는군."

"버릇이 되어놔서."

은발여인은 여전히 하대였다. 그럼에도 전혀 어색하지 않은 것이 일상 중 남에게 하대하는 것이 당연시되는 생활을 해온 것이 분명했다.

그와 같은 사람을 한 사람 알고 있는 담우소의 눈살이 가볍게 찌푸려졌다.

"당신 혹시 광명신교의 인물인가?"

"어째서 그렇게 생각했지?"

되묻는 은발여인의 자태는 그저 바라보는 것만으로도 눈이 부셨다. 담우소를 제외한 주변의 뭇 소년들로선 숨이 막히는 기분이었다.

질투심으로 가득한 소년들의 심한 눈총을 가볍게 무시한 채 담우소가 대답했다.

"나는 당신처럼 당당하게 사람을 깔아보는 종류의 사람을 한 명 알고 있거든."

"그 사람은 광명신교의 사람인가?"

"글쎄."

어깨를 으쓱해 보이는 담우소에게 은발여인이 의미심장하게 말했다.

"다시 묻겠는데, 네 사부는 누구지?"

처음과 비교할 때 조금쯤은 부드러워진 어투였다. 평대로 바뀐 은발 여인의 태도에 만족한 듯 담우소가 태도를 바꿔 대답했다.

"내 사부는 천리종횡님이오."

"아!"

놀라움에 찬 신음을 토한 건 눈앞의 은발여인이 아니었다. 담우소와 은발여인의 주변을 둥글게 둘러싸고 있던 사십일 명의 소년, 소녀들이었다.

"천하제일 경공대가!"

"오산인!"

마도에서 최고봉의 위상을 웅변해 주는 반응들이었다. 그러나 은발 여인은 무표정할 뿐이었다.

"그렇군. 최 노괴의 열화기를 익혔다면 충분히 내 한령(寒靈)의 공력을 막아낼 수 있었겠지."

'내가 열화기를 익혔다고?'

담우소로선 금시초문인 얘기였다. 그가 최고봉에게 배운 건 기운을 조절하는 방법과 근본적인 권법의 요체 정도였다.

물론 땅마다 뿌려진 씨앗에서 얻는 소득이 다르듯 담우소가 얻은 소득은 막대했다.

사부의 지도 없이 홀로 수련한 까닭에 지닌 바 위력을 일 할도 발휘하지 못했던 풍천경의 오의 중 새롭게 깨달은 바가 컸다.

따라서 현재 담우소의 무공은 일취월장(日就月將)한 상태였다. 과거 최고봉을 만나기 전과 비교한다면 아예 수준 자체가 달라져 있었다. 삼류에서 대번에 일류의 수준을 바라보는 위치에까지 이르른 것이다.

하지만 그렇다 하여 배우지 않은 걸 배웠다고 할 수는 없는 노릇이었다.

은발여인에게 질문을 던지려던 담우소의 시선이 가볍게 흔들렸다. 홀로 고개를 끄떡여 보인 은발여인의 신형이 순간 그의 시야에서 사라진 것이다.

"사, 사라졌다!"

"도대체 이게 무슨!"

낭패한 신음성들이 터졌다. 처음 게시판에 벽보가 나타났을 때와 같은 상황이었다.

그런 가운데 은발여인이 모습을 드러낸 곳은 벽보가 붙어 있던 게시판 앞이었다. 보고도 믿을 수 없는 일이지만 그녀는 순식간에 십여 장을 이동한 것이다.

그것이 자신에게 더 이상 궁금한 사항이 없기에 벌어진 일임을 눈치챈 담우소가 뒤통수를 긁적였다.

졸지에 바람맞은 남정네 꼴이 되었지만 은발여인의 정체를 눈치 챘기에 뭐라 항변할 수도 없었다.

작은 소란 중에 담우소 쪽을 바라보며 슬쩍 미소를 던져 보인 은발여인이 목소리를 가볍게 높였다.

"모두 이쪽으로 모여주길 바래요."

담우소와의 다툼 때문일까. 처음과는 달리 부드럽고, 그만큼 달콤한 절세미녀의 부름이었다.

한령선자(寒靈仙子) 빙예운(氷禮韻).

은발여인은 자신을 소개하며 말하기를 만마천에서 나왔다고 했다. 한령선자란 별호가 생소하고 빙예운이란 대명을 들어본 일이 없음에도 시험장에 남아 있던 대다수의 안색이 딱딱하게 굳었다.

만마천에서 나왔다는 한마디만으로도 충분했다. 느닷없이 나타난 절세 미모의 여성은 선망의 대상에서 두려움의 대상으로 모습을 일신했다. 그만큼 광명신교에서도 만마천이란 이름은 특별한 것이었다.

자신을 향하고 있는 소년들의 열기 어린 눈빛과 소녀들의 질투 어린 시선을 한빙 같은 눈빛으로 외면하며 빙예운이 조용조용 말했다.

"이곳에 남은 사람들은 모두 사십이 명이에요. 일차 시험의 감독관들에게 들으니, 하나같이 훌륭한 근골과 치열한 투쟁심을 가진 이상적인 인재들이라더군요."

"꿀꺽!"

만마천에 들어갈 후보의 숫자는 여섯이었다. 그런데 사십이 명이 남았다면 아직도 몇 차례나 더 시험을 치러야 할지 알 수 없었다.

빙예운의 한마디로 현실과 직면하게 된 사십이 명의 소년, 소녀들은 등 어림을 타고 흘러내리는 진땀을 느꼈다. 방금 전까지 누리고 있던 합격의 기쁨은 슬그머니 자취를 감추고 있었다.

처음부터 이러한 상황이 되리란 걸 짐작하고 있었던 듯 빙예운이 입가에서 미소를 거뒀다.

"그렇지만 애석하게도 만마천에 들어갈 수 있는 인원은 고작 여섯 명에 불과해요. 만마천을 맡고 있는 노사(老師)들의 성격이 꼬장꼬장하기 때문이지요."

"……."

"그래서 여러분의 선배인 나 빙예운은 지금부터 시험을 치르려 합니다. 무척 어려운 시험이 될 거예요. 난 성격이 별로 좋지 않아서 받았던 것만큼 반드시 돌려주거든요."

“아아!”

빙예운이 자신들의 선배라는 사실을 들은 소년, 소녀들 사이에서 다시 웅성거림이 일었다. 갑자기 묘한 집념을 발산하기 시작한 빙예운의 마무리가 덮일 정도로.

*　　　　　*　　　　　*

성화제전의 밤을 끝으로 표면적으로 내세웠던 입교 시험이 끝나고 몰려들었던 천하각지의 마두들이 물러간 시각.

이곳에 몰려들었던 마두들 중 어느 누구도 발을 내디딜 수 없었던 광명신교의 본산은 정막 속에 잠겨 있었다.

하부 조직들은 새롭게 받아들인 입교자들의 소속을 정하는 일로 바빴지만, 광명신교에서도 상위 서열자만이 들어설 수 있는 본산을 번잡하게 할 만한 일은 아니었다.

그렇게 평상시와 조금도 다름없는 천 년의 무게를 자랑하는 본산에서도 가장 깊숙한 곳.

본산에 거주하는 상위 서열자들마저도 쉽사리 시선을 돌리지 못하는 팔층 탑의 최상층의 안은 바깥과는 비교조차 할 수 없을 정도의 침묵이 감돌고 있었다.

사방으로 몇십 개는 족히 될 듯한 창문은 굳게 닫혀 있었고 중앙을 차지하고 있는 큼지막한 팔선탁(八仙卓)은 텅 비어 있었다.

팔선탁의 한쪽 끝.

주변을 감돌고 있는 무거운 침묵을 즐기듯 한 손으로 턱을 괴고 있는 중년인이 있었다.

전체적으로 준수한 외모에 봉황과도 같은 눈매, 검은 머리가 주를 이루는 단정한 모발에는 중간중간 새치가 엿보였다.

만약 눈가에 드리워진 그늘이 없다면 절세의 미장부라 해도 과언이 아닐 외모였다. 한마디로 말해 특정 부류의 여성들에게 절대적인 지지를 받는 미중년이라 할 수 있었다.

광명신교의 본산에서도 가장 깊숙한 심처인 '화룡점정(畵龍點睛)의 탑'에서 시간을 죽이고 있는 그의 얼굴은 지루함으로 가득했다. 손을 들어 하품이라도 하고 싶은 모습이었다.

그때였다.

삐이꺽!

내실 안으로 들어올 수 있는 유일한 문이 열리자 스며들어 온 한줄기 빛에 가볍게 눈살을 찌푸린 중년인이 저음의 목소리를 냈다.

"이곳에는 어쩐 일이지?"

지금껏 기다리고 있던 사람에게 건넨 첫 마디치고는 무뚝뚝한 질문이다.

이미 익숙한 듯 성큼 내실 안으로 들어선 적발의 거한이 못지않게 퉁명스레 되받았다.

"나는 신교의 제자이고 언제든지 본산에 찾아올 수 있는 위치이다."

"물론 장로의 신분인 오산인 중 일 인으로서라면 그렇겠지."

"……."

"그렇지만 본산의 성화를 훼손하고 신교를 뒤집어엎으려는 역도가 된 마당에 이곳에 온 건 날 너무 무시하는 일이 아닐까?"

여전히 턱을 괴고 있는 상태였다. 그저 비어 있는 우수를 한차례 떨쳐 낸 것뿐인데 중년인의 주변에서 기이한 기운이 일어났다.

그것이 마도 오대기공 중 하나인 흑야환상(黑夜幻想)의 기운임을 직감한 적발의 거한이 피하지 않고 신공을 운용했다. 천신만고 끝에 연마한 열화기를 일으킨 것이다.

치치치치칙!

암흑과도 같은 흑기(黑氣)와 용암과도 같은 적기(赤氣)의 조우였다.

거의 이 장의 거리를 사이에 둔 채 격돌한 두 가지 기운은 부딪치자마자 내실 안의 공기를 격하게 뒤흔들었다.

단 하나의 기공만으로도 내실은 물론 팔층 탑 전체를 박살 낼 만한데, 두 가지 기운이 팽팽하게 대치하자 오히려 경력이 폭발하는 소리만이 요란했다. 용호상박이라는 뜻이다.

'그동안 못 본 사이에 더욱 대단해졌군.'

'이 자식! 높은 자리에 앉고서도 그동안 수련을 게을리 하지 않았잖아!'

절정고수 간에는 그저 단 한 수면 족했다.

상대에 대한 평가를 내리자마자 중년인이 재빨리 흑야환상의 공력을 풀어버리자 열화기를 격공장의 식으로 쏟아내던 적발거한 역시 그 뒤를 따랐다.

처음부터 두 사람 중 누구도 상대를 상해할 의도가 없었음을 단적으로 보여주는 모습이었다.

그렇게 흑룡과 적룡처럼 얽혀들었던 두 가지 기운이 사라지자 적발거한 최고봉의 신형이 주춤 뒤로 밀려났다. 중년인이 거둬들인 흑야환상의 여력을 풀어버리기 위해서였다.

내공에서 밀렸다기보다는 무학의 상리상 옳은 것이지만 자존심이 상한 최고봉이 이빨을 갈았다.

“으드득! 밖으로 나가서 다시 천 초만 싸워보자!”

요사스러울 정도의 흑기를 우수로 갈무리한 중년인이 고개를 흔들어 보였다.

“내가 천하에서 가장 빠른 발을 가진 녀석하고 넓은 곳으로 나가 승부를 낼 정도로 바보로 보이나?”

“그럼 방금 전에 손을 쓴 채로 그냥 넘어가겠다는 것이냐!”

“그렇다 해도 나로선 조금도 손해 볼 일이 없지.”

생긴 모습답지 않게 밉살스런 말이었다. 도저히 말로선 승부를 볼 수 없다는 생각이 든 최고봉이 냉소를 터뜨렸다.

“흥, 대임을 맡은 주제에 일은 하지 않고 수련만 한 녀석치고는 꽤나 자신없는 말이로다!”

최고봉의 야유에 중년인이 시큰둥하게 대답했다.

“내가 수련을 열심히 했다기보다는 네놈이 나이에 걸맞지 않게 빨빨거리며 돌아다니느라 수련을 게을리 한 것이겠지.”

“뭐야!”

앞으로 한 걸음 내딛던 최고봉의 안색이 붉게 물들었다. 몽땅 해소시켰다고 믿고 있던 흑야환상의 여력에 기혈이 끓어오르는 것이다.

한눈에 그러한 사정을 눈치 챈 중년인이 무심하게 말했다.

“일단 치솟은 기혈부터 가라앉혀라. 내상을 치료하는 동안 내가 호법을 서줄 테니.”

“내상은 무슨!”

재빨리 내력을 돌려 치밀어 오르던 기혈을 억누른 최고봉의 얼굴이 더욱 붉어졌다. 손속을 겨뤄보기도 전에 밀린 것에 분통이 터졌다.

그러거나 말거나 중년인은 무심한 태도를 견지했고, 불을 토해내는 듯한 눈빛이 된 최고봉이 으르렁거리듯 말했다.

"오산인으로서 묻겠다."

"……."

"성화와 명존의 빛은 아직도 꺼지지 않고 신교의 대지를 비추고 있는가?"

광명신교에서 가장 중히 여기는 두 가지 신성에 대한 질문을 접한 중년인이 그제야 태도를 달리했다. 묘하게 흐트러져 있던 자세를 바로한 채 침중한 표정이 된 것이다.

"좌우광명사자 중 좌사인 내가 본산에 머물러 있고 오행기와 천지풍뢰 사대문파가 본산을 수호한다. 어찌 성화의 빛이 어두워질 수 있겠느냐! 다만……."

"다만?"

최고봉은 어느새 팔선탁의 한자리를 꿰어차고 있었다. 비로소 눈 높이가 비슷해진 그를 지그시 노려보며 광명좌사 고엽풍(高葉風)이 가시 돋친 목소리를 냈다.

"어디의 바보 같은 녀석과 그 녀석에게 부화뇌동(附和雷同)한 얼간이 다섯이 신교를 빠져나간 탓에 구시대의 퇴물들이 딴 마음을 품기 시작했다."

"구시대의 퇴물들이라면…… 서, 설마!"

"그래, 그 설마다."

"하지만 만마천의 퇴물들은 하나같이 백 세를 족히 넘겼을 텐데……."

"그들이 어느 정도의 괴물인지는 너 역시 경험해 봐서 알 것이 아니냐."

고엽풍의 목소리는 자못 음산해져 있었다. 지금에 이르러선 마도 오대기공이라 불리고 있지만 과거에는 천하제일의 사공(邪功)이라 일컬어지던 것이 흑야환상이었다.

최고봉은 헤어져 있던 동안 절세미남이었던 얼굴에 사기가 머물게 된 고엽풍을 바라봤다. 그가 거짓말을 하고 있다고는 생각되지 않았다.

자존심이 세기로 유명한 그가 지독한 사공인 흑야환상까지 익혀야만 했을 정도라면 사태는 최고봉이 생각하는 이상일 게 분명했다.

'그동안 만마천을 출관한 자들은 이십사 명에 불과하다. 하지만 그들은 하나같이 절정고수의 반열에 올랐고, 좌사 측이든 우사 측이든 요직을 선점했다. 그들과 관계를 맺은 자들이 지금에 이르러선 수백 수천에 이를 테니 이 일을 어쩌하지?

그저 대충 계산해 낸 숫자였다. 상황은 그보다 심각할 게 분명했다.

최근에 엄정하의 말을 듣고 알아낸 사실에 의하면 만마천의 노괴물들은 과거 '마천루의 난' 때 천하를 온통 분탕질 쳤던 전설상의 마두들이었다.

은인자중하던 그들이 현재 광명신교의 본산을 장악하고 있다고 해도 과언이 아닌 고엽풍을 걱정시킬 정도로 움직이기 시작했다면 이미 모든 준비가 끝났다고 봐도 좋았다.

천하를 놓고 쟁패를 벌였던 자들이었다. 오랜 기다림 끝에 움직였다면 그 정도의 준비가 없으리라곤 상상할 수 없는 일이었다.

순식간에 대여섯 개나 되는 최악의 상황을 생각해 낸 최고봉의 안색이 일시에 흙빛으로 변했다. 엄정하가 특유의 방법으로 신신당부했던 담우소를 떠올린 것이다.

'그 녀석은 광명소주에게 첫 번째로 화심인을 받았다. 절대로 다른 자로선 회유할 수 없는 불꽃의 인을. 이렇게 되면 내가 그 녀석을 호랑이 아가리 속으로 집어넣은 건가!'

지끈!

혹 떼러 왔다가 혹을 붙인 격이었다. 최고봉이 백안시하던 고엽풍을 만나러 온 데는 까닭이 있었다.

담우소를 이미 뽑혀 있을 만마천 일진에 포함시키려면 본산을 장악하고 있는 고엽풍에게 청탁을 넣을 수밖에 없었다.

그런데 만마천의 노괴물들이 움직이기 시작했다니!

갑자기 골치가 아파진 최고봉이 이마를 손으로 짚었다. 눈앞의 고엽풍을 상대하는 것만도 골치가 아팠다. 그런데 이제는 전대의 노마들에게서 담우소를 구출할 걱정까지 해야 하는 상황이 된 것이다.

제32장 설봉(雪峰)의 마녀

담우소의 얼굴에는 낭패한 기색이 가득했다. 일차 시험 내내 보이고 있던 자신만만한 표정이라곤 눈곱만큼도 남아 있지 않은 모습이었다.

담우소의 얼굴을 암담하게 만든 장본인인 구소옥이 항변하듯 말했다.

"그런 당신도 청해성 출신은 아니잖아요."

"난 처음부터 떳떳하게 밝혔다구!"

"그래서 저도 지금 이렇게 밝히고 있잖아요."

"그런 말을 하기엔 좀 늦었다는 생각이 들지 않아?"

담우소의 목소리에는 한숨이 섞여 있었다. 그의 말대로 구소옥의 고백은 아무리 좋게 생각하려 해도 때늦은 감이 있었다.

이차 시험이 시작되기 전이었다. 자신을 이차 시험의 시험관이라 밝힌 빙예운은 사십이 명의 소년, 소녀들을 일곱 개 조로 편성했다.

말이 편성이지 임의로 조를 나눈 것이 아니라 제멋대로의 편 가르기였다. 마음에 맞는 사람들끼리 멋대로 편을 갈라 조를 짜라는 무책임한 발언을 한 것이다.

벌써부터 세력을 규합하고 있던 진소백 등이 퍼렇게 멍든 얼굴로 흐뭇한 표정을 지어 보인 건 두말하면 잔소리였다.

비록 어젯밤 우두머리를 정하기 위해 죽기 살기로 싸웠지만 빙예운의 한마디로 그들은 다른 경쟁자들보다 훨씬 유리한 고지를 선점하게 된 것이다.

시험 시작 전까지 보였던 과묵함이나 위세 당당함을 집어던진 채 물색없이 좋아하는 그들의 모습은 이미 청해성 제일의 후기지수라 부를 수 없는 모습이었지만.

어쨌든 미리부터 준비하고 있었던 그들 육 인과는 달리 나머지 삼십육 명은 정신없이 바빠졌다.

바보가 아닌 한 조금이라도 훌륭한 동료를 얻는 게 합격의 지름길임은 따로 부연할 필요가 없었다.

그때였다. 그 삼십육 명 중 하나인 담우소가 자신만만하게 다가간 건 처음부터 찍어놓고 있던 구소옥에게로였다.

진소백 등을 제외하곤 가장 뛰어난 기재라는 자체 평가는 둘째 치고 마도에 대해 박식한 그녀의 힘을 빌어 괜찮은 동료를 규합하려는 속셈이었다.

그러나 주유(오나라의 대도독. 적벽대전 이후 형주를 제갈량에게 빼앗기자 피를 토하고 죽는다)는 동 시대에 제갈량이 태어난 것을 저주했고, 천하의 명 군사인 제갈량 역시 사마중달(위나라의 대장군. 몇 차례에 걸쳐 제갈량이 죽이려 하나 천운으로 죽지 않았다. 그 때문에 제갈량은 위나라를 칠 수 없었는데, 후일 그와 아들들의 손에 의해 위나라는 망한다)을 끝내 죽일 수 없었다.

세상의 일이란 게 본래 마음먹은 대로 되지 않는 것이 열에 일고여 덟이라는 소리다.

어렵게 끌어들인 구소옥이 자신처럼 청해성 무림에 아무런 연고가 없는 타 지역 사람이라 말하자 담우소는 하늘이 노래지는 걸 느꼈다.

'빌어먹을!'

만마천에 들어갈 자는 후일 광명신교 내에서도 요직에 오를 후보자들이었다. 남에게 지휘받기보다는 남을 지휘할 수 있는 자질을 지닌 자들을 우선적으로 뽑는 건 당연했다.

그럼에도 불구하고 일차 시험에서 중점을 뒀던 건 강인한 체력과 근성, 무공을 익히기 위한 자질이었다. 평범한 무공광(武功狂)이라면 누구라도 지닐 수 있는.

상승 무공을 익히기 위해 반드시 필요한 오성(悟性)이라든지 세력을 조직할 수 있는 우두머리의 자질 따위는 철저히 배제된 시험이었다.

따라서 자유방임으로 사람을 모아 조를 짜는 걸 선행한 이차 시험의 목표는 적은 인원으로 가장 큰 힘을 낼 수 있는 방법, 그러니까 일반적인 무림인의 능력을 뛰어넘는 병가(兵家)의 도리(道理)—병법(兵法)—를 얼마만큼 숙지하고 있는지를 알아보는 시험이 될 게 분명했다.

자신을 희대의 천재 군사라 자부하던 강문호와의 인연으로 병법이 얼마만큼 중요한지를 몸소 경험했던 담우소로선 자신의 안이함을 탓할 수밖에 없는 상황이었다.

철저한 계산에 의해 행동해도 부족할 판이었다. 그런데 직감과 첫인상만으로 낯 모를 구소옥에게 도박을 건 것이다. 후회가 물밀듯 밀려오지 않을 수 없었다. 그러나 후회란 아무리 빨라도 늦는 법이다. 어떻게 해서든 제대로 된 인재를 끌어들이지 못하면 앞으로 치르게 될 시험은 절망적이라 해도 과언이 아니었다.

뒤도 돌아보지 않고 구소옥과 헤어진 담우소는 그동안의 여유를 내던진 채 부랴부랴 뛰어다니기 시작했다.

숫자상 어떻게든 머릿수는 채울 수 있겠지만 조금이라도 나은 인재를 얻지 못한다면 탈락은 시간문제였다.

늦게 움직인만큼 남보다 몇 배는 빨리 움직여야만 실낱같은 희망이나마 잡을 수 있을 게 분명했다.

잠시 후.

열심히 뛰어다닌 결과 담우소가 끌어들인 인재는 세 명에 불과했다.

각기 자신들을 이름 대신 혈주(血蛛), 흑갈(黑蝎), 녹접(綠蝶)이라 소개한 이남일녀는 담우소처럼 청해성이나 곤륜산맥에 대해선 거의 아는 것이 없는 타 지역 출신이었다.

중원마도의 몇 안 되는 대문파 중 하나인 혈사방(血邪幫)의 방주인 독지진천남(獨指震天南) 단연경(端硯鏡)의 제자인 까닭인지 그들은 첫인상부터 오만했다.

마천루의 난으로 북방무림이 정파 천하가 된 이후 웬만한 마도의 거대 문파는 광명신교의 비호를 받는 청해성이나 그 바깥으로 밀려난 상태였다. 거세진 정파의 압력으로부터 세력을 온전히 보전하기 위한 굴욕적인 방편이었다.

그런데 그런 와중에서도 혈사방만큼은 끝내 중원에서 한 발짝도 물러서지 않았으니, 그들 사형매가 콧대를 세우는 것도 무리는 아니었다.

좋게 보자면 오직 마도의 맹주라 할 수 있는 명존에게만 허리를 숙인다는 혈사방주 단연경의 기개를 제자들 역시 물려받았다고 할 수 있을 터였다. 하지만 그런 만큼 주변의 견제와 질시를 받는 것도 지극히 당연한 일이었다. 그들의 표현대로라면 '본래 영웅이란 고독한 법' 이라고나 할까?

어쨌든 올곧은 대나무처럼 주변과 동화되지 못하고 뻗대었던 결과로 혈사방의 세 사형매는 주변으로부터 철저히 외면받았다. 아무도 중원마도의 명문인 혈사방주의 고제자들과 합격의 영예를 만끽하고 싶어 하지 않았던 것이다.

덕분에 어부지리에 가까울 정도로 쉽사리 그들 세 명을 회유하고 기세등등하게 돌아오던 담우소의 안색이 갑자기 딱딱하게 굳었다.

자신이 세 명을 포섭하는 동안 구소옥도 한 명쯤은 포섭했을 거라 생각했는데, 하필 그녀가 데려온 인물은 최악이라 해도 과언이 아니었다.

"어이, 이봐!"

얼굴을 왕창 일그러뜨린 담우소를 힐끔 바라본 구소옥이 표정 하나 변하지 않고 말했다.

"역시 우리는 무언가 통하는 데가 있군요."

"뭐가 통한다구?"

"제가 한 명을 데려오자 당신이 세 명을 데려왔잖아요."

딴은 그랬다. 헤어질 때 딱히 데려올 인원을 정하진 않았었다. 제대로 된 머릿수를 채우는 것만도 걱정되는 상황이었기 때문이다.

그런데 두 사람이 데려온 사람을 합하자 더도 덜도 없이 딱 여섯 명이 된 것이다.

어떻게 보면 참으로 궁합이 잘 맞는 두 사람이라고 생각할 수도 있는 노릇이었다.

  '만약 네가 데려온 게 저 천방지축 말괄량이만 아니었다면 분명 그렇겠지.'

  담우소의 시선이 향한 곳은 구소옥의 어깨 너머였다. 청해성 무림에서는 진소백 등을 제외하곤 가장 훌륭한 인재라 할 수 있는 마경화의 얼굴이 보였다.

  삐죽!

  그녀의 가뜩이나 도톰한 입술은 한껏 내밀어져 있었다. 자신이 배제된 담우소와 구소옥 간의 언쟁이 불만스러운 것이다.

  그런데 담우소의 시선이 자신을 향하자 기회를 잡았다는 듯 마경화가 두 사람 사이에 끼어들었다.

  "소옥 언니, 저 망할 녀석이 백배사죄를 하겠다고 해서 큰맘 먹고 따라왔는데, 얘기를 가만히 들어보니 여전히 저 인간은 안하무인인 것 같네요."

  '소옥 언니?'

  담우소의 표정이 멍청해졌다. 그가 알기로 구소옥과 마경화는 이번 시험에서 처음 만나는 사이였다. 엉덩이에 뿔이 난 말괄량이인 마경화가 구소옥에게 언니라 칭할 까닭이 없었다.

  담우소의 '저 말괄량이를 어떻게 꼬드긴 거지?' 하는 의문 섞인 눈빛을 가볍게 외면한 채 구소옥이 어린애를 달래듯 마경화에게 말했다.

  "그러니까 경화 동생은 너무 순진해서 탈이야."

  "그게 무슨 소리죠?"

  "수줍은 달빛 아래서만 얼굴을 드러내는 배꽃처럼 너무 순수해서 세상의 사내들을 잘 모른다는 거야."

‘흠, 저런 식으로 꼬드겼군.’

담우소의 고개가 저절로 끄떡여졌다. 처음 봤을 때 직감적으로 느꼈던 구소옥의 느낌과는 상반되는 모습이었으나 효과는 확실했다.

갑자기 사나운 가시를 세운 가시나무꽃에서 한 떨기 수줍은 배꽃으로 둔갑한 마경화가 어울리지 않게 낯을 붉혔다.

“언니이!”

“호호, 수줍어하긴.”

마경화를 향해 환한 미소를 지어 보인 구소옥이 담우소 쪽으로 슬쩍 고개를 돌렸다.

따사로운 봄볕 저리 가라 할 정도로 부드럽던 미소는 어디로 가고 서리가 내릴 듯 무표정하게 변한 얼굴이 나타났다.

“그러니까 담 공자도 이젠 더 이상 자신의 본심을 숨기지 말아요.”

‘우리에겐 그녀가 필요해요. 그러니 잔말 말고 고개를 끄떡이는 게 어때요?’

귓전을 울린 말과는 달리 담우소가 받아들인 목소리는 그러했다.

특별히 전음입밀(傳音入密)과 같은 고절한 수법을 경험한 게 아니었고 이심전심의 드높은 경지에 오른 것도 아니었다.

구소옥은 표정으로 말하고 있는 것이다, 누가 봐도 알아볼 수 있을 정도로 확실하게.

‘우웃!’

‘아아!’

담우소의 뒤를 쫓아왔던 혈주 등이 움찔하며 뒤로 물러섰다. 그만큼 순간적으로 구소옥이 발산한 기운은 무시무시한 것이었다.

‘만약 내가 부정이라도 하면 멱살이라도 잡고 흔들 태세군.’

내심 땅이 꺼지는 듯한 한숨을 내쉰 담우소가 떨떠름한 표정을 감추지 않고 고개를 끄떡여 보였다.

"개똥도 약에 쓰려면 없다더니……."

"……."

"어차피 일이 이렇게 됐으니 네가 우리 조에 들어오는 걸 허락하마."

"나 갈래요."

담우소에게 한차례 눈을 흘긴 마경화가 팽 토라져 구소옥에게 입술을 삐죽였다.

어디까지나 어리광이 섞인 투정으로 가시나무꽃이라 불리던 시절의 마경화를 알고 있던 사람이라면 아연실색할 모습이었다.

그러자 냉정히 주변에서 맴돌고 있던 사람들이 어찌어찌 뭉쳐 가는 모습을 살피고 있던 구소옥이 따사롭던 입가의 미소를 슬쩍 지웠다.

"그래도 될까?"

"당연하죠. 저 망할 인간이……."

"경화 동생은 이곳에 왜 왔지?"

"예?"

"본래 별달리 부족함 없이 살아온 동생이 광명신교까지 오게 된 까닭이 뭐냐고."

"그야 당연히 만마천에 들어가기 위해서죠."

"그런데 지금 와서 조를 바꾸겠다고?"

구소옥의 목소리가 바뀌었다는 걸 눈치 채는 데는 그리 오랜 시간이 필요하지 않았다.

그녀가 두 번째 질문을 내뱉자 바로 이상한 낌새를 챈 마경화의 표정이 변했다. 경각심을 느낀 것이다.

"안 되나요?"

"내가 보기엔 다른 조에는 이미 사람이 꽉 찬 것 같아서."

"아!"

황급히 고개를 돌려 주변을 살피던 마경화의 안색이 와락 일그러졌다.

과연 얼마 전까지만 해도 주변을 돌아다니며 조원을 구하던 사람들의 모습이 전혀 보이지 않았다. 시간이 지나는 동안 초조해진 자들이 대충 뭉쳐 버린 것이다.

'잘했어!'

극히 짧은 순간이었다. 입가에 머물렀던 미소를 재빨리 지운 구소옥을 향해 고개를 끄떡여 보인 담우소가 마경화에게 호령하듯 말했다.

"그래서 들어올 거야, 나갈 거야! 지금부터 정신없이 바빠질 테니 우린 더 이상 이런 쓸데없는 일에 신경 쓸 여유가 없다구."

다분히 배짱을 튕기는 목소리였다.

"아악! 분해!"

발을 동동 구르는 마경화의 입에서 질 그릇 깨지는 소리가 났다. 구소옥을 비롯해서 어느 누구의 관심도 끌지 못하는 발버둥이었다.

*　　　*　　　*

울울창창(鬱鬱蒼蒼). 기괴난측(奇怪難測).

광명신교의 본산이 있는 십만대산을 잠깐 벗어나자 곤륜산맥 중 가장 험난하다는 내곤륜은 숨기고 있던 흉포한 이빨을 여지없이 드러냈다.

앞을 둘러보자니 방향을 알 수 없는 관목림이요, 뒤를 보자니 깎아지른 듯한 절봉의 연속이었다.

누천년을 이어왔을 천험의 대지는 웬만해서는 사람들의 발길을 허용하지 않을 듯 무시무시한 아가리를 벌리고 있었다.

이런 암담한 자연의 횡포 속으로 사십이 명의 후배 예비생들을 몰고 온 사람은 신비로운 은발미녀 빙예운이었다.

매섭게 불어대는 바람 앞에 표표한 자태를 드러낸 빙예운의 모습은 가녀리면서도 주변을 조용히 압도하는 힘이 있었다.

이곳에 모인 사십이 명이 모두 한가락 하는 마도의 기재들임에도 불구하고 감히 범접할 수 없는 위엄을 뿜어내고 있었다.

첫 번째 시험을 주관했던 환영문 삼 형제들의 앞에서도 전혀 쪼는 기색이 없던 기재들이고 보면 놀라운 일이라 하지 않을 수 없었다.

'그만큼 만마천이란 이름이 주는 무게가 대단한 것이겠지.'

빙예운으로 인해 찾아든 침묵에 대해 담우소가 내린 나름대로의 결론이었다.

이미 신비로운 걸로 치자면 누구에게도 지지 않을 엄정하를 만났고 괴팍하기로 치면 둘째가라면 서러울 최고봉에게 단련된 그였다.

이런 분위기에 압도되기에는 지나치게 때가 묻었다고 할 수 있었다.

담우소의 무료한 심정을 눈치 챈 듯 한참을 말이 없던 빙예운이 후배 예비생들에게 시선을 던졌다.

"그런데 우리가 어째서 여기에 온 거죠?"

"허억!"

"흐어어!"

바람 빠지는 소리가 들렸다. 모였던 자들 중 당장이라도 폭발할 듯 긴장해 있던 축들의 입에서 흘러나온 신음이었다.

개중 냉철한 눈빛을 반짝이고 있던 진소백이 시퍼렇게 물든 한쪽 눈을 매섭게 번뜩이며 소리쳤다.

"우리는 이곳에 시험을 보기 위해 온 겁니다!"

"시험?"

"만마천에 들어갈 시험 말입니다!"

"그랬었나?"

고개를 갸웃해 보이는 빙예운에게로 매서운 눈초리들이 쏟아졌다. 입을 열어 야유를 퍼붓지 않는 것만으로도 충분히 그녀의 체면을 세워 줬다 할 수 있을 정도였다.

그러나 상황이 그러함에도 마이동풍이랄까.

자신에게로 쏟아지는 뜨거운 관심 따윈 주변을 감싸고 도는 바람 속에 던져 버린 채 빙예운이 입가에 미소를 배어 물었다.

"후후, 그러고 보니 그렇군요. 우리는 이렇게 화창한 가을날, 이 아름다운 곤륜으로 시험을 치르기 위해 온 것이에요."

'그걸 말이라고 하는 거요!'

'생기긴 죽이게 예쁜 여자가 어쩌다가……'

자신을 향하는 황당과 동정을 대충 칠 대 삼 정도로 섞어놓은 듯한 시선에 관계없이 빙예운이 우아하게 고개를 갸웃거렸다.

"그래서 말인데……."

"……."

"우리 이제부터 어떻게 하는 게 좋을까요?"

"커억!"

“콜록, 콜록!”

도무지 시험관의 태도라곤 볼 수 없는 빙예운의 질문에 소년들 중 몇이 손으로 입을 막은 채 콜록거렸다. 사레가 들고 만 것이다.

게다가 보기만 해도 가슴을 두근거리게 하는 절세미인에 대한 환상이 깨지는 건 그 정도에서 멈추지 않았다.

“아참! 시험 볼 사람들한테 시험의 종류에 대해 묻는 건 부정의 소지가 있으니 그리하면 안 되는 건가요?”

‘당연하잖아!’

“아아, 그럼 내가 결정을 내려야 한다는 건가!”

‘우와아아아아……’

당연한 일을 전혀 당연하지 않다는 듯 중얼거리는 빙예운을 바라보는 소년들의 얼굴이 시뻘겋게 물들었다.

머뭇거리는 얼굴마저 아름다운 그녀이지만 저렇게 우유부단한 모습을 지켜본다는 건 혈기방장한 그들에겐 너무 가혹한 일이었다.

그러나 그런 와중에도 빙예운은 무엇이 그리 결정하기 힘든지 눈살을 찌푸린 채 고심하는 얼굴을 하고 있었다.

청아한 아미가 찌푸려지니 보는 소년들의 심금을 울렸다. 미인의 괴로움은 모든 열혈남아를 광분하게 만드는 힘이 있다는 속설을 증명하는 모습이었다.

그러자 더 이상 보고만 있기가 괴로웠을 것이다. 심장을 쥐어뜯으며 괴로워하는 소년들과 새침한 눈빛을 반짝이는 소녀들과는 조금쯤 다른 눈빛을 지닌 담우소가 제안하듯 말했다.

“기왕 조를 짰으니까 그냥 산속에 밀어 넣고 한 개 조만 남을 때까지 싸움 붙이는 건 어떻습니까?”

“응?”

“어차피 칠 개 조 중에 한 개 조만 가려내면 되는 것 아뇨.”

낯익은 담우소의 얼굴을 금세 찾아낸 빙예운이 빙긋 미소 지었다.

“그것도 좋은 방법이군요.”

“…….”

“그렇지만 그렇게 할 경우 제안을 한 당신에게 특혜를 줬다는 의혹이 생길 수도 있잖겠어요?”

“그럼 빨리 결정을 내리든가.”

퉁명스런 목소리였다. 어디까지나 주변의 다른 소년들과는 다른 모습이었다.

그러나 자신을 향한 열렬한 눈빛에 무심하듯 담우소의 태도 역시 빙예운에겐 그리 크게 다가오지 않는 듯했다.

“후후, 성급하기는.”

가볍게 담우소의 의견 및 시선을 무시한 빙예운이 다시 고개를 갸웃해 보였다.

아름다운 미목(美目)이 몽롱한 것이 다시 자신만의 세계 속으로 침잠해 들어간 것이 분명했다.

‘또냐!’

기다림에 익숙하지 못한 사십이 명의 소년, 소녀들이 내심 합창했다. 인내심을 평가하기엔 최고의 시험관을 만났다는 걸 통감한 함성도 함께였다.

다시 이어진 고뇌에 찬 기다림. 대충 정오가 넘어갈 즈음이었다.

끈질기게 빙예운을 지켜보고 있던 소년들 중 하나의 시선이 이채를 띠었다. 어느 틈엔가 곧게 한쪽 방향을 향해 뻗친 옥지(玉指) 하나를 보게 된 것이다.

'저곳은!'

담우소를 비롯한 몇몇의 시선이 옥지가 가리키고 있는 쪽으로 돌아갔다. 그리고 약속이라도 한 듯 그들의 안색이 창백하게 변했다.

그들의 활짝 열린 눈동자 속에서 내곤륜 제일의 높이와 험준함을 자랑하는 설봉이 늠연한 웅자를 드러내고 있었다. 햇빛을 산란시키고 있는 빙설의 정상을 자랑하며.

*　　　*　　　*

파파파파팍!

한 번 땅을 지칠 때마다 신형은 이삼 장을 쉽사리 주파하고 있었다. 일 보에 사오 장을 주파할 경우 일류의 경공고수라 할 수 있으니, 결코 부족한 실력이 아니었다.

그럼에도 평지도 아니고 경사가 급한 산길을 거침없이 달려가는 소녀의 얼굴은 잔뜩 일그러져 있었다.

이마에 구슬땀 한 방울 맺혀 있지 않은 걸로 봐서 지친 것은 아닐 텐데 그녀의 얼굴은 펴질 기미를 보이지 않았다.

'돌아보면 안 돼! 돌아보면 안 돼! 내 뒤를 막아준 동료들을 위해서라도 절대 돌아봐선 안 돼!'

입가에 맺힌 핏물을 삼키며 자신에게 한 다짐이었다. 지금까지 세상을 살아오며 이렇게까지 간절한 집념을 보인 일이 있었던가!

소녀는 고개를 흔들었다.

마도라 해도 명문이라 할 수 있는 무가(武家)에서 태어나서 부족함 없이 자란 터였다.

어려서부터 천재 소리를 들으며 가전의 무공을 익혔고, 나이가 들자 전대의 거마(巨魔)인 비영신마(飛影神魔)의 제자가 되었다.

사부가 된 비영신마는 누누이 다리가 곧고 근골이 좋아 그 자신의 경공을 익히면 족히 여류 경공제일인이 될 수 있다고 했다.

나이는 어리지만 타고난 미색이 남달라 조금쯤 두렵기도 했지만 사부는 나이가 많은 탓인지 여색에 관심이 없었다.

세월이 갈수록 아름다워지는 자신의 제자를 열과 성의를 다해 가르쳤다. 지금 생각해 보면 지나칠 정도로 순조로운 인생이긴 했다.

—하지만 인생 중 가장 중요한 순간에 이런 일이 벌어지다니!

전심전력으로 신형을 날리며 소녀는 어깨를 부르르 떨었다.

그리 오래전의 일도 아니었다.

눈앞의 설봉을 향해 치닫던 중 차례차례 땅바닥에 고개를 묻어가던 동료들의 얼굴이 선연했다. 그저 바라보는 것만으로도 황홀할 정도로 아름다운 소수(素手)에 의해.

'아냐! 아냐! 아냐!'

소녀는 고개를 흔들었다. 자꾸 떠오르는 불안의 그림자를 떨쳐 버리려 했다.

지금 그녀가 신경 써야 할 것은 한시라도 빨리 설봉의 정상으로 달려가는 것이었다. 그래서 이번 시험에서 살아남기 위한 최소한의 조건을 이행해야만 했다.

그러나 고개를 흔드느라 소녀의 시야가 순간적으로 흔들렸을 때였다.

스윽!

느닷없이 나타난 하얀 그림자.

직감적으로 소녀는 자신의 앞을 가로막아 선 희끄무레한 그림자의 정체를 깨달았다.

동료들의 결사적인 방해에도 불구하고 설봉의 마녀는 결국 소녀의 앞을 가로막아 선 것이다.

'벌써!'

가장 빠른 경공을 지닌 자신을 위해 기꺼이 뒤를 맡았던 동료들의 얼굴을 떠올린 소녀의 아랫입술이 질끈 깨물렸다.

순간적으로 교차된 소녀의 두 손이 몇십 개나 되는 수영(手影)을 만들어냈다.

경공술과 함께 비영신마의 양대절기 중 하나인 산화마영수(散花魔影手)였다.

파파파파팟!

봄의 끝 무렵 한줄기 불어온 바람에 처절히 산화하는 꽃잎처럼 소녀의 손을 떠난 그림자의 변화는 화려했다. 극한에 이른 경공의 소유자가 아니라면 설혹 몇 개는 막아낼 수 있다손 쳐도 완전히 방어하기는 힘든 초식이었다.

손 그림자는 그만큼 숫자를 세기 힘들 정도의 변화를 만들어냈다.

그러나 경공에 자신있던 소녀를 단숨에 앞지를 정도로 특출난 경공을 소유하고도 설봉의 마녀는 몸을 뒤로 날리려 하지 않았다.

스윽!

오히려 극히 짧은 순간 소녀의 면전으로 파고든 마녀의 입가로 서글

플 정도로 아름다운 미소가 떠올랐다.

"이번 조는 당신으로 끝이군요."

"아!"

스팟!

후일 정신을 차린 소녀의 의식 속에 남은 기억은 그것으로 끝이었
다.

도대체 무슨 초식으로 제압당했는지, 아니, 어떻게 제압당할 수 있
었는지도 그녀는 기억할 수 없었다.

같은 시각 설산의 중턱.

급하게 파헤친 것치고는 그럭저럭 아늑한 환경이었다. 그것을 자신
의 탁월한 위치 선정 덕분이라 자랑하는 담우소를 향해 구소옥이 문득
입을 열었다.

"확실히 예봉을 피해 일단 땅을 파고 숨는다는 건 훌륭한 생각이에
요."

"당연하지."

"그렇지만 정상으로부터 이곳까지의 거리는 상당해요. 당신은 시험
에 통과하고 싶은 생각이 없는 건가요?"

말은 안 했지만 몸을 잔뜩 웅크리고 있는 나머지 동료들의 내심을
웅변하는 질문이었다.

특히 불만스런 표정이 완연한 마경화를 슬쩍 쳐다본 후 담우소가 히
죽이 웃었다.

"걱정되나 보군."

'당연하지, 이 얼간아!'

입을 굳세게 다물고 있지만 마경화의 눈빛이 전하는 목소리는 누구라도 알아들을 수 있을 정도였다.

설봉에 오르기 전 벌였던 우두머리 쟁탈전에서 패배한 후 침묵을 지키고 있는 마경화가 안쓰러운지 구소옥이 대신 말했다.

"우리 중에는 당신을 얼간이라 생각하고 있는 사람도 있답니다."

"친절하군."

"제가 원래 좀 그런 편이에요."

"그렇지만 그렇게 내 심경을 건드려 봤자 소용없다구."

"……."

구소옥은 평소처럼 '어째서죠?' 라 묻지 않았다. 일단 말문이 트였으니 담우소 스스로 설명하리라 생각한 것이다.

밉살스런 구소옥의 침묵에 재미가 없어진 담우소가 목소리를 가다듬고 슬쩍 운을 뗐다.

"그 빙설마녀의 놀라운 신법은 봤으니까 달리 설명하지 않아도 되겠지?"

"대단한 신법이었지요."

"그래, 참 대단한 신법이었어. 하지만 더 중요한 건 그 빙설마녀가 익히고 있는 내공이야."

구소옥의 이지적인 눈동자가 반짝 이채를 발했다.

"우리 중에선 당신만이 손속을 겨뤄봤으니 가장 잘 알겠네요?"

"우리 중에서뿐이 아니라 시험을 보는 사람 중에 내가 유일하다고 할 수 있지."

"흥, 잘난 체는!"

더 이상 참지 못하겠는지 마경화가 터뜨린 코웃음이었다. 어차피 미

움받은 거 끝까지 해보자는 심정이 되었는지 담우소가 협박하듯 말했다.

"엉덩이가 이제는 많이 나았나 보지?"

"이익!"

마경화가 고개를 돌리곤 양손으로 귀를 감쌌다. 누가 보거나 말거나 상관하지 않는 모습이었다.

"하하하……!"

역시 남의 시선을 상관 않고 호쾌한 웃음을 터뜨린 담우소가 잠시 옆길로 샜던 이야기를 본 궤도에 올려놨다.

"그 빙설마녀가 익힌 내공은 지독히 음한해. 내가 본래 음한한 내공에는 어느 정도 내성이 있는 데도 부딪친 순간 심혼이 얼어붙는 것 같았어. 다시 손속을 나눈다면 나는 당장에 패배하고 말 거야."

"그녀의 내공을 천리종횡님과 비교하면 어떻지요?"

담우소가 조의 우두머리가 될 수 있었던 결정적인 조건은 천리종횡과의 끈끈한 인연 덕분이라 할 수 있었다.

담우소 자신이야 악연 중의 악연이라 주장했지만, 광명신교에 찾아온 기재들에겐 배부른 투정에 불과했다. 그만큼 천하제일 경공대가의 명성은 드높은 것이었다.

갑자기 어떤 일에도 반응을 보이지 않던 혈주들마저도 관심의 눈빛을 던지자 담우소의 입술이 외로 꼬였다. 불만스런 현실에 대한 조그만 저항이었다.

"천리종횡님이 익힌 무공은 지독한 양강지학으로 천하에 대적할 만한 무공이 거의 없다시피 해. 빙설마녀의 음한지공이 대단하다고는 하지만 비교의 대상이 될 수 없다구."

“그렇다면 경공은요?”

“경공?”

“예, 그녀의 경공은 천하제일의 경공대가인 천리종횡님에 비견할 만한 경공인가요?”

담우소의 눈살이 찌푸려졌다. 그가 본 최고봉의 경공은 사람의 것이 아니었다. 가고 싶으면 어디든 갈 수 있고 오고 싶으면 언제든 올 수 있는 경지였다. 천하제일 경공대가란 대명은 쉽게 얻을 수 있는 게 아닌 것이다.

그러나 담우소가 본 빙예운의 신법 또한 사람의 상상을 초월하는 면이 있었다.

직접 보고도 눈으로 쫓을 수 없었던 건 둘째 치고, 만약 그 당시 담우소 자신의 팔을 잘라갔다 해도 결코 따를 수 없을 정도였다.

‘쉽지 않군, 쉽지 않아.’

쉽사리 대답하지 못하는 담우소를 바라보며 마경화가 심통스레 웃었다.

“헤에! 너, 쫄았구나!”

‘계집애가 말하는 꼬락서니하고는!’

마경화에게 험상궂은 표정을 해 보인 담우소가 그답지 않게 신중한 표정으로 말했다.

“으음, 아마 긴 거리라면 천리종횡님을 쫓을 수 없을 테지만 짧은 거리라면 쉽사리 승부를 결하기 힘들 거야.”

“그녀의 경공이 그 정도인가요?”

“암. 그렇게 빠르지 않다면 이렇게 땅을 파고 진짜 강한 놈들이 움직일 밤이 되기를 기다릴 까닭이 없을 뿐더러 다른 인간들에게 선수를 양보하지도 않았을 거야."

"에! 밤까지 이런 좁아 터진 곳에 웅크리고 있자고?!"

고심하는 얼굴이 된 구소옥과 달리 마경화가 펄쩍 뛰었다.

"난 그때까지 못 기다려!"

"경화 동생, 안 돼요!"

당장에라도 간신히 숨 구멍만 뚫린 토굴 밖으로 기어나가려는 마경
화를 구소옥이 황급히 말렸다.

그 모습을 지켜보던 담우소가 한숨을 터뜨렸다.

"하아! 이 어리석은 계집애야, 밖으로 나가서 우리 위치를 빙설마녀
에게 그대로 고해 바칠 생각이냐?"

"뭐라고!"

홱 소리가 날 정도로 마경화가 고개를 돌렸다. 그러자 그녀를 만류
하느라 고생하고 있던 구소옥의 얼굴이 묘하게 변했다.

구소옥이 생각하기에 마경화 같은 사람을 말린다는 건 보통 어려운
일이 아니었다. 명문의 후예로 자존심이 센 만큼 고집 또한 쇠심줄 같
기 때문이다.

그런데 그런 마경화가 담우소의 말에는 놀랍도록 반응을 보이고 있
었다. 뒤에 가서 어떻게 변할진 알 수 없지만 방금 전에도 그가 내뱉은
한마디에 동작을 멈춘 것이다.

'설마 하니 경화 동생은 저 이상한 사내를 좋아하는 건가?'

자신을 제치는 손길에 못 이기는 척 옆으로 물러나는 구소옥의 눈빛
이 반짝거렸다. 평소의 사리를 따지는 딱딱 부러지는 모습과는 달리
장난기 어린 표정도 함께였다.

그러는 동안 담우소의 코앞까지 얼굴을 들이민 마경화가 따지듯 물

었다.

"그게 무슨 소리지?"

"지금 네가 나가면 빙설마녀에게 당장 붙잡혀 우리까지 위태롭게 만든다는 뜻이다."

"설봉은 큰산이야!"

"하지만 이번 시험에 들어가기 전의 빙설마녀는 자신만만했지."

"그건……."

마경화의 완강하던 얼굴에 가벼운 떨림이 있었다.

눈앞의 말괄량이의 마음에 파문이 일었다는 걸 눈치 챈 담우소가 빠르게 말을 이었다.

"이곳에 오기 전 천리종횡님에게 만마천에 대해 들은 일이 있다. 그곳을 나온 인간들은 한마디로 환골탈태(換骨脫胎)한다더군. 뭐, 전설이나 이야기책에나 나오는 껍질 벗겨지는 게 아니라 그만큼 엄청난 고수가 된다는 뜻이지만."

"……."

"그러니 그런 엄청난 고수를 상대하기 위해선 참을성이 필요해. 혼자의 힘으로 이길 수 없을 뿐더러 대개 그런 종류의 인간들은 무척 교활하거든."

지금까지와 달리 담우소의 입술은 더 이상 웃고 있지 않았다. 마경화가 일순 흠칫 놀라 뒤로 물러섰을 정도로 단호한 무언가를 품고 있었다.

그것이 한때 목숨을 걸고 싸워본 자가 아니라면 이해할 수 없는 종류의 것임을 알아본 것일까?

여태껏 별다른 표정의 변화를 보이지 않던 혈주, 흑갈, 녹접이 조용히 고개를 끄떡여 보였고 구소옥이 마경화의 어깨를 보듬어 안았다.

"경화 동생, 우리 대장의 머리 속에는 벌써 계획이 선 것 같네. 우리는 요조숙녀답게 뒤로 물러앉아 굿이나 보고 전병이나 얻어먹는 게 어때?"

"그, 그렇지만……."

"아이, 경화 동생이 이렇게 계속 고집 부리면 저쪽의 무서운 언니가 가만두지 않을 것 같은데, 그래도 괜찮겠어?"

"응?"

구소옥의 눈짓을 쫓아 고개를 돌리던 마경화의 어깨가 움찔했다. 입술 옆에 난 갈색 점이 특징적인 녹접이 자신의 허리춤에 매달린 연검을 만지작거리고 있었다.

제33장 뒤는 내가 맡는다

설봉은 내곤륜의 수많은 기암절봉 중에서도 그 위세가 돋보일 정도로 큰 봉우리이다.

동쪽으로는 칼날 같은 절벽이 바람과 노닐고 서쪽과 남쪽으로는 고산 지대에서 흔히 볼 수 있는 넝쿨과의 나무들이 진을 치고 있다.

만약 사람이 수줍은 처녀처럼 얼굴 보이길 싫어하는 설봉의 정상을 밟고 싶다면 그나마 길이 평탄한 북쪽을 선택할 수밖에 없었다. 그 밖에는 바람을 타고 하늘을 오르는 능공허도(凌空虛道)의 경공을 익히지 않은 이상 앞으로 전진하기가 불가능하기 때문이다.

그래서일까? 일곱 개 조로 나눈 후배 예비생들을 설봉의 정상까지 선착순을 시킨 후 사냥을 시작한 빙예운의 입가에는 자신만만한 미소가 매달려 있었다.

일곱 개 조가 출발하고 이미 반 시진이 지나고 있었다.

약속대로 이각이 지난 후에야 뒤를 쫓기 시작했지만 벌써 성급한 두 개 조를 전멸시킨 상황이었다.

맨 처음 보였던 빙예운의 어수룩한 연기에 깜박 속아 넘어간 순진한 바보들을.

'이로써 남은 건 다섯 개 조인가?'

생각보다 출발은 나쁘지 않았다. 산의 밤은 금세 찾아온다지만 아직도 해가 산마루를 넘어가려면 꽤나 많은 시간이 남아 있었다.

누가 봐도 귀엽다 할 정도로 고개를 갸웃거리며 천시지청술을 시전한 빙예운의 미목에 이채가 떠올랐다. 그리 집중하지 않았는데도 벌써 다른 움직임이 잡히고 있었다.

'동쪽?'

칼날 같은 절벽에 매서운 산바람이 회오리가 되어 휘몰아치고 있는 곳이다.

그런 곳을 이용해 정상까지 기어오른다는 건 무모함을 넘어 만용에 가까웠다. 몸이 버텨내지 못할 게 당연한 것이다.

그럼에도 빙예운의 신형은 벌써 동쪽 절벽으로 날아가고 있었다.

선착순을 시켰다고 죽자 사자 정상까지 달려가는 순진한 바보들이 있는 세상이니, 죽자 사자 절벽을 기어오를 열혈 바보들도 없으리란 보장은 없었다.

"크아아아아……!"

비명은 처절했다. 땅에 귀를 대고 잠시 정신을 집중하고 있던 진소백의 얼굴에 균열이 일었다.

비명의 횟수나 크기로 볼 때 귀신같은 빙예운의 추격이 점차 좁혀오고 있다는 건 의심할 여지가 없었다. 주도면밀하게 동료 몇을 반대 방향으로 보냈음에도 불구하고.

땅거미가 질 무렵이 되어서야 몸을 숨기고 있던 곳에서 빠져나온 진소백의 안색은 눈에 띌 정도로 굳어 있었다. 우두머리로서 희생을 강요한 자만이 느낄 수 있는 압력이었다.

묵묵히 현란한 자전십팔도법으로 앞을 가로막은 무성한 넝쿨들을 잘라내며 길을 열고 있던 냉심운이 고개를 돌렸다.

"비명 소리가 점점 가까워져 온다."

"그래 봤자 아직 백 장이나 밖이다."

"하지만 확실하게 좁혀 들어오고 있는 건 사실이잖아."

냉심운의 십자 상흔이 가볍게 꿈틀거렸다. 반 초 차이에 불과하긴 하지만 진소백에게 패배한 후 침묵하던 것과는 다른 모습이었다.

눈앞의 냉막한 소년이 자신에 못지않은 강자임을 알고 있는 진소백이 재빨리 얼굴에 떠올라 있던 초조감을 지웠다.

"여인의 몸이긴 하지만 만마천에서 수업을 쌓은 사람이다. 이 정도의 압력쯤은 이미 예상하고 있던 일이다."

"흥, 강권수 하후패나 주태, 용지 등은 그렇다 치더라도 우리 중 가장 경공에 능한 비영검수를 미끼로 보낸 건 잘못된 판단이란 생각이 들지 않나?"

진소백의 안색이 가볍게 일그러졌다.

"무슨 뜻이지?"

"널 우리 조의 대장으로 삼은 건 네가 가장 강했기 때문만은 아니었다. 우리 중 가장 시험에 대한 지식이 많은 네가 가장 냉철한 판단을 내릴 수 있을 거라 믿었기 때문이지."

"그런데 지금은 내가 못 미덥다는 것이냐?"

"적어도 비영검수를 미끼로 보낸 거에는 찬동하지 못하겠다. 그는 우리의 마지막 희망이 될 수도……."

"하하!"

진소백은 빙예운에게 들킬 것이 두렵지도 않은 듯 크게 웃었다.

평소답지 않게 속삭이는 목소리로 진소백을 힐난하고 있던 냉심운의 안색이 시퍼렇게 변했다.

"뭐 하는 짓이냐!"

"네가 너무 우스운 말을 해서 웃지 않을 수 없었다."

"뭐가 우습다는 것이지?"

반문하는 냉심운의 눈빛은 차갑게 가라앉아 있었다. 만약 진소백의 변명이 자신의 마음에 들지 않을 경우 수중의 장도(長刀)를 가차없이 휘두를 게 분명한 눈빛이었다.

'여전히 살기 하나는 일품이군.'

한 마리 굶주린 늑대 앞에 맨몸으로 내동댕이쳐진 느낌이 이러할까.

등골이 쭈뼛해진 진소백이 항시 입가에 머물러 있던 부드러운 미소를 지웠다.

"너는 비영검수의 경공이 어느 정도나 된다고 생각하냐?"

"그야……."

"직접 손속을 나눠봤으니까 알 테지만 기껏해야 일류 이상의 수준은 못 된다. 우리 또래에서는 대단한 경공이지만 절정고수들의 수준에서는 어린애에 불과하다는 소리다."

"……."

"그런데 그 정도로 희박한 확률에 문파의 명예와 미래를 짊어지고

있는 우리의 운명을 걸자고? 내가 그동안 실실거리고 다녔다고 바보인
줄 아냐!'

이빨을 드러내며 자신의 주장을 피력하는 진소백의 모습은 흉맹하
기까지 했다. 지금까지 보였던 겸손한 모습이라곤 눈곱만큼도 보이지
않았다.

그것이 진소백의 숨겨졌던 본색임을 직감한 냉심운이 나직이 툴툴
댔다.

"흥, 그동안 보였던 모습은 모두 위장이었군."

"본래 이 세계가 남에게 자신의 진정한 모습을 십 할 내보여선 살아
남을 수 없잖느냐."

"그렇긴 하지."

고개를 주억인 냉심운이 약간 누그러진 목소리로 말했다.

"그래서, 이제 어떻게 하겠다는 것이냐?"

기세로 냉심운을 제압하는 데 성공한 진소백이 시선을 설봉의 정상
으로 향했다.

"동료들이 기꺼이 시간을 벌어주는 동안 어서 이 저주받을 넝쿨 숲
을 뚫고 정상을 정복해야지."

"가능할까?"

"우리가 해내지 못하면 아무도 할 수 없다."

진소백의 대답과 함께 또다시 끔찍한 비명이 귓전을 파고들었다. 이
번에는 절벽밖에 없는 동쪽에서 들려온 소리였다.

부르르…….

어깨를 떨어 보인 냉심운이 다시 수중의 장도를 맹렬한 기세로 휘둘
러 넝쿨을 베어가기 시작했다.

지금까지 후방을 방비한답시고 손을 쓰지 않고 있던 진소백의 장검
역시 곧 그 뒤를 따랐음은 물론이다.

*   *   *

퍼억!

담우소의 머리를 때린 건 하얗고 조막만한 주먹이었다. 붉게 물든
황혼에 비추인 그 모습은 빙어처럼 곱고 가냘팠다.

삼단 같은 머리를 매만지고 얼굴에 분을 바르는 일을 하는 것만도
아까울 정도로 아름다운 옥수(玉手)이었으나 그 속에 담긴 위력은 사뭇
매서웠다.

등판으로 빨아들인 지기에 기대어 한참 몽환지경을 넘나들고 있던
담우소가 꾸물거리며 눈을 떴다.

“아야!”

빙어 같은 주먹에 얻어맞고 한참이 지나서 흘러나온 신음이었다.

‘뭐, 이런 인간이 있나!’ 하는 표정으로 담우소를 흘겨보던 마경화
가 날카로운 목소리로 말했다.

“도대체 뭐 하는 거예요!”

“으응?”

“날이 저물고 있다고요, 날이!”

마경화는 숨결이 느껴질 듯 가깝게 다가들어 있었다. 그윽한 향기를
내뿜는 마경화의 얼굴을 한차례 쳐다보고 다시 구소옥을 바라본 담우
소의 시선이 그제야 하늘을 향했다.

조그맣게 뚫어놓은 환기구로 붉은 광선이 쏟아지고 있었다. 분명 저

녘이 가까워오고 있는 징조였다.

족히 두 시진이 넘는 시간 동안 자신을 포근히 감싸줬던 등판의 진흙을 손으로 몇 차례 토닥인 담우소가 크게 기지개를 켰다.

"으차찻!"

누가 보더라도 늘씬하게 한숨 자고 일어난 모습이었다. 하품까지 하는 담우소의 모습에 마경화의 눈꼬리가 대뜸 치켜 올라갔다.

"진짜 잔 거예욧!"

우둑, 우둑…….

"그럼 거짓말로 자는 사람도 있나?"

기지개에 이어 목뼈를 몇 차례 소리나도록 흔들어 보인 담우소가 내뱉은 말이었다.

"이 인간이 진짜!"

순간적으로 이성의 끈이 끊어졌을 것이다. 원초적인 동작으로 담우소에게 달려드는 마경화를 가로막은 건 지금까지완 달리 구소옥이 아니었다.

채앵!

앞서 침묵 속에 했던 협박이 거짓이 아니었다는 걸 보여주려 함인가! 허리춤에서 빼 든 연검으로 마경화와 담우소 사이를 가로막은 녹접의 입술이 천천히 떼어졌다.

"이 사람은 우두머리다."

"그게 무슨……."

"대장의 권위에 자꾸 도전하지 말라는 뜻이에요."

여전히 친절한 구소옥의 설명이었다.

그제야 녹접이 빼 든 검의 의미를 깨달은 마경화의 입술 꼬리가 치

커 올라갔다.

"나도 그런 것쯤은 알아!"

"그럼 뒤로 물러나라."

강압적인 목소리였다. 아랫입술을 살짝 깨무는 마경화를 향해 구소옥이 충고하듯 말했다.

"경화 동생은 잘 생각하는 게 좋아요."

"……"

"혈사방의 암검(暗劍)과 연수합벽은 무림일절이라 불릴 정도로 무서워요."

바보가 아닌 한 알 수 있는 말이었다. 그리고 아무리 천방지축인 그녀라도 이런 상황에서 검을 뺄 담량은 없었으리라.

힐끔 뒤쪽에서 꼼짝달싹도 하지 않고 있는 혈주와 흑갈을 훔쳐본 마경화가 쌍수검의 손잡이를 더듬던 손에서 힘을 뺐다.

"치이!"

결국 어깨를 축 늘어뜨린 마경화는 뒤로 물러앉았다. 담우소를 만난 후 연속적으로 좌절을 경험하는 그녀였다.

한쪽에서 모른 체하고 있던 구소옥이 그제야 다가들어 위로의 말을 건넸다. 표리부동(表裏不同)하지 않지만 표리일체(表裏一體)하지도 않는 모습이었다.

그러자 완강한 표정의 녹접이 빼 들었던 연검을 다시 허리춤에 갈무리했고, 온몸의 관절을 마디마디 풀어주고 있던 담우소가 느닷없이 신형을 일으켜 세웠다.

"지금쯤이면 빙설마녀도 슬슬 지치고 초조해질 때가 되었으니 이젠 그만 나가볼까."

“에?”

“응? 다들 왜 그렇게 쳐다보지? 그동안 충분히 쉬었을 테니 이젠 달릴 차례라고.”

와르르!

말이 끝나기가 무서웠다. 토굴의 바깥을 위장하고 있던 흙벽을 단숨에 무너뜨린 담우소가 맹렬히 밖으로 뛰쳐나갔다. 두 번 말하는 대신 행동으로 모든 걸 보여주는 모습이었다.

파파파파팍!

처음부터 방향을 정하고 있었던 게 분명했다. 담우소는 전력으로 산길을 달려갔다. 정상까지 이르는 가장 순탄한 방향인 북쪽 방면이었다.

토굴에서의 일로 인해 말없이 담우소의 뒤를 따르는 분위기에 짓눌렸을 것이다.

다른 때와는 달리 입술을 꾹 다물고 북쪽을 향해 전력으로 신형을 날리던 무리 중 가장 먼저 입을 연 건 구소옥이었다.

“이걸로 괜찮겠어요?”

지금까지 보였던 모습과는 달리 걱정이 담긴 목소리였다. 바람처럼 앞장서고 있던 담우소가 귀찮다는 듯 고개를 돌렸다.

“이만한 속도로 달리고 있는 와중에도 입을 열 수 있는 걸 보면 여력이 남나보군.”

“뭐, 아직까지는.”

“그럼 잔말 말고 앞서 나가는 게 어때?”

어둠은 이미 코앞까지 다가와 있었다. 황혼조차 물러가자 주변은 빠르게 어둠의 장막으로 물들고 있었다. 무리를 지어 움직이지 않는다면 금세 뿔뿔이 흩어질 판이었다.

구소옥의 얼굴에 기가 막힌다는 표정이 떠올랐다.

지금껏 그녀가 담우소의 행동을 말없이 지지했던 건 그에겐 무슨 복안이 있을 것이라는 판단에서였다. 이렇게 막무가내 식의 모습을 기대한 건 아니었다.

머리에 자신있는 사람들이 으레 그렇듯 상상을 초월하는 담우소의 행동에 잠시 말문이 막힌 구소옥을 제치고 담우소의 곁으로 다가드는 인영이 있었다.

'남들보다 훨씬 펄럭거리는 소리?'

족히 보통 사람의 두 배쯤 펄럭이기 시작한 옷자락을 자랑하며 다가든 이는 강팍한 인상의 혈주였다. 바로 손아래 사제인 흑갈의 다소 통통한 모습은 물론이고, 여인인 녹접과 비교해도 깡말랐다는 표현이 적당한 그의 등장에 담우소가 미간을 좁혀 보였다.

"당신도 내게 볼일이 있나?"

혈주의 무슨 일이 있어도 열릴 것 같지 않던 고집스런 입술이 조그맣게 움직였다.

"무언가 생각한 게 있을 듯하오만?"

"응?"

"처음 사려 깊게 상황을 살피던 모습과는 달리 갑자기 이렇게 눈에 띄는 행동을 하는 까닭을 알고 싶은 것이오."

"하하, 생각은 무슨."

평소처럼 대충 입을 열었던 담우소의 안색이 가볍게 변했다. 정작 말을 꺼낸 혈주는 가만있는데 어느새 근처로 다가든 흑갈과 녹접이 제

각기 허리춤으로 손을 가져가고 있었다.

흑갈과 녹접에게 있어 대사형인 혈주가 어떤 존재인지를 가늠케 하는 모습이었다.

등 어림 쪽으로 느껴지기 시작한 진득한 살기에 등골이 시려오자 다시 씩 웃어 보인 담우소가 얼른 목소리를 바꿨다.

"자세한 설명을 요구하는 것이겠지?"

"……."

주변의 경관이 휙휙 지나갈 정도로 빠르게 신형을 날리고 있는 중이었다. 일행 중 가장 무공이 떨어지는 마경화의 안색은 이미 새파랗게 질려 있었다. 그럼에도 담우소를 호위하듯 둘러싼 세 사형매의 얼굴은 전혀 변함이 없었다.

말없이 고개를 끄떡일 뿐 다시 입을 열지 않는 혈주 등을 훔쳐보며 담우소가 홀로 고개를 끄떡이곤 말을 이었다.

"당신들을 데려올 때 내가 뭐라고 했지?"

"지금 같은 세태에서 자존심을 지키며 손해 보지 않고 살기는 어렵다. 그렇지만 날 따라오면 자존심을 지키며 만마천에 들어가게 해주겠다."

토씨 하나 틀리지 않고 대답한 이는 혈주였다. 흑갈이나 녹접은 여전히 말이 없었다.

혈주를 뚫어지게 쳐다보며 담우소가 말했다.

"난 입 밖으로 내뱉은 말은 반드시 지키는 사람이야. 그리고 당신은 자존심이 강한 사람이지. 그런데 우리가 굳이 이런 대화를 나눠야만 하는 건가?"

"난 이곳에 나 혼자만 온 것이 아니니까."

담우소의 시선이 흑갈과 녹접을 훑었다.

"그런가?"

"그렇다."

"흠, 그럼 할 수 없구만."

만약 눈을 감고 듣는다면 한가로운 정자에 앉은 두 사람이 담소를 나눈다고 생각했을 것이다. 그만큼 담우소와 혈주의 대화에는 미세한 호흡의 흐트러짐조차 느껴지지 않았다. 신법을 펼치고 있는 와중에도 완벽하게 내식을 다스리고 있지 않는다면 상상할 수도 없는 일이었다.

운중행을 최고로 발휘하고 있는 와중임에도 슬쩍 야천을 바라보며 한숨을 푹 내쉰 담우소가 반문하듯 말했다.

"내가 왜 선착순이란 말을 듣고도 밤이 오기만을 기다렸을까?"

"……."

"나는 빙설마녀가 집요하게 이곳저곳을 들쑤시고 다니게끔 만들어야 했어."

"아!"

신음을 터뜨린 사람은 어느새 근처로 다가와 달리고 있던 구소옥이었다. 담우소의 설명에 무언가 깨달은 것이다.

파랗게 질린 얼굴의 마경화가 연신 눈짓을 보냈지만 돌아오지 않는 메아리일 뿐이었다.

방금 전까지 얼굴에 떠돌던 의문을 지운 채 입술을 굳게 다문 구소옥을 대신해서 담우소가 계속 설명했다.

"앞서 말했다시피 빙설마녀는 뛰어나. 얼마나 뛰어나냐면 자신보다 한참이나 떨어지는 후배들에게 일부러 틈을 보이고 선착순이란 말로 유혹해서 자멸하게 만들 정도야."

"그렇다는 건 이미 대부분의 조들이 탈락했을 거라는 말이오?"

요점만을 정확히 짚어내는 혈주였다. 그가 자신이 생각했던 것보다 더욱 뛰어나단 생각을 하며 담우소가 고개를 끄떡였다.

"그럴 거야. 물론 개중에는 다양한 방법으로 빙설마녀의 시야를 흐리는 똑똑한 자들도 있겠지만, 지금쯤이면 대충 정리가 됐겠지."

"그렇다면?"

"왜 이렇게 잡히기 쉬운 길로 달려가냐고?"

"그렇소."

'자식, 대답 하나는 잘하는군.'

휘익!

혈주의 딱부러지는 성격이 담우소는 싫지 않았다. 앞을 가로막는 큼직한 바위를 가볍게 뛰어넘은 담우소가 말했다.

"설봉은 넓어. 빙설마녀가 밤이 다 되도록 발견되지 않은 녀석들을 찾아서 점차 깊숙하고 절험한 곳을 찾아 헤맬 것 같지 않나?"

"그건 그렇군."

혈주가 납득한 듯 고개를 끄떡였다. 강퍅한 얼굴에 어울릴 정도로 자존심이 강한 혈주로선 드물게 순순한 모습이었다.

'엇!'

'대사형이 저렇게 순순히?'

혈주가 대뜸 고개를 끄떡이고 앞으로 나서자 잔뜩 긴장하고 있던 좌우의 흑갈과 녹접이 놀란 얼굴이 되었다. 어려서부터 함께 자란 그들로서도 혈주의 이런 모습은 본 일이 드물었다. 기껏해야 사부인 혈사방주 단연경의 앞에서나 보일 법한 모습이었다.

　그러자 말을 나누는 사이 더욱 빨라진 담우소의 큼직큼직한 보행에 경각심이 들었을 것이다.

　얼마 전부터 얼굴이 새파랗다 못해 흙빛으로 변한 마경화와 보조를 맞추고 있던 구소옥이 담우소의 곁으로 다가들며 냉정한 한마디를 던 졌다.

　"당신의 설명은 잘 들었어요."

　"고마워."

　"그렇지만 당신은 마치 한령선자의 내심을 들여다라도 본 것처럼 말 하지만, 과연 그녀가 당신의 말대로 움직일까요?"

　"물론 확신은 없어."

　"그럼?"

　"그저 믿을 뿐이야."

　"믿는다고요?"

　"응. 그 외에는 그 빙설마녀를 상대로 전혀 방도가 없으니까."

　담우소의 마지막 말은 어떤 강렬한 힘을 함유하고 있었다. 딱부러지 게 어떤 말로 설명할 수 없는 힘이었다.

　'으음.'

　구소옥이 어울리지 않게 다소 멍청한 표정을 지어 보이자 근처의 혈 주가 특유의 묵직한 목소리를 냈다.

　"정말 그 외는 방도가 없는 것이오?"

　"그렇다고 볼 수 있지. 그 빙설마녀는 지금까지 내가 봤던 고수들 중 세 손가락 안에 꼽을 수 있을 정도니까."

　'그중 하나는 천리종횡님이겠지.'

　내심 중얼거린 혈주가 고개를 끄떡였다.

"그렇게까지 자신한다면 계속 당신이 앞장서시오."

"……."

"일단 우리의 대장은 당신이니까."

그것이 마지막 말이었다. 한차례의 손짓에 의해 흑갈과 녹접이 담우소의 좌우로 갈라졌고 곧 혈주가 뒤를 맡았다.

만약 중간에 누군가 담우소를 암습하려 한다면 혈사방 세 사형매의 철저한 방호를 깨뜨려야만 할 터였다.

*　　　*　　　*

"이, 이럴 수가!"

진소백의 목소리 속엔 경악이 담겨 있었다. 그의 여유만만하던 얼굴에는 미세한 잔경련이 연속적으로 일어나고 있었다.

어느새 수중의 애도(愛刀)조차 놓친 채 땅바닥을 나뒹굴고 있는 냉심운과 더불어 처참한 광경이었다.

두어 장 정도 떨어진 곳이었다.

야풍에 옷자락을 휘날리며 물끄러미 진소백을 바라보고 있던 빙예운이 처연할 정도로 아름다운 표정을 한 채 입술을 열었다.

"정말 아까웠어요. 조금만 더 갔으면 설봉의 정상에 이르렀을 텐데 말예요."

그 말대로였다. 동료들의 희생을 발판으로 진소백과 냉심운은 방금 전까지 설봉의 정상을 바라보고 있었다. 지옥 같은 넝쿨 숲을 세 시진 동안 뚫고 온 끝에 얻은 결과였다.

그러나 너무 일찍 술독을 연 것(샴페인을 너무 일찍 터뜨리다)이 화근이었다.

평소의 무게 잡던 표정은 어디로 가고 환호성을 터뜨리며 정상을 향
해 달려가던 냉심운이 복부를 안고 쓰러진 건 잠시 잠깐 만에 벌어진
일이었다.

그만큼 밤의 정령을 등에 업고 나타난 빙예운의 모습은 귀신이 울고
갈 정도였다. 그저 하얀 그림자가 일렁이는 모습만을 확인했을 뿐이
다. 그 정도밖엔 보지 못했는데 청해성 제일의 후기지수 중 한 명인 냉
심운은 지금 땅바닥을 나뒹굴고 있었다.

창졸간에 최고의 원군을 잃어버린 진소백이지만 금세 냉정을 되찾
고 말했다.

"너무나 아름다운 분이시라 과연 강호의 거친 무부(武夫)들처럼 무
공을 연마하셨을까 의구심을 가졌습니다만, 과연 만마천에서 수업을
쌓은 분이시군요."

"호호, 칭찬은 고맙지만 그렇다고 봐준다거나 하진 않을 거예요."

"물론 그렇겠지요."

고개를 끄떡인 진소백이 눈빛을 빛내며 말했다.

"그렇지만 정상은 바로 코앞입니다. 빙 소저께서 슬쩍 눈만 감아주
신다면 저희 조가 합격할 수도 있는 문제가 아닙니까?"

"그게 무슨 말이죠?"

"빙 소저의 능력으로 보아 지금까지 살아남은 건 저희 조뿐일 테니,
탈락자들을 추려낼 작정이라면 이미 충분하다는 뜻입니다."

그것은 마지막 승부수였다. 주변은 이미 어둠 속에 파묻혀 있었다.
귓전을 스치는 바람 소리에 귀가 따가울 지경이었다.

웬만한 장정이라도 이와 같은 때에 이런 산속을 헤매고 다녔다면 두

려움을 느낄 만한 상황이었다. 그만큼 설봉의 주변 여건은 매우 극악했다.

그런데 눈앞의 빙예운은 한 치 흐트러짐이 없음에도 불구하고 누가 보더라도 가련하고 애석한 마음이 들 정도의 자태로 진소백을 바라보고 있었다.

진소백으로선 충분히 현 상황에서 살아남은 자는 자신들뿐이란 생각을 할 수 있었다.

그러나 강렬한 열의가 느껴지는 진소백의 얼굴을 여전한 표정으로 바라보던 빙예운의 고개는 가만히 흔들릴 뿐이었다.

'왜!'

차마 말이 되어 튀어나오지 못한 진소백의 격정을 외면하며 빙예운이 무심히 말했다.

"그러고 보니 예상보다 시간이 너무 많이 흘렀네요."

"……."

"이젠 슬슬 끝내야 할 때인가 봐요."

'뭣!'

스윽!

마지막 말의 여운이 끝나기도 전이었다.

반사적으로 신형을 반대 편으로 틀었던 진소백은 숨통이 콱 막혀오는 걸 느꼈다. 면전을 직격해 들어온 소수의 일격을 회피하는 데 성공한 덕분이었다.

북천검문 비전의 신법인 뢰진보(雷眞步)!

암천을 가르는 벼락처럼 빠를 뿐더러 벼락의 모양처럼 갈지자(之) 변화로 적의 공세를 분산시키는 묘용이 있는 보법이다.

그러나 정확히 여섯 걸음 반 보로 되어 있는 뢰진보의 첫 번째 형(形)을 끝마친 진소백의 낯빛은 창백하게 질려 있었다.

소수의 일격이 그저 가슴께를 스쳤을 뿐인데도 둔통이 심장까지 파고들었다. 만약 직격을 당했다면 즉사를 각오해야 했을 게 분명했다.

채앵!

그런 외중에서도 잠깐의 여유를 빌어 진소백은 검을 뽑아 들 수 있었다. 철이 들었을 때부터 줄곧 반복해 왔던 발검술(拔劍術) 덕분이었다.

게다가 북천검문과 같은 검의 명문에서 내려오는 검법의 식(式)이란 발검술로부터 시작하는 게 당연했다.

스아악!

발검과 동시에 커다란 회전을 일으킨 진소백의 검이 짙푸른 달빛 아래서 매서운 한광을 일으켰다. 북천월야검(北天月夜劍) 중 월광일섬(月光一閃)이었다.

파르스름한 달빛을 가르며 파고든 일섬의 검광에 흰색의 궤적만을 남기던 소수의 움직임이 주춤했다. 그리고 그 잠시의 정적 후 이어진 움직임은 처음 것을 족히 두 배 뛰어넘는 빠르기였다.

파앗!

뼈가 없는 연체동물이라면 과연 저러한 움직임을 보일 수 있는 것일까!

낭창거리는 허리를 축으로 삼아 유려한 회전을 일으킨 빙예운이 처음 내뻗었던 좌수를 물리고 우수를 뻗었다. 크게 굴신한 허리의 움직임과 동시에 벌어진 일이었다.

후욱!

코끝으로 느껴지는 향긋한 내음. 일시에 밀려든 현기증에 상체를 휘청이던 진소백의 우수가 격하게 뒤로 꺾여 들어갔다.

'으윽! 도대체 어느 틈에……'

쌍수를 쓰자마자 벌어진 일이었다. 일 초 반 식 만에 진소백을 제압한 빙예운이 성숙한 여인의 향취를 마음껏 발산하며 매혹적인 미소를 머금었다.

"훌륭한 뢰진보에 더욱 훌륭한 월광일섬이었어요."

"큭!"

제압당한 상태에서도 반항의 의지를 꺾지 않았기 때문이다.

빙예운에 의해 더욱 심하게 뒤틀린 우수에서 검을 떨어뜨린 진소백의 얼굴이 와락 일그러졌다.

검객으로서 자신의 검을 지키지 못한 것만큼 수치스런 일은 없었다.

굳이 진소백의 자존심을 뭉개면서까지 철저히 굴복시킨 빙예운의 옥용이 그제야 흡족한 표정이 되었다.

"만약 내게 시간이 충분히 있었다면 당신 정도 되는 사람을 이렇게 대하진 않았을 거예요. 북천검문의 절학을 이어받은 당신은 충분히 내게 오만한 말을 할 자격이 있으니까요."

"……"

"하지만 애석하게도 난 아직까지 처리하지 못한 조가 있답니다."

'뭐, 뭐라고?!'

"그런 눈 할 거 없어요. 처음부터 당신 조는 너무 눈에 띄는 행동을 하는 우를 범했으니까요."

그것으로 끝이었다. 다른 여타의 탈락자들과 마찬가지로 진소백은 그 이후의 일을 기억하지 못했다.

그저 천하에 보기 드문 미녀의 입가에 매달려 있는 새하얀 미소만을 기억할 뿐.

*　　　　*　　　　*

우뚝!

담우소가 신형을 멈춘 건 정상으로부터 얼마 떨어지지 않은 곳에서였다.

딱히 무언가 특별한 일이 있어서가 아니었다. 땅을 박찰 때마다 대화를 걸어오던 설봉의 기운이 그를 멈춰 세웠다.

구소옥의 도움으로 간신히 뒤처지지 않고 일행을 쫓아올 수 있었던 마경화가 새파랗게 질린 얼굴로 말했다.

"허억, 헉! 뭐, 뭐야! 왜 이곳에서 멈추는 거야!"

"위험하군."

대답한 사람은 담우소가 아니었다. 담우소를 제외하곤 일행 중 가장 표정의 변화가 없는 혈주였다.

자연스레 자신에게 쏠린 시선들을 향해 혈주가 얼굴과는 달리 친절하게 부연 설명을 덧붙였다.

"방금 전 산의 정상 쪽으로부터 대기가 요동 치기 시작했소."

"산바람을 흔들어놓을 정도로 빠른 무언가가 다가들고 있다는 뜻이야."

"그렇다는 건?"

가장 먼저 반응을 보인 구소옥에게 혈주의 설명을 받았던 담우소가 얼른 말했다.

"이제 슬슬 준비해 놨던 작전을 펼쳐야 한다는 것이겠지."

"작전? 우리에게 그런 게 있었어?"

"아무렴. 내가 아무 준비도 않고 무작정 달리기만 했을 거라 생각했냐."

'그게 아니었어!'

항변하는 눈빛이 된 마경화를 싹 무시한 채 담우소가 일행들을 향해 묵직하게 말했다.

"이제부터 내 말을 잘 들어야 해."

무리를 규합한 이래 가장 자신만만한 목소리였다. 중요한 순간이 되자 묘하게 의지하게 된 담우소 쪽으로 일행들이 몰려들었다.

담우소를 중심으로 설봉 정상으로의 선착순 중 마지막으로 살아남은 자들이 이제 움직이려 하고 있었다.

"그래서?"

"뭐, 대장이 뒤를 맡는 건 당연한 거 아닌가?"

어깨를 으쓱해 보이는 담우소의 표정은 변함이 없었다. 처음 빙예운의 일격을 피해냈을 때와 똑같았다.

도대체 어디에서 저런 자신만만한 표정이 나오는가!

앞서 꺼꾸러뜨렸던 진소백에게서 느꼈던 미묘한 거슬림과는 달랐다. 그의 자신감 속에서 뭉클거리는 검은 욕망을 봤다면 지금 담우소에게서 느껴지는 기운은 조금 달랐다.

아니, 아예 비슷한 점을 찾을 수 없다는 게 더 옳을 것이다. 그가 지금 내보이고 있는 자신감은 순수 그 자체였다. 진소백처럼 계산된 무언가가 포함되지 않은 하얀 눈과 같았다.

'후후, 눈이라! 철이 들면서부터 지금까지 얼음과 생활했던 내 눈에 저 사내가 눈으로 보이는 건가?'

담우소에게서 잠시 자신의 모습을 본 빙예운의 시선이 가볍게 흔들렸다. 마도 오대공력 중 하나인 한령신공(寒靈神功)을 익힌 후 처음으로 느껴보는 파탄이었다.

"그래서 당신 혼자 날 막아보겠다고요?"

"아마도."

'여전히 건방진 표정이야.'

내심의 중얼거림은 위선적이었다. 빙예운은 눈앞의 사내에게 자꾸 마음이 쓰이는 자신이 못마땅했다. 자신보다 나이도 어린 주제에 건방만이 하늘을 찌를 듯한 십대의 사내에게 흔들리는 자신이.

스윽!

평소와 달리 더 이상 담우소에게 말을 걸어 집중력을 흩뜨리는 작업을 하지 않고 빙예운은 이미 움직이고 있었다. 한령신공을 칠성이나 집중한 소수가 움직였다. 두 손을 내려뜨린 채 무방비 상태로 서 있는 눈앞의 담우소를 향해서였다.

우우우우웅!

'그처럼 눈과 같이 순수한 마음을 가졌다면 절대 흉포한 늑대와도 같은 마도에서는 살아남을 수 없다!'

"그러니 사내여! 눈 같은 모습을 한 너는 이대로 내 손에 쓰러져라!"

순식간에 면전까지 밀어닥친 심혼을 얼릴 듯한 기운.

이름 그대로 차가운 영혼을 지닌 공력과 만난 담우소의 옷자락으로 순식간에 서리가 맺혔다.

얼굴을 비롯해 겉으로 드러난 피부가 파랗게 죽어갔다. 담우소로부
터 빙설마녀라 불렸던 빙예운이 일으킨 한령신공의 위력이었다.
그러나 최후의 순간 외로 꼬인 입술.
"웃기지 마!"
담우소가 움직인 건 그 순간이었다.

제34장 일진(一陣)! 모습을 드러내다

설봉의 맞은편.

설봉이 높이와 험준함으로 주변의 뭇 봉우리들을 오시한다면 맞은편의 괴봉(怪峰)은 기암괴석이 많기로 타 봉우리들과 차별점을 가졌다.

어떻게 보면 학처럼 생겼고 달리 보면 승천하는 용처럼 생긴 기암괴석 사이로 조그맣게 난 공터에 흑포소년이 누워 있었다.

한눈에 보기에도 특징적인 외모였다.

눈썹은 귀밑까지 뻗어 있고 머리는 아무렇게나 흐트러져 눈 주변을 가리고 있었다. 산야를 쪽빛으로 물들이는 달빛마저 언뜻언뜻 구름 사이로 얼굴을 내밀 뿐이었다.

귀기마저 감도는 밤의 적막 속에 흑포소년은 홀로 산속에서 밤을 보내고 있었다.

푸드득.

밤이 되기만을 기다리고 있던 산 부엉이가 날았다. 밤이 되면 더욱 잘 보이는 눈에 먹잇감의 움직임이 포착된 게 분명했다.

산 부엉이의 날갯짓을 시작으로 산의 야성이 움직이기 시작했다. 어둠과 야성의 법칙대로 약육강식의 움직임을 보이기 시작한 것이다.

카아앙!

흑포소년이 몸을 눕히고 있는 공터 역시 밤의 야성으로부터 자유로울 수 없었다.

어디서 나타났는지 은빛의 어금니를 드러내며 높이 뛰어오른 건 한 마리의 늑대였다.

한 번의 도약으로 족히 일 장이나 되는 거리를 좁혀든 늑대의 주둥이는 이미 한껏 벌어져 있었다. 단 일 격에 목표로 삼은 흑포소년의 목젖을 물어뜯을 기세였다.

그러나 흑포소년도 이미 겨울이라 해도 과언이 아닌 산속에서 태연히 잠을 퍼질러 자고 있을 정도로 바보는 아니었나 보다.

막 늑대의 쩍 벌어진 한 쌍의 어금니가 새하얀 목젖을 파고들려는 찰나였다.

땅바닥에 늘어져 있던 흑포소년의 손가락이 꿈틀거렸다.

그저 잔경련에 불과할 정도로 작고 미묘한 움직임이었다. 따라서 야성의 포악 속에서 지금껏 살아남은 늑대조차 경각심을 불러일으키긴 쉽지 않았을 것이다.

깨갱!

목젖 사이로 퍼렇게 보이는 경동맥을 물어뜯으려던 늑대의 입에서 경망스럽기 그지없는 개소리가 터져 나왔다. 그것도 복날을 맞아 몽둥이에 때려 잡힐 때나 내는 소리였다.

느닷없이 움직인 흑포소년의 좌수가 오히려 녀석의 목젖을 움켜쥔 것이다. 그리고 늑대의 버둥거림이 있기도 전이었다.

그리 크지 않은 다섯 손가락으로 단단히 늑대의 목젖을 움켜쥔 흑포소년의 손가락 하나하나로 무지막지한 힘이 쏟아져 나왔다.

우드득!

순간 늑대의 굵직한 목뼈가 돌아가선 안 되는 방향으로 선회했다. 간단히 말해 뼈가 부러지는 소리에 맞춰 반대 편으로 꺾여 나간 것이다.

쿵!

단숨에 야성의 법칙대로 자신을 덮쳤던 늑대를 처리한 흑포소년이 그제야 감고 있던 눈을 떴다.

여전히 앞머리에 가려져 있었지만 달빛마저 무색케 할 정도로 서늘한 눈빛을 몽땅 가릴 순 없었다.

'오늘 밤은 별이 밝으니 비를 피할 곳을 찾을 필요는 없겠군.'

휘익!

일반인과 같이 특별한 준비 동작 따윈 필요없었을 것이다. 단숨에 신형을 일으켜 세운 흑포소년의 우수가 벼락같이 공중에다 하나의 동심원을 그렸다.

신형을 일으키는 것이라든지 출수 자체는 눈으로 쫓을 수 없을 정도로 기쾌했으나 단숨에 그려낸 동심원은 뚜렷한 궤적을 공중에 남겼다. 무공을 익히지 못한 사람이라 해도 공중에 그려진 것이 하나의 원이란 것을 알 수 있을 정도였다.

팟!

흑포소년의 출수처럼 눈으로 쫓을 수 없는 속도로 날아온 술병 하나가 공중에서 멈칫했다. 정확히 공중에 그려진 동심원의 중심이라 할 만한 곳이었다.

그 짧은 정적을 뚫고 단숨에 술병을 낚아챈 흑포소년이 얇은 입술을 열었다.

"고작 한 병뿐인가?"

"백 년 묵은 백사(白蛇)로 담근 술이다. 그 한 병이면 추위를 쫓기엔 충분하다."

말과 함께 어둠 속에서 새하얀 백삼 자락이 펄럭였다. 달빛을 받지 않았다 해도 푸른 기운이 돌 정도로 정갈한 외양, 나타난 건 훤칠한 키의 미소년이었다.

겉에 걸친 백삼으로 된 장포가 더할 나위 없이 잘 어울리는 미소년의 등장에 흑포소년이 입술을 슬쩍 일그러뜨렸다.

"난 계집애가 아니다."

"……."

"그 계집이나 홀리는 미안공(美顔功) 따윈 때려치라는 말이다."

"이런."

무안한 듯 입가에 고소를 떠올린 백삼소년이 얄궂은 목소리를 냈다.

"항상 얼굴을 앞머리로 가리고 다니기에 혹시 남장 미소녀가 아닌가 했지."

제대로 된 사내가 듣는다면 속이 느글거릴 소리였다. 그러나 흑포소년이 눈앞의 백삼소년을 만난 건 꽤나 오래된 일이었다.

익히 그의 생긴 모습과는 완연히 다른 성품을 알기에 그는 가타부타 말하지 않고 죽은 늑대 쪽으로 걸어갔다. 야생의 법칙대로 자신을 먹으려 한 놈을 처리할 심산이었다.

타탁, 탁탁!

불꽃은 은근하면서도 끈질겼다. 껍질이 홀랑 벗겨진 채 토막난 늑대 고기가 구워지기엔 제격이었다.

소도(小刀)를 이용해 능숙하게 노릇노릇하게 구워진 살점을 발라낸 흑포소년이 술병을 입에 물었다.

벌컥, 벌컥!

딴사람의 시선 따윈 아랑곳없는 모습이었다. 백사주를 마시고 칼 끝에 매달려 있던 고기를 우적거리는 흑포소년의 행동은 거침이 없었다.

혹여 새하얀 백삼에 흙이라도 묻을 게 두려운지 백삼소년은 맞은편 바위에 쭈그려 앉아 있었다. 어떻게 보면 뒷일을 치르는 모습과도 흡사한 모습이었다.

태연자약한 얼굴에 여전한 입가의 간살거리는 미소로 보아 당사자는 별로 불편해 보이지 않았다. 평소 그런 자세로 앉는 게 익숙해 보였다.

하지만 그런 사내답지 못한 광경을 지켜보는 게 흑포소년으로선 신경에 무척 거슬리는 듯했다.

스윽!

입가로 흘러내리는 술 찌꺼기를 대충 소맷자락으로 훔친 흑포소년이 백삼소년 쪽으로 술병을 던졌다.

휘익!

처음 백삼소년이 던졌던 것과는 달리 전혀 경력이 담기지 않은 술병은 큰 포물선을 그렸다.

그것을 넓은 소맷자락을 이용해 낚아챈 백삼소년이 간살맞던 미소를 지웠다.

"이런 술고래 녀석, 이렇게 귀한 술을 그새 절반이나 비우다니… 내가 그 술을 구하느라 얼마나 고생했는데."

"술은 그저 술일 뿐이다."

"그래도 이건……."

"시끄럽다! 그나저나 계속 그 자세로 밤을 지샐 생각이냐?"

문득 불어온 바람에 흑포소년의 앞머리가 가볍게 흩날렸다. 바람의 심술궂은 장난으로 언뜻 내비치는 흑포소년의 눈빛은 무심했다.

백삼소년의 말에 맞장구치는 목소리와는 달리 세상사 어떤 일에도 관심을 보이지 않을 것만 같은 눈빛이었다.

'여전하군.'

흑포소년이 백삼소년을 알고 있는 것처럼 백삼소년 역시 흑포소년을 알고 있었다.

그들 간에 인연이라기보다는 악연을 맺은 건 기껏해야 일 년 정도밖엔 안 되었지만, 그동안 무수히 많은 생사지간을 함께 넘어왔다.

서로 간에 불과 얼음처럼 어울리지 못하는 성품이라 해도 인정하는 마음은 똑같았다.

주르륵!

흑포소년과 간접 입맞춤을 하고 싶지는 않았을 것이다. 술병을 들어 올려 주호로부터 쏟아져 내리는 술을 몇 모금 받아 먹은 백삼소년이 다시 술병을 흑포소년에게 던졌다.

시험은 처음 한 번으로 족했든지 이번에 던져진 술병에는 경력이 전혀 담겨 있지 않았다.

술병이 흑포소년이 방금 던졌던 것과 한 치의 어김도 없는 포물선을 그렸다.

타악!

처음과 달리 대충 술병을 낚아챈 흑포소년을 향해 백삼소년이 말했다.

"어차피 오늘 밤이 지나면 이 지긋지긋한 산 생활도 끝이다. 그렇게 큰 놈을 잡을 필요가 있었냐?"

벌컥, 벌컥!

백삼소년에게 던져 줬을 때보다 술병은 몇 모금 정도만 비어 있었다. 아직 거진 절반 정도가 남아 있는 셈이다. 어차피 자신과는 달리 술을 그리 즐기지 않는 백삼소년임을 알고 있는 흑포소년이 남은 술을 몽땅 마셨다.

맨 처음 줬던 타박과는 달리 묵묵히 침묵을 지킨 백삼소년이 지켜보는 가운데 벌어진 일이었다.

마지막 한 방울까지 주호에 혀를 댄 채 할짝거린 흑포소년이 백삼소년의 끈기에 경의를 표하듯 입을 열었다.

"어차피 다들 굶었을 거 아냐."

"다들?"

"너를 제외한 나머지 말이다."

백삼소년을 쳐다보지도 않고 내뱉은 말이었다.

'저 얼음장같이 냉정한 녀석이 쑥스러워하는 건가?'

지난 일 년간 아무리 힘든 수련을 받더라도 입가에서 미소를 떠나보낸 일이 없는 백삼소년이었다.

언제든 웃을 수 있는 자신의 능력이야말로 괴물 같은 녀석들이 득

시글거리는 곳에서 끝까지 살아남을 수 있는 원동력이란 신념 때문이었다.

그와 마찬가지로 눈앞의 흑포소년은 지난 일 년간 단 한 번도 표정의 변화를 보인 일이 없었다. 백삼소년처럼 웃기는커녕 얼굴을 찡그리는 일조차 없었다.

그가 태어난 지 일 년 만에 살수 수업을 받기 시작했다는 걸 후일 알기까진 선천적인 정신 이상자라 단정 내리고 있었을 정도였다.

마도 영재들의 꿈인 만마천이 아니었다면 죽었다 깨어나도 자신과는 함께할 일이 없었을 흑포소년을 향해 백삼소년이 말했다.

"그러니까 그 큼지막한 고기 중에 내 몫은 없다는 것이냐?"

"네 녀석은 본래 고기를 먹지 않잖아."

"지독한 녀석, 벌써 그런 것까지……."

어깨를 가볍게 떠는 백삼소년을 향해 흑포소년이 그제야 제대로 된 눈빛을 던졌다.

"어차피 오늘이 가고 내일이 오면 적으로 변할지도 모를 녀석들이다. 지난 일 년간 습관이란 걸 만든 게 잘못이고, 하필이면 내게 들킨 쪽이 잘못이야."

"그건 그렇군."

흑포소년의 말에 동의를 표시한 이는 맞은편에 앉아 있는 백삼소년이 아니었다. 어느 틈에 동쪽의 괴석 더미 속에서 모습을 드러낸 큼지막한 몸집의 사내였다.

족히 육 척 오 촌(195㎝가량)은 될 듯한 거대한 키에 말상인 얼굴은 잔뜩 얽어 있었다. 필시 어렸을 때 마마를 앓아 곰보가 된 것이 분명했다.

어떻게 보든 나이를 알아볼 수 없는 얼굴을 하고 있는 곰보사내를 향해 시선을 던진 백삼소년이 나직이 한숨을 터뜨렸다.

"하아! 여전히 엄청난 얼굴이구나."

절세 미소년이라 할 만한 백삼소년과 비교하자면 봉황과 까마귀 같은 차이의 외모였다. 그만큼 곰보사내의 얼굴은 평균 이하의 흉측함을 자랑하고 있었다.

그러나 백삼소년의 한숨에도 불구하고 흑포소년이 피워놓은 모닥불 쪽으로 성큼거리며 다가서는 곰보사내의 태도는 거침이 없었다.

보통 못생긴 사람이 잘생긴 사람에게 가지는 열등감이나 편협한 사고 따윈 찾아볼 수 없는 당당한 모습이었다.

우직!

모닥불 앞에 도착하자마자 곰보사내는 반쯤은 탔다고 할 수 있는 늑대 다리를 뜯어냈다. 덩치에 걸맞는 무지막지한 악력을 자랑하며 뼈째로 뽑아 들었다.

"우적, 우적!"

마침 배가 고팠던 듯 늑대 다리를 뼈째 씹어먹기 시작한 곰보사내의 입가로 흐뭇한 웃음이 매달렸다.

"맛있군."

간담이 작은 소저라면 졸도하고도 남음이 있을 정도로 끔찍한 모습에 백삼소년이 혀를 찼다.

"쯧쯧, 삼랑(三狼)이 어째서 이렇게 큼지막한 늑대를 잡았는지 알겠군."

"우물우물, 나 때문이란 말이냐?"

만약 서로 얼굴을 맞대고 있었다면 필시 짓눌리는 느낌을 받았을 터였다. 그만큼 문득 시선을 돌린 곰보사내의 눈빛은 얼굴과는 딴판인 위엄이 가득했다.

눈빛만으로도 삼랑이라 불린 흑포소년과 백삼소년에게 전혀 꿀리지 않을 것 같았다.

곰보사내를 익히 알고 있음에도 잠시 움찔한 얼굴이 되었던 백삼소년이 얇은 입술을 일그러뜨렸다.

"그렇지 않으면?"

"……."

"고상한 나나 사교성이나 귀염성하곤 완전히 동떨어진 일랑, 오랑, 육랑을 주려고 삼랑이 추운 밤에 먹이를 찾아 헤매는 가여운 늑대를 잡았겠느냐."

만약 다른 사람의 입에서 흘러나왔다면 미친놈 소리를 들을 만한 말이었다. 그것이 사내의 입에서 흘러나왔다면 더욱더.

그러나 백삼소년의 입에서 그러한 말이 흘러나오자 묘한 설득력을 발휘했다.

근처에 방심이 꽃피기 시작한 소녀가 있었다면 쌍수를 들어 옳다고 말했을 게 분명했다.

물론 이곳에 모여 있는 건 방심이란 말이 무언지도 알지 못하는 사내들뿐이었다.

"그런가?"

커다란 얼굴을 한차례 갸웃해 보인 곰보사내가 다시 수중의 늑대 다리 뜯기에 여념이 없자 삼랑이라 불린 흑포소년이 여전한 목소리를 냈다.

"이랑, 이곳까지 오는 동안 일랑이나 오랑, 육랑을 보지 못했어?"

“우물우물……”

“지난 일 년 동안 비록 우리가 서로 사이좋게 지낸 건 아니지만 오늘 같은 날은 얼굴쯤 내비쳐도 좋을 듯한데.”

꿀꺽 하고 우물거리던 고기를 삼킨 이랑이 말했다.

“그들, 신비한 척 좋아하는 사대문파와 오행기 녀석들이 모습을 드러내기 싫어하는 건 어제오늘의 일이 아니잖느냐.”

“특히 우리 같은 천지이단 출신들에게는 더욱더.”

툭 끼어든 사랑 백삼소년의 입가로 조소가 떠올라 있었다. 여전히 여인들에게는 매혹적일 미소이지만 그의 성정을 잘 알고 있는 이랑은 눈살을 찌푸렸다.

항상 헤실거리는 사랑이 저만큼이라도 자신의 내심을 내보일 때란 살심을 품었을 때뿐임을 알고 있는 것이다.

“너!”

주의라도 주려는 듯 두툼한 입술을 열던 이랑을 삼랑이 무심히 제지했다.

“내가 흑색천사에서 키워졌듯 사랑은 은형마사에서 키워졌다. 비록 네가 천령단을 맡고 있는 뇌음사님의 제자라 해도 이런 때는 주의하는 게 좋아.”

“충고인가?”

“내 비도술(飛刀術)만큼 사랑의 은형사(隱形絲)의 수법은 무서우니까.”

“그렇군.”

고개를 끄떡인 이랑이 안면이 꽉 차는 듯한 웃음을 지어 보였다.

“그렇다면 이 고기들은 몽땅 내가 먹어도 된다는 뜻이겠지?”

"그렇게 배고팠냐?"

사랑의 목소리에 날이 서 있었다.

"흐흐, 나야 언제나 배가 고프지."

"하아!"

"그럼 먹는다."

어차피 생긴 외양서부터 도무지 가까워질 수 없는 두 사람이었고, 지금껏 삼랑만이 두 사람의 가교가 되어왔다.

사랑의 날선 대거리를 가볍게 무시하고 묵묵부답인 삼랑에게 눈짓으로 동의를 구한 이랑이 다시 식사에 전념하기 시작했다.

광명좌사 휘하는 고사하고 같은 광명우사 휘하의 천지이단을 출신으로 하고 있는 사이임에도 전혀 마음을 열어놓지 않은 세 사람이었다.

*　　　*　　　*

같은 시각.

천지이단 출신들에게 악의적인 평가를 받은 세 명 중에 포함된 일랑은 어느새 그동안 정들었던 괴봉이 아니라 맞은편의 설봉에 도착해 있었다.

여타의 마도문파에서 안다면 치밀어 오르는 분노로 인해 노발대발할 일이지만 광명신교에서는 이미 일 년 전부터 만마천에 들어갈 후보를 결정해 놓고 있었다.

이미 두 쪽이 났다고 해도 과언이 아닌 광명신교의 양대 세력에서 똑같이 보내온 여섯 명을 늑대라 부르며 지난 일 년간 앞서 시험에 대비시켰다.

그들을 광명신교 내부에서는 일진이라 불렀는데, 자연히 천하마도로부터 받아들인 후기지수들 중 오늘 최종적으로 뽑힐 여섯 명은 이진이 되는 셈이었다.

그런 일진, 여섯 명 중에서도 일랑은 특별했다.

그는 현 광명신교에서 가장 큰 권력을 지니고 있는 광명좌사 직속인 사대문파 중에서도 으뜸인 천문(天門)의 출신이었다.

천문은 광명신교에서도 대대로 명존과 가장 가까운 요직을 수없이 많이 배출한 명문 중의 명문이었다. 당연히 일진을 가르치기 위해 배속된 조교 중에서도 천문 출신은 있었다.

덕분에 오늘 밤이 지나면 뽑히게 될 이진 중 오산인의 제자가 끼어 있다는 소식을 전해 들은 일랑은 팔짱만을 끼고 있을 수 없었다.

밤이 가고 날이 밝아 일진과 이진이 조우하게 되면 그동안 누리고 있던 이점은 완전히 사라진다고 할 수 있었다. 지난 일 년간 일진을 훈련시켰던 광명신교 소속의 조교들은 뒤로 물러가고 만마천 출신의 선배 고수가 나와 마지막 시험을 치르기 때문이다.

그리하여 일진과 이진을 합쳐 열두 명 중 단 여섯 명만이 최종적으로 합격의 영광을 안고 만마천에 들어갈 수 있었다. 인생의 성공자와 실패자가 그렇게 갈리게 되는 것이다.

그렇다 해도 일랑은 지금까지 이진에 대해선 조금도 걱정하는 바가 없었다.

아무리 천하마도의 최고 기재들 중 가리고 가려 뽑은 여섯 명이라 해도 광명신교의 텃세는 생각보다 심했다.

세력 확장을 위해 어쩔 수 없이 여타 마도문파에 문호를 개방하기는 했으되 여전히 요직을 차지하는 건 직계 문파의 제자들뿐이었다.

언제라도 출신 문파에 급한 일이 생기면 허겁지겁 달려갈 수 있는 자들에게 광명신교의 운명을 맡길 수 없다는 논리였다.

'그런데 갑자기 이진에 천리종횡님의 제자가 끼어들다니!'

마른하늘에 날벼락이었다. 자다가 뒤통수를 얻어맞은 격이었다.

오후의 자유 시간이었다. 급하게 자신을 찾은 조교가 전해준 사실을 곱씹으며 일랑은 다리에 힘을 줬다.

천지이단에서 자랑하는 이대 살수 조직의 일급살수라 해도 쉽사리 파악하지 못할 천문비전, 잠룡승천(潛龍昇天)의 술(術)을 잊지 않은 질 주였다.

휙! 휙!

정상으로부터 휘몰아쳐 오는 바람이 연신 귓전을 스쳤다. 보통 때 같으면 귀가 떨어져 나갈 정도의 한기를 느꼈을 테지만 지금의 일랑에 겐 아무런 영향을 끼치지 못했다.

잠룡승천의 술은 보통의 일직선 주파를 원칙으로 하는 신법이나 경공술과는 원리나 목적하는 바가 달랐다.

어떻게 하면 가장 빨리 거리를 단축시키느냐가 아니라 어떻게 하면 이동 시 최대한 신형을 숨길 수 있냐를 주안점으로 둔 고속의 이동법 인 까닭이다.

때문에 일랑은 한 번의 도약마다 신형을 최대한 작게 응축했고 주변 의 지형지물을 십분 이용한 이동을 했다.

거기다 초인적인 이동 속도와 어떤 식으로든 몸을 자유자재로 다룰 수 있는 체술이 합쳐지자 완벽한 잠룡승천의 술이 완성됐다. 일반적 인 경공술에 비견될 정도로 빠르면서도 전혀 자신의 모습을 드러내지 않는.

이 일반인으로선 감히 상상조차 할 수 없는 신법을 전개한 덕분에 산의 정상에서 몰아쳐 오는 야풍 따위는 전혀 일랑을 괴롭힐 수 없었다. 귓전을 울리는 소리만이 요란할 뿐 맞바람이 도달하기도 전에 신형은 이미 다른 쪽으로 움직이고 있었다.

첫 번째 목적지에 도달한 순간 이미 일랑의 신형은 다른 곳을 향해 달려가고 있는 것이다.

그렇게 한참을 달려 설봉의 중턱에 도달했을 때였다.

두세 걸음마다 나타나는 기암괴석 사이를 승천하는 용처럼 휘돌아서 달려가던 일랑의 발걸음이 주춤했다.

'저게 뭐지?'

일랑은 고개를 갸웃거렸다.

그의 시선을 잡아끈 건 한 무더기의 사람이었다. 그냥 한 무더기가 아니라 땅바닥에 고이 눕혀진 채 늘어져 있는 소년, 소녀들이 수십을 헤아렸다.

대번에 자신의 앞길을 온통 가로막고 있는 소년, 소녀들의 정체를 깨달은 일랑의 눈빛이 가볍게 변했다. 그새 숫자를 세어보고 여섯이 빈다는 사실을 깨달은 것이다.

'그렇다는 건 만마천에서 나온 시험관이 아직도 고전하고 있다는 건데……'

파앗!

일랑의 신형이 갑자기 빨랫줄처럼 늘어났다.

필시 정상 근처에서 벌어지고 있을 숨바꼭질의 마지막을 그로선 반드시 지켜봐야만 했다.

※   ※   ※

후욱!

입김은 입에서 흘러나오자마자 차갑게 얼어붙었다. 방금 전에 귓불을 스쳐 간 소수의 영향이었다.

숨을 들이키자 허파까지 딱딱해져 왔다. 근처의 대기는 이미 온통 얼어붙어 있었다.

그러나 담우소는 그저 소수의 일격을 피한 것만으로 만족하지 않았다.

잘 돌려진 팽이처럼 빙그르르 신형을 돌린 그의 다리가 빙예운의 허리 쪽을 질러갔다. 눈으로 쫓을 수도 없을 정도로 빠른 소수의 두 번째 공격을 피한 상태에서 곧장 내질러진 일격이었다.

"아!"

그녀로선 자신의 소수를 두 차례나 피해낸 사람을 만난다는 건 그리 일상적인 일이 아니었을 것이다.

게다가 담우소는 그저 피하기만 한 것이 아니었다.

번개같이 옆구리를 파고드는 발길질에 놀란 빙예운이 펄쩍 뒤로 신형을 물렸다. 반사적인 행동이었다.

그러자 내경이 담기지도 않은 발차기로 절정고수인 빙예운을 뒤로 물린 담우소가 그 모양을 그저 바라보고만 있을 리 만무했다.

파앗!

발차기를 했던 다리로 땅을 딛음과 동시에 운중행을 발휘한 담우소의 신형이 바람처럼 빙예운에게 파고들었다. 어느새 수라구전을 전개한 팔꿈치와 주먹이 작고 맹렬한 회전을 무수히 만들어내고 있었다.

그러나 애초부터 설혹 담우소의 발차기에 내경이 담겼다 해도 관계없을 정도의 내공을 지닌 빙예운이었다.

스윽!

몇 개나 되는 수라구전의 회전을 대충 소수을 뻗어 막아내던 그녀의 신형이 순간적으로 담우소의 시야에서 사라졌다.

'왔다!'

담우소의 다리가 오른발을 축으로 삼은 채 뒤로 맹렬히 질러졌다. 머리 선으로부터 다리 끝 선이 일직선을 이루는 격렬한 뒤차기였다.

퍼억!

며칠간 땅으로부터 끌어들였던 기운을 한꺼번에 폭발시킨 일격이었다.

막 이형환위(以形換位)의 상승 신법으로 담우소의 배후로 돌아갔던 빙예운의 안색이 평소보다 더욱 하얗게 변했다.

"어떻게?"

"다시!"

두 사람의 머리 위로 처량한 달빛이 쏟아지고 있었다. 자신의 뒤차기를 빙옥처럼 아름다운 소수로 막아낸 빙예운 쪽을 쳐다보지도 않고 담우소의 왼발이 회전을 일으켰다.

우웅!

그리고 맹렬히 땅을 박찬 오른발이 떨어지는 벼락처럼 빙예운의 옥용을 위에서 아래로 강타했다. 아니, 강타해 들어갔다.

광풍폭우와 같은 담우소의 연속기에 미처 한령신공을 일으키지 못한 빙예운의 신형이 급하게 뒤로 물러섰다. 아예 담우소의 후발 공격이 미치지 않을 삼 장 밖까지.

오직 두 사람만이 존재하던 싸움판에 변화가 발생한 건 바로 그때였다.

순간 꽁꽁 얼어붙은 담우소의 입가로 흐릿한 미소가 번졌다.

"걸렸다!"

'이런!'

빙예운이 아차 했을 땐 이미 늦어 있었다.

땅으로부터 거센 모래바람이 솟구쳤다. 시야를 가리려는 의도가 농후했다. 기습을 당한 것이다.

'지금껏 내가 이곳까지 밀려나기를 기다리며 귀식지법(貴息之法)으로 숨을 죽이고 있었다?'

생각은 느렸으나 반응을 빨랐다. 지금껏 신형을 이리저리 움직이는 일 외엔 쓰일 곳이 없을 듯하던 빙예운의 교족이 움직였다.

물론 그냥 움직이기만 한 것은 아니었다. 눈을 감은 채 자신을 향해 파고드는 정체 불명의 물체들을 향해 빙예운의 소수가 휘둘러지는 것과 발맞춰 교족은 크게 원을 그렸다.

차차차차창!

'금속음! 검이다! 하지만 그걸로 끝일까?'

소수에 부딪쳐 하늘로 세 자루의 장검이 솟구쳤다. 혈사방의 자랑인 암검이 깨지는 순간이었다.

그러나 빙예운의 걱정대로 암습은 거기에서 끝나지 않았다. 방금 전 선보였던 담우소의 발차기가 무색할 정도로 전개된 빙예운의 연환퇴가 중간에서 멈칫했다.

찌지직!

현란한 변화를 보이던 빙예운의 교족을 휘어감은 건 얼마 전까지 누군가의 장포였을 옷감을 꼬아 만든 밧줄이었다.

애초부터 천잠사와 같은 귀물로 만들어진 게 아닌 바에야 내공 고수의 몸을 오랫동안 결박할 순 없는 물건이었다. 그것이 설혹 순식간에 몇 겹이나 온몸을 친친 감아왔대도.

"지금이다!"

지둔술로 숨어 있다 암습을 가한 건 혈주를 위시한 혈사방의 세 사형매였다. 처음부터 기습적으로 펼친 암검이 실패하리란 걸 알고 있었던 듯 호령을 터뜨린 혈주를 위시한 그들의 다음 동작은 신속했다.

빙예운의 교족에 밧줄을 거는 데 성공하자마자 혈주가 맹렬히 신형을 날렸고 그 뒤를 흑갈과 녹접이 따랐다.

물론 각기 다른 방향이었다. 그들은 교차로 빙예운의 주변을 돌며 그녀의 전신을 수중의 밧줄로 친친 감았다. 그저 한 호흡도 되지 않는 순간에 벌어진 일이었다.

그때 담우소가 뛰어들었다.

암습에 합공, 거기다 저항할 수 없는—그것이 그저 보이는 모습만이라 해도—가녀린 여인에게 무력을 행사하는 일까지.

담우소는 서슴없이 비열한이 되었다.

무림의 도의조차 잊어버린 듯 흉부를 파고드는 담우소의 일권을 냉연히 바라보던 빙예운의 입가에서 미소가 사라졌다.

패앵!

전신 내력을 몽땅 수중의 밧줄에 쏟아 부었던 혈주의 손에서 피가 튀었다. 느닷없이 격증한 압력 때문이었다.

마찬가지로 흑갈과 녹접의 신형이 휘청거렸고, 그렇게 얻은 잠시의 여유를 이용해 빙예운의 신형이 하늘로 뛰어올랐다.

짜자자자작!

밧줄 노릇을 하고 있던 옷자락들이 갈기갈기 찢겼다. 그리고 놓칠 수 없다는 듯 빙예운을 쫓아 공중으로 뛰어올랐던 담우소의 신형이 공중에서 크게 회전하며 땅으로 떨어졌다.

쿵!

이미 흑갈과 녹접은 땅바닥을 나뒹굴고 있었다. 홀로 비틀거리며 서 있던 혈주의 입술을 뚫고 한 가닥 핏물이 흘러내렸다.

"화경(化勁)?"

비틀거리며 몸을 일으키던 담우소의 어깨 위에 살며시 착지한 빙예운이 화편 같은 입술을 나풀거렸다.

"훌륭한 권각법에 더욱 훌륭한 암습이었어요. 만약 당신과 내 무공 차이가 두어 단계 이하였다면 당한 쪽은 내 쪽이었을 거예요."

"쿨럭, 쿨럭!"

"그런데 암습에 참가한 사람은 당신까지 네 명뿐이네요. 나머지 두 사람은 어디로 갔죠?"

"……."

"이대로 내가 천근추 공력을 운집하면 당신의 근골은 모조리 박살나요. 이만하면 시간은 충분히 끌었으니 말해 주는 게 어때요?"

사내라면 절대 거절할 수 없을 정도로 유혹적인 목소리였다. 그동안 얼음 인형처럼 굴던 모습에 비하면 상상할 수도 없는 다정한 목소리였다.

그러나 현재 담우소의 뇌리는 혼란스러움 그 자체였다. 온몸이 녹아들 것 같은 미녀의 속삭임이라 해도 마이동풍에 불과했다. 방금 전 공중에서 당했던 기이한 체험이 그의 정신을 온통 장악하고 있었다.

빙예운이 공중으로 뛰어오른 순간 기회를 잡았다 생각한 담우소는 같이 신형을 날렸다.

아무리 절정고수라 해도 공중에서는 힘을 빌릴 곳이 없으니 어떻게든 승부를 보려는 생각이었다.

그리고 처음 그의 생각은 적중하는 듯했다.

급작스레 온몸을 감고 있던 밧줄의 속박에서 벗어나기 위해 무리하게 신공을 운용했기 때문이리라.

빙예운은 일시에 담우소의 폭풍 같은 공세에 무력하게 노출됐다. 금세라도 한 떨기 아름다운 빙화(氷花)는 낙화(洛花)로 변해 설봉 위를 비산할 것만 같았다.

파탄이 일어난 건 바로 그때였다.

도대체 무슨 일이 벌어졌는지 파악하기도 전에 끌어올렸던 기력 전부를 권각에 쏟았던 담우소의 신형이 공중에서 중심을 잃었다. 그냥 중심을 잃기만 한 것이 아니라 갑자기 알 수 없는 허탈 상태에 빠져 허둥거렸다.

공중에 격렬한 회오리를 일으켰던 권각은 방향을 잃었고 정신이 캄캄해져 왔다. 추락은 곧바로 찾아왔다.

'그때 도대체 무슨 일이 벌어진 거지?'

기억에 남아 있는 건 기껏해야 빙예운의 손끝이 묘한 호선을 그렸다는 것 정도였다.

단지 그것만으로 최고봉의 지도에 의해 권의 경중을 가릴 수 있게 됐고, 힘을 쏟고 거두는 걸 자유자재로 하게 된 담우소는 땅바닥을 딩

구는 신세가 된 것이다.

문득 궁금증을 참을 수 없게 된 담우소가 고개를 들어 올렸다. 그의 시야 속으로 무언가 하얀 것이 얼핏 파고들었다.

우직!

담우소의 무릎이 후들거리며 떨렸다. 기다려도 담우소가 자신의 질문에 묵묵부답 대답이 없자 빙예운이 천근추 공력을 일으킨 것이다.

자그마치 천 근이나 되는 무게였다. 척추와 무릎 쪽으로 몰려드는 끔찍한 통증에 대뜸 땅바닥에 주저앉으려던 담우소가 이빨을 사려물며 버텼다.

우드드드드…….

단숨에 무너지지 않은 담우소의 모습에 빙예운의 눈동자가 이채를 띠었다.

"대단한 허리 힘과 다리 힘이네요."

"……."

"하지만 아무리 기초가 좋다 해도 사람의 몸이란 건 한 번 부서지면 끝장이에요. 인간의 몸은 쉽사리 고칠 수 있는 꼭두각시 인형이 아니니까요. 그러니까……."

"너, 속곳 보인다."

"무, 무슨……."

"흰색 맞지?"

휘익!

빙예운의 신형이 바람처럼 날아올랐다. 하반신 쪽으로 힘을 모으는 천근추를 단숨에 단전 위로 힘을 모으는 신법으로 바꾼 것이다.

기다렸다는 듯 휘청이며 땅바닥으로 쓰러지는 담우소를 끌어안은
건 비틀거리며 달려온 혈주였다.

씨익!

뼈밖에 없는 혈주의 품에 안기고도 담우소의 입가에는 얄궂은 미소
가 남아 있었다. 빙예운으로 하여금 천근추를 거둬들이게 한 비밀 병
기였다.

제35장 늑대[狼]들의 밤

'내가 왜?'

빙예운은 혼란스러웠다. 그녀는 방금 전 충분히 담우소의 등뼈를 박살 낼 수 있었음에도 불구하고 그냥 신형을 날렸다. 무언가에 놀란 날짐승처럼.

사실 담우소에게 속곳 정도 보인 건 그리 대수로울 게 없었다.

죽은 자는 말이 없고 수험생 하나쯤 어쩔 수 없는 사고사로 위장해 없애 버리는 건 그녀에겐 일도 아니었다. 십 년 전 지옥을 헤치고 만마천에 들어간 순간부터.

그럼에도 빙예운은 일시에 치밀어 오르는 부끄러움을 견디지 못하고 후배들 앞에서 추태를 보이고 말았다. 무언가 이유를 만들어내야 할 필요성을 느끼지 않을 수 없었다.

섬연한 아미를 잠시 찡그리고 있던 빙예운의 백설 같은 안색이 갑자기 환하게 변했다.

'그래, 나는 원래 영계를 좋아하는 것이었어!'

자신의 능력을 십분 과신하고 연애 경험이 전무한 여성이라면 잠시 착각할 수 있는 일이었다.

그만큼 지금까지 빙예운은 오직 무공 수련에만 전념했을 뿐 남녀 간의 달콤 쌉싸름한 연애 같은 건 상상으로도 해본 일이 없었다.

마음속으로 결정을 내리자 갑자기 혈주의 품에 안겨 있는 담우소의 앳된 얼굴이 무척 사랑스럽게 보였다.

아무리 무림인이라지만 벌써 이십 대 후반이었다. 세간에서라면 노처녀라 불려도 할 말이 없을 그녀의 얼어붙은 가슴에 갑자기 봄이 찾아왔다.

'귀여운 사람!'

담우소에게 은근한 정이 담긴 눈빛을 던진 빙예운이 재빨리 신형을 돌렸다.

평소 같으면 마도에 걸맞게 독날한 손속으로 확실한 끝장을 봤을 터이지만, 본래 여인의 마음은 그 자신이라 해도 종잡을 수 없었다.

휘익!

금방이라도 손을 쓸 것 같았다. 그래서 담우소와 자신의 전신을 발기발기 찢어버릴 것만 같았다. 그만큼 빙예운의 위세는 외견으로 보이는 아름다움을 집어삼킬 정도였다.

그런데 무시무시한 기세를 일으키고 있던 빙예운이 느닷없이 신형을 돌려 바람처럼 사라지자 혈주는 잠시 공황 상태에 빠졌다.

도대체 일이 어떻게 돌아가는 것인지 알 수 없는 기분이었다.

그래도 무인의 본능은 살아 있었다.

가슴이 아파오자 혈주가 얼른 참고 있던 한 덩이의 핏물을 토해냈다. 목젖까지 차오른 핏물을 억지로 삼킬 시 내상이 더욱 심화되기 때문이다.

"응?"

피를 토해내는 소리에 문득 정신을 차린 담우소가 재빨리 신형을 일으켜 세웠다.

정체 불명의 일격뿐 아니라 천근추에 일격을 당한 것치고는 전혀 이상을 찾아볼 수 없는 몸놀림이었다.

'도대체 난 무얼 걱정했던 것인가!'

난감한 표정이 된 혈주에게 담우소가 눈살을 찌푸려 보였다.

"이봐! 너는 대사형이잖아!"

"……."

"조금 다쳤다고 엄살 부리지 말고 얼른 사제들을 돌보라구."

"으음."

혈주의 입에서 신음이 흘러나왔다. 그러거나 말거나 담우소의 시선이 향한 곳은 설봉의 정상이었다.

*　　　*　　　*

구소옥은 빠르게 신형을 날렸다. 만약 담우소나 기타 동료들이 본다면 두 눈이 휘둥그레질 정도의 속력이었다.

그녀는 지금 자존심이 상한 상태였다. 본시 남의 앞에 나서길 좋아하지 않는 성미이긴 하지만 이번 담우소의 결정은 납득하기가 쉽지 않았다.

주역의 자리를 다른 여인에게 빼앗긴다는 건 보통의 인내심으로는 수용하기 힘든 일이었다. 그것도 장난감처럼 가지고 놀던 마경화 따위에게.

'그가 무언가 눈치 챈 것일까?

구소옥은 내심 고개를 흔들었다. 그럴 리 없다는 뜻이라기보다는 알 수 없다는 뜻이었다.

구소옥의 본래 성격은 강인하면서도 오만했다. 목표했던 일은 무슨 일이 있어도 이뤄내곤 했다. 중간 과정에서 어떤 일이 있든 그건 잠시 스쳐 가는 시련에 불과했다.

그만큼 강한 정신력과 능력을 구소옥은 보유하고 있었다. 세상의 어떤 일도 그녀에게는 그리 큰일이 될 수 없었고 특별한 가치를 지니지 못했다.

그런 중에 우연히 계획하게 된 이번 일은 처음부터 흥미로웠다.

그동안 까맣게 잊고 있던 기억을 되새기게 했을 뿐더러 꽤나 힘든 일이 될 것이 분명했다. 어쩌면 자신의 생명을 걸어야 할 정도로.

'그런데 기껏해야 내 계획 속에서 장기판의 말 정도에 불과했던 사람에게 이리 휘둘리는 꼴이 되다니!'

구소옥은 한심스런 기분이 되었다. 어느 순간부터 담우소의 계획에 휘둘리고 있는 자신에 대한 불만이었다.

그러나 어쨌든 담우소에게 고개를 끄떡인 상태였다.

떨떠름한 기분임에도 성실하게 맡은 바 임무대로 구소옥이 바삐 신형을 날리고 있을 때였다.

갑자기 구소옥이 신형을 멈춰 세웠다. 무언가 알 수 없는 파탄을 발견한 것이다.

“나와요!”

구소옥의 목소리는 냉랭하면서도 단호했다.

그녀의 시선은 여기저기 눈이 쌓인 사이로 보이는 기이한 모양의 괴석 쪽을 향하고 있었다.

휘오오!

갈수록 심해지는 야풍만이 달빛을 흐트러뜨렸다. 자신의 정중한 권유에도 대답이 없는 괴석을 향해 구소옥이 고저가 똑같은 목소리로 다시 말했다.

“만마천에 들어가겠다는 녀석이 이런 쓸모없는 겁쟁이라니!”

“……..”

아마 그 말만은 참을 수 없었나 보다. 당장에 괴석 뒤에서 그림자 하나가 달빛을 가르며 나타났다. 괴산에서 여기까지 달려온 일랑이었다.

옷자락 밖으로 보이는 살갗을 온통 감고 있는 백포.

그저 겉으로 보이는 것이라고는 차갑게 가라앉아 있는 짙푸른 동공뿐이었다.

어떻게 보든 중원인의 눈동자는 아닌지라 잠시 미간을 찌푸렸던 구소옥이 여전한 표정으로 말했다.

“그 불만스런 눈빛은 뭐지? 쥐새끼처럼 염탐 온 주제에 지금 나랑 붙어보자는 거야?”

“…….”

침묵 속에 일랑의 어깨가 부르르 떨렸다. 구소옥의 말대로 염탐을 온 것은 사실이었다. 하지만 비슷한 또래의 소녀에게 쥐새끼 같다는 말을 들으니 참기가 힘들었다.

‘어차피 들킨 거, 저 입이 험한 계집을 이곳에서 조용히 묻어버릴까?

참으로 구미에 맞는 생각이었다.

일랑의 눈빛이 일순 스산하게 변하자 구소옥이 가소롭다는 듯 웃었다.

"아하하, 맹약을 잊고 광명좌사에게 붙은 천문의 제자 주제에 자존심은 남아 있다는 건가!"

"그, 그건……."

입술을 떼자마자 일랑은 아차 했다. 그러나 이미 구소옥의 얼굴은 고양이처럼 변해 있었다.

"역시!"

입술 꼬리를 교활하게 치켜세운 구소옥이 바람처럼 신형을 뽑아 올렸다. 우두커니 서 있던 일랑을 덮쳐 간 것이다.

그러자 자신의 생각과는 반대로 급격을 당하게 된 일랑이 재빨리 신형을 흐트러뜨렸다. 느닷없이 새파란 불꽃에 연기가 동반된 폭염이 터진 건 그 뒤였다.

퍼엉!

"잠룡폭천(潛龍爆天)의 술(術)!"

구소옥은 달려들었던 것만큼 빨리 뒤로 신형을 물렸다.

천문 삼대은신술 중 잠룡승천의 술에 이은 두 번째가 잠룡폭천의 술이었다.

앞의 것이 단순히 은신과 이동에만 주안점을 둔 신법이라면, 뒤의 것은 바다 건너 동영(東瀛)에서 전래된 공격을 겸비한 은신술이었다.

"천문 삼대은신술 중 두 번째인 잠룡폭천의 술을 익힌 자는 항상 일정량의 화약과 인(燐)을 소맷자락 속에 숨기고 있다 순간적으로 발화시킨다."

"그때 불꽃과 연기 때문에 상대방이 당황하면 그 틈을 놓치지 않고 바람처럼 달려드는 것이다."

"그러니 이러한 공세와 맞닥뜨려선 결코 자신의 눈을 믿어선 안 된다. 오직 온몸의 모공으로 느껴지는 감각에 의지하여 빠르고 결단력있게 뒤로 물러서야만 한다."

과거 광명신교의 방계 조직 중 천지풍뢰 사대문파에 대한 교육을 받을 때 똑똑하게 새겨들었던 말이었다.

뇌리에서 울리는 목소리의 여운대로 구소옥은 전력으로 뒤로 신형을 물리는 와중임에도 눈을 질끈 감았다.

시야를 어지럽히던 불꽃과 연기가 사라지자 미약한 살기가 느껴졌다. 바늘로 찌르듯 따끔따끔한, 그러면서도 확연히 존재감이 느껴지는 은밀한 기세였다.

쫘악!

뒤로만 움직이던 구소옥의 다리가 느닷없이 앞뒤로 찢어졌다.

순간적으로 키가 절반으로 준 구소옥의 쌍수가 기쾌하게 움직였다. 아까까지 그녀의 천령혈이 위치했던 방향이었다.

우둑!

뼈가 부러지는 소리였다. 눈을 감은 채 일랑의 손목 뼈를 부러뜨린 구소옥의 나머지 수장이 정확하게 단전 부위를 찍어갔다.

만약 정통으로 격중한다면 일거에 단전이 파괴되어 폐인이 되고 말 일격이었다.

그러나 처음의 일격이 실패로 돌아갔을 때 이미 마음을 돌려먹었을 것이다.

구소옥의 이격은 허공을 헤매야만 했다. 손목 뼈가 부러진 채 일랑은 줄행랑을 쳤다.

"응?"

찢었던 다리를 바로하며 살그머니 눈을 뜬 구소옥의 입가로 미소가 번져 나왔다.

그녀의 앞에서 일 장쯤 떨어진 곳에는 마치 커다란 두더지가 지나간 듯 땅이 구불거리며 파헤쳐져 있었다.

천문 삼대은신술 중 마지막인 잠룡토둔(潛龍土遁)의 술이 펼쳐졌을 때 흔히 보이는 모습이었다. 광명신교의 본산과 명존을 보호하는 천지풍뢰 사대문파 중에서도 최고위에 올라 있는 것이 천문이었다.

그 천문의 제자가 손목 하나 부러졌다고 도망을 쳤다는 사실이 구소옥을 웃게 만들었다.

유쾌한 듯싶지만 쓰디쓴 조소였다.

*　　　*　　　*

정상 쪽으로 신형을 날리고 얼마 지나지 않았을 때였다.

빙예운은 선택의 기로에 섰다.

그녀의 날카로운 시선이 빠르게 주변을 훑어갔다.

흔적은 두 군데로 나뉘어 있었다. 둘 다 정상 쪽으로 난 흔적인데, 한쪽은 경공이 일류 이상이었고 다른 한쪽은 간신히 이류를 면한 정도였다.

담우소 등이 빙예운을 붙잡고 늘어지는 동안 정상으로 줄달음질쳤던 두 명이 이곳에서 찢어진 게 분명했다.

'그렇다면 한쪽은 미끼라는 뜻이군.'

타당한 선택이었다. 만약 빙예운이 이와 같은 시험에 들었더라도 분명 이러한 방법을 선택했을 게 분명했다.

물론 담우소처럼 미인계를 이용해서 시험관의 이목을 흐리게 만들진 않았겠지만.

"으음."

갑자기 담우소의 훤칠한 이목구비를 떠올린 빙예운의 안색이 사르르 붉어졌다.

여전히 자신이 담우소에게 반했다고 착각하고 있는 그녀로선 하등 이상할 게 없는 반응이었다.

어쨌든 빙예운은 이런 곳에서 머뭇거리고 있을 수 없었다. 힐끔 하늘을 쳐다보니 달이 구름에 가리우고 있었다. 시간이 벌써 상당히 지나간 상태였다.

잠시 고민하는 기색이 되었던 빙예운의 신형이 둥실 떠오르더니 바람처럼 정상 쪽으로 날아올랐다.

두 방향 중 일류의 경공 실력을 지닌 것으로 추정되는 흔적이 남아 있는 쪽이었다. 역시 자신이라면 어떻게 할까를 생각한 끝에 내린 결론이었다.

'아!'

신형을 날리던 중 빙예운은 내심 신음을 터뜨렸다. 전력으로 신형을 날리면서도 주변을 살피길 게을리 하지 않은 결과였다.

주춤.

극한까지 속도를 올렸던 것에 비해 빙예운의 신형은 너무 쉽게 멈췄다. 특별히 달리던 속도를 점층적으로 줄인 것이 아닌데도 정적은 한

순간에 찾아왔다.

무엇 때문에 발길을 멈췄는가!

스스로 자문하던 빙예운은 금세 해답을 찾을 수 있었다.

어느 순간부터인지는 몰랐다. 일직선으로 정상을 향하던 방향이 미묘하게 틀어져 있었다. 분명 정상에 가장 빨리 오르는 것이 능사일 텐데 오히려 길을 도는 듯한 느낌이었다.

'내가 속았구나!'

빙예운은 아랫입술을 깨물었다. 분한 마음과 함께 주도면밀하게 이와 같은 계획을 획책했을 담우소의 얼굴이 다시 아른거렸다. 병이 걸려도 단단히 걸린 것이 분명했다.

"분해!"

자존심이 상했다. 자꾸만 자신만이 이렇게 담우소를 생각하고 있는 것이 화가 났다.

분풀이할 상대를 찾아 빙예운이 신형을 돌렸다.

이젠 시험이 문제가 아니었다. 만마천과 여인의 자존심을 걸고 어떻게든 담우소의 계획을 저지해야만 했다. 그렇게라도 하지 않으면 안 될 것 같았다.

그러나 도대체 이 괴물 같은 사내는 그런 일까지 생각하고 대비해 놨던 것일까?

자신이 왔던 산길을 향해 막 신형을 뽑아 올리려던 빙예운의 신형이 주춤했다.

그녀가 달려가야 할 길의 한복판을 가로막고 있는 것이 있었다.

섬연한 몸매, 그리고 어깨를 덮은 채 바람에 흩날리고 있는 삼단 같은 머리채.

빙예운의 앞을 가로막고 선 건 한 명의 소녀였다.

"너는……."

일랑과 벌였던 격전의 여파였다. 머리를 묶고 있던 은채(銀釵)를 잃어버려 머리를 바람에 흩날리는 채 놔두고 있던 구소옥이 방그레 미소 지었다.

"안녕하세요. 저는 언니의 후배가 되고 싶은 가녀린 소녀랍니다."

"언니?"

"왜, 듣기 싫으세요? 만마천에는 십 년 전에 들어갔을 테니, 저하고는 꽤 나이 차이가 나시지만 워낙 미인이시라서 그런지 전 선배님이라 부르기 싫은데……."

구소옥은 평소답지 않게 수다를 떨었다. 마경화가 정상에 도달할 때까지 시간을 버는 게 그녀의 임무였기 때문이다.

빙예운 역시 바보는 아니었다. 자신의 치맛자락을 붙잡고 늘어지려는 구소옥의 의도를 눈치 채지 못할 리 없었다.

그런데도 그녀는 머뭇거리고 있었다. 평범한 듯하지만 전혀 평범하지 않은 구소옥에게서 일어나고 있는 기세를 간과하지 않은 것이다.

"그래서 내 앞을 혼자 가로막겠다는 뜻이야?"

"눈치가 빠르시네요."

"쉽지 않을 텐데."

"그거야 어쩔 수 없죠."

스윽!

땅으로부터 반치가량 띄워 올렸던 빙예운의 신형이 소리없이 내려앉았다. 진기를 모으기 위함이었다.

고오오오오!

빙예운의 전신으로 눈보라가 몰아쳤다. 아니, 실제로 눈보라가 몰아친 것은 아니었다. 대략 삼 장쯤 밖에 서 있는 구소옥의 눈에 그렇게 보였을 뿐이었다.

'팔성을 넘은 한령신공! 이대로 선수를 양보하면 곤란하겠지?'

일랑의 무공 내력을 한눈에 알아봤듯 빙예운의 무공 내력 또한 구소옥의 시야를 크게 벗어날 순 없었다.

익히 담우소와 빙예운 간의 일전을 지켜보고 대비책을 마련하고 있었던 구소옥의 신형이 먼저 움직였다. 무학의 요결 중 가장 대중적으로 알려진 '기선 제압(선빵)'이었다.

파앗!

빙예운의 눈부시도록 아름다운 소수에는 미치지 못할, 그렇지만 평범한 얼굴과 비교해 보면 꽤나 고운 수장이었다.

이렇게 밝은 달이 뜬 밤이라면 규방에 들어앉아 자수 따위를 놓아야 마땅할 손이라 불리도 무방할 정도였다. 또 그러는 것이 지당할 정도로 결코 무공으로 단련된 손으로 보이진 않았다.

그 한 쌍의 수장이 바람처럼 자신의 면전을 파고들자 빙예운은 일시 한령신공을 극한까지 끌어올릴 수 없었다. 급습이 아님에도 구소옥의 수장은 그만큼 빨랐다.

'비파운행(琵琶運行)!'

스윽!

비전의 비파화음보(琵琶和音步)를 이용해 신형을 분산시킨 빙예운의 소수가 회전했다. 눈앞으로 구소옥의 하늘거리는 머리채가 보였다. 후위를 완벽하게 잡은 상태였다.

휘오오!

이미 특유의 음유한 공력을 십성 끌어올린 상태였다. 구소옥의 생사를 상관치 않고 빙예운은 소수에 주입된 공력을 한꺼번에 폭출했다.

'천지교태(天地嬌態)!'

순간 수십 개로 늘어난 소수가 구소옥의 후위를 뒤덮었다. 비파운행으로 잡아낸 승세에 지나칠 정도로 최선을 다하는 모습이었다.

그러나 최후의 순간이었다.

'이, 이게 뭐야!'

막 한령신공 최강의 초식인 천지교태의 마지막 변화를 일으키려던 빙예운의 미목이 흔들렸다. 그리고 그녀의 소수가 따라서 큰 떨림을 보였다.

혈주가 흑갈과 녹접의 운공요상을 돕는 동안 담우소는 기꺼이 호법을 자청하고 있었다.

빙예운과의 대결 중 가장 많이 얻어터졌던 건 담우소였다.

혈주가 미안한 표정을 던지자 담우소가 히죽 웃었다.

"난 세상에 내세울 수 있는 건 강골인 몸밖에 없다구. 어차피 난 내공 수련이 일천해서 네 사제들의 내상을 고치는 데 간여할 수 없으니까 호위나 설 수밖에."

"……."

"어이, 사내한테 그런 눈빛 받는 건 별로라구."

담우소는 장난스레 손을 휘저어 보였다. 어디에도 부상을 당한 기미는 보이지 않았다.

날카롭게 담우소의 행동을 지켜보던 혈주가 말했다.

"믿기 힘들지만, 정말 그리 큰 부상은 당한 것 같지 않소이다. 그렇다면 지금 당장 구 소저를 도우러 달려가 봐야 하는 게 아니오?"

"응?"

담우소의 얼굴로 '내가 왜?' 란 표정이 노골적으로 드러났다. 얼마 전 구소옥에게 미끼가 되어달라고 애걸할 때의 모습을 언뜻 떠올린 혈주가 강퍅한 얼굴을 더욱 살풍경하게 만들었다.

"지금까지는 모든 일이 당신의 계획대로 되었소. 그러니 그……."

"빙설마녀!"

"으음, 한령선자님이 뒤쫓는 건 구 소저가 될 것이 아니겠소?"

"왜 아니겠나."

여전한 담우소의 대답이었다.

눈살을 찌푸리며 혈주가 말했다.

"그렇다면 구 소저가 위험해지지 않겠소."

"그야……."

담우소는 뒤통수를 긁적였다. 얼굴이 변하고서도 말투나 버릇은 그대로였다.

문득 달빛을 반사하고 있는 설봉의 정상을 올려다본 담우소가 무심한 목소리로 말했다.

"시험이 시작됐을 때 나는 당신들처럼 시험장에 아는 이 하나 없었어."

"……."

"그런 상황에서 나는 자신있게 구가 계집애를 찍었는데, 당신은 그 까닭을 알겠어?"

"그건……."

뭔가를 말하려던 혈주의 고개가 말없이 흔들렸다. 타고난 신중한 성격이 발동한 것이다.

애초부터 혈주의 의견 따윈 전혀 고려할 생각이 없었던 듯 담우소가 말을 이었다.

"그 당시 시험장에 몰려온 응시자들 중 조금이라도 생각이 있는 자들은 모두 뒤로 물러나 있었어. 돌아가는 상황을 파악하기 위해서였지."

"……."

"그 약삭빠른 자들 가운데 구가 계집애도 끼어 있었는데, 한시라도 빨리 세력을 규합하기 위해 다른 자들이 움직이는 동안에도 그녀만은 요지부동이었어."

"으음."

혈주가 무언가를 깨달은 듯 신음을 터뜨리자 담우소가 웃었다.

"하하, 당신도 이제야 감이 잡히나 보군."

"……."

"그녀는 아무 생각 없이 단상 주변으로 몰려든 우재(愚才)가 아니었을 뿐더러 굳이 세력을 규합할 필요성도 느끼지 못했던 거야. 그렇다면 나올 답은 뻔하지 않겠나?"

"그녀는… 그만큼 자신의 실력을 자신하고 있었다는 말이오?"

"그것이 하나이고, 두 번째는 자신의 만마천 합격을 확신하고 있었던 것이겠지."

단호하게 결론을 내린 담우소가 혈주에게 눈짓을 했다. 이제 충분히 설명해 줬으니 빨리 할 일을 하라는 재촉이었다.

'이자의 말이 사실인지 아닌지 나는 알지 못한다. 하지만 확실히 구 소저에게 신비한 느낌을 받은 건 사실이었다. 마 소저와는 전혀 다른.'

"그럼… 부탁하겠소."

"아아, 염려 말라구."

다시 손을 휘저어 보이는 담우소를 향해 한차례 고개를 숙여 보인 혈주가 정신을 잃고 있는 녹접에게 다가갔다. 생긴 모습과는 달리 여인을 끔찍이도 위하는 사람이었다.

*　　　*　　　*

구소옥에게 얻어맞고 줄행랑을 친 일랑은 전력으로 설봉을 벗어나고 있었다.

다리에 힘을 줄수록 부러진 손목이 욱씬거리며 아파왔다.

천문 비전의 마환수(魔幻手)를 극성까지 익히면 손가락 끝부터 손목까지가 강철같이 변했다. 내공을 주입한 상황에서는 웬만한 도검(刀劍)이라 해도 쉽사리 상처를 낼 수 없었다.

그런데 이게 웬일인가!

일랑이 극심한 고통을 참아가며 극성까지 익혔던 마환수는 쥐면 부러질 듯 연약해 보이던 여인의 일장에 산산이 부서지고 말았다.

신형을 뽑아 올릴 때마다 욱신거리는 손목의 통증은 앞으로 겪게 될 비참한 현실을 반영하고 있을 뿐이었다.

일단 살고 싶다는 원초적 욕망으로 달아나기는 했으되 일랑의 가슴 속에선 뜨거운 비가 내리고 있었다.

지난 일 년, 아니, 천문의 후예로 태어나 자란 기간까지 합한다면 자그마치 십팔 년이라는 세월이었다. 그 강산이 두 번에 걸쳐 변할 세월 동안 일랑이 고련에 고련을 거듭한 것은 모두 만마천에 들어가기 위함이었다.

남보다 더 좋은 자질을 가졌다는 이유만으로 문파의 기대를 한 몸에 받아야 했다. 장래 절정고수의 반열에 올라 문주의 위까지 올라야 한다는 보이지 않는 압력이었다.

그런데 주변의 기대와 자신의 야망을 위해 노력했던 십팔 년이란 세월이 단 한 순간의 잘못된 판단으로 파괴되었다. 일생 중 두 번 주어지지 않을 기회를 놓치게 된 것이다.

'조교들에게 누누이 들었다시피 오늘 밤이 지나면 당장 최종 시험에 들어간다. 그동안 뒤를 봐주던 모든 이점이 사라진 상황에서 오직 실력만으로 승부다! 내가 이 부러진 손목으로 녀석들을 이겨낼 수 있을까?'

설봉에 오를 때 일랑이 염려했던 건 오직 천리종횡 최고봉의 제자뿐이었다.

그 외에는 특별히 염려할 만한 상대라곤 같은 늑대들뿐이었으나 만마천 역사상 같은 일진끼리 시험을 치른 전례는 없었다. 염려의 대상이 되지 않았다.

때문에 이진에 어떤 명문의 기재가 들어 있든 일랑은 자신의 천문삼대은신술과 마환수라면 충분히 이겨낼 자신이 있었다. 오늘 손목이 부러지지만 않았다면.

깊이 생각할 것도 없이 장기로 삼았던 마환수는 이걸로 끝이었다.

아예 사용하지 못하게 된 것은 아니지만 내일 바로 시험을 치른다면 오성 이상의 위력은 힘들 게 분명했다.

'힘들다!'

일랑은 내심 고개를 흔들었다. 상황은 절망적이었다. 어떻게든 남보다. 나은 최상의 조건에서 시험을 치르려던 것이 오히려 그 자신의 발목을 잡게 되고 말았다.

지금 일랑의 가슴에 내리는 비는 그래서 가슴을 에일 듯 뜨거웠다. 그 자신의 회오가 담겨 있어 더욱더.

한참을 달려 일랑이 괴봉으로 향하는 길의 중턱쯤에 도착했을 때였다.

한시라도 빨리 처소로 돌아가 상처를 치료할 생각에 전력으로 신법을 펼치고 있던 그의 발걸음이 주춤했다.

'이 기운은…….'

추위를 느낄 정도인 산속의 밤이건만 왠지 공기가 훈훈했다. 그리고 데워진 공기에 섞여 코끝을 파고드는 은은한 풀잎 내음.

서로가 서로를 북돋는 듯한 미묘한 기운의 조합은 일랑에게는 꽤나 익숙한 것이었다.

일랑이 눈치 챘듯 그들 역시 일랑의 기운을 알아본 것이리라!

밤의 장막을 부수며 극히 상반되는 두 사람이 모습을 드러냈다.

"오랑, 육랑……."

오랑이라 불린 자는 키가 기껏해야 오 척(五尺:약 150㎝)이나 될 듯한 단구였다.

일반 세간에서는 난쟁이라 불릴 정도의 신장인데, 만약 그를 직접 본다면 누구라도 무시의 눈길을 던지진 못할 터였다.

부리부리한 눈에서는 호랑이 같은 용맹함이 넘실거렸고 어깨는 웬만한 거한에 못지않을 정도로 떡 벌어져 있었다.

비록 키는 오 척에 불과하지만, 금방이라도 커다란 준마를 타고 전장을 질주할 듯 용맹한 맹장의 기세를 가졌다고 하지 않을 수 없는 모습이었다.

반면 육랑이라 불린 자는 키가 거의 칠 척(대략 210㎝)에 이르렀다.

몸매는 걸치고 있는 청포가 바람에 나부낄 때마다 뼈 자국을 만들어 보일 정도로 깡말랐고 안색은 싯누랬다. 소맷자락 속에 숨기고 있는 쌍수가 시퍼렇다는 걸 감안하지 않더라도 평범하고는 거리가 먼 모습이었다.

그들은 같은 광명좌사의 수하임에도 일랑이 속한 사대문파와는 그리 좋은 관계를 유지하지 않고 있는 오행기 중 열화기와 청목기(靑木旗)의 제자였다.

그나마 원수지간이나 다름없는 천지이단 측의 늑대들이 아니라는 점에 다소 안심한 일랑이 입을 다물고 있는 그들을 향해 가볍게 눈살을 찌푸렸다.

"매일 무공 연마에만 빠져 있던 네놈들이 여기까지 어쩐 일로 행차한 것이냐?"

"그야……."

성격 급한 오랑이 대뜸 입을 열자 익힌 무공 그대로 음침한 성격인 육랑이 얼른 제지하고 나섰다.

"내가 말한다."

"무슨 관계지?"

"아무래도 성격상 내가 말하는 게 낫지 않겠냐."

"그도 그렇군."

알 수 없는 대화였다. 그러나 오랑이 마지못해 입을 다무는 모습을 바라보는 일랑의 얼굴로 초조감이 스쳐 갔다. 지난 일 년간 거의 입을 열지 않았던 육랑이 이렇게 많은 말을 한 건 처음 보는 일이었다.

'이건 좋지 않다!'

암암리에 내공을 끌어올리고 있는 일랑을 향해 육랑이 청록색으로 번뜩이는 눈빛을 던졌다.

"너야말로 어째서 설봉까지 올라갔다 온 것이냐? 천문에서만 조교를 배출했다고 생각하는 건 아니겠지."

"……."

결정타였다. 자신이 일을 너무 쉽게 생각했다는 후회가 밀려왔으나 일랑으로선 더 이상 뒤로 물러날 곳이 없었다.

"꿀꺽!"

목이 깔깔했다. 억지로 침을 삼킨 일랑이 성한 왼 주먹을 피가 나도록 쥔 채 말했다.

"홍, 자존심 강한 오행기라 해도 오산인은 두려운가 보지?"

"만마천이란 이름은 마도의 꿈이다."

"……."

"아주 조그만 위험 요소라 해도 그냥 놔둘 순 없지."

일랑의 질문에 대한 대답이 아니었다. 육랑은 마치 자기 자신에게 다짐하듯 중얼거렸다.

'그냥 놔둘 수 없으면?'

일랑은 눈빛으로 물었다. 진정 몰라서가 아니었다. 조금이라도 시간을 벌려는 의도였다.

그러나 지난 일 년간 서로가 서로를 너무 잘 알게 된 처지였다.

애초 일랑과 얼굴을 마주했을 때 손목 쪽의 부상을 간파하고 있던 오랑은 이미 움직이고 있었다.

콰아아!

열화기 비전의 무공인 축융철장(祝融鐵掌)이었다. 그리고 잠시 시간 차를 뒀던 육랑이 장대 같은 신형을 경중거리며 특유의 고목기공(枯木奇功)을 일으켰다.

일랑이 눈빛으로 질문한 것에 대한 대답, 그러니까 시험의 끝 무렵 담우소란 위험 요소가 만들어낸 늑대들의 경쟁자 제거하기가 시작된 것이다.

제36장 드디어 마지막[終結]?

시체가 썩은 물이 흘러내리는 곳, 그리고 사망의 계곡이라 일컬어지는 광명신교의 뇌옥이 위치한 곳.

그곳이 바로 흑천이었다.

광명신교의 입교 시험이 치러지는 동안 정파의 간세가 침입할 것을 염려한 흑천은 비상 경계 태세에 들어가 있었다.

매년 매 분기마다 입교 시험은 치러지지만 이번에는 십 년마다 제자를 받아들이는 만마천 시험이 겹쳐 있었다.

광명신교는 물론이거니와 전 마도를 통틀어 이목이 집중되는 시기이니 특별히 검문 검색에 힘을 쓰지 않을 수 없었다.

때문에 오늘도 흑천의 깊은 곳에서는 성화제전의 밤이 끝나는 시점에 맞춰 잡아들인 신원 미상자들의 심문이 끊임없이 진행되고 있었다.

이러한 심문은 흑천으로선 평상적인 것이었다. 보통은 문파조차 알 수 없는 떨거지들이 대부분이나 종종 예상 밖의 대어(大漁)가 걸려들 때도 있었다.

오늘 혹시 그런 행운이 자신에게 찾아올 걸 기대한 것인가.

주변이 온통 피 냄새로 가득한 흑천의 고문실. 흑천 최고를 자랑하는 백팔 가지 고문 기술 중 몇 가지를 솜씨 좋게 발휘하고 있던 소리장도 구여해는 미간을 가볍게 찌푸렸다.

그의 눈앞에는 큼지막한 선반이 있었고 그 위에는 피로 물든 면도(緬刀)에 예술적일 정도로 포가 떠진 열다섯 번째 신원 미상자가 게거품을 물며 정신을 잃고 있었다.

꿈틀, 꿈틀…….

잘 다져진 고깃덩이가 된 상체의 혈관은 여전히 피를 뿜어내고 있었으나 바짓가랑이 사이로 썩은 냄새가 풍겨 나오기 시작한 걸 보면 이미 절명한 게 분명했다.

"쯧, 요즘 젊은 것들은 어째 이리 대가 약한 거야. 그저 껍질을 두어 겹 벗겨냈을 뿐인데 죽어버리다니."

"흐윽!"

"헤에엑!"

뒤쪽에서 구여해의 심문을 기다리고 있던 신원 미상자들의 입에서 헛바람 소리가 새어 나왔다. 개중에는 염치 불구하고 아랫도리에 실례를 하는 자들까지 있었다.

그러나 익히 이런 분위기나 냄새에 익숙한지 구여해는 그런 모습들조차 그리 대수롭지 않다는 표정이었다. 어차피 그의 손에 걸린 이상 선후의 차이가 있을 뿐 몇 마디의 질문 후 차근차근 뼈와 살이 몽땅 분리될 터였다.

그리되면 온갖 추한 꼴과 냄새를 맡아야 하는데 오줌 냄새 정도는 우스울 따름이었다. 그의 청수한 모습과 지극히 부합될 정도로 얇고 섬세한 손가락에 지목된 가엾은 텁석부리 하나가 개같이 끌려올 때였다.

하루에 한 번 구여해가 직접 심문에 참가하는 정오, 절대 열리지 않게 되어 있는 특별 고문실의 철문이 요란한 굉음을 냈다.

끼이익! 쾅!

귓전을 울린 쇳소리 때문만은 아니었다. 곧 이어 들려온 돼지 멱따는 소리에 구여해의 입 매무새가 크게 비틀렸다.

"어이쿠! 어이쿠!"

"다 왔습니다요, 다 왔어요!"

휙!

고개를 돌린 구여해의 만면으로 봄날 같은 미소가 번져 나왔다. 얼굴 전체로 웃는 모습이란 게 무엇인지를 확실히 보여주는 모습이었다.

돼지 멱따는 소리를 터뜨리며 철문 안으로 굴러 들어온 이들은 구여해와 함께 음산삼로라 불리는 고목노귀와 미륵철장이었다.

오랫동안 함께해 온 덕분에 구여해가 이런 환한 표정을 지어 보일 때란 살심(殺心)이 극에 달했을 때뿐임을 아는 고목노귀가 대경하여 소리쳤다.

"형님, 안 되오!"

"안 돼?"

"예, 안 됩니다. 안 돼요!"

썩은 얼굴을 하고서 연신 손사래를 쳐대는 고목노귀를 바라보는 구여해의 눈이 가늘게 변했다.

‘내 표정을 보고서도 저런 말을 한다? 혹시 저놈이 안 보는 사이에 살짝 정신이 이상해진 게 아닌가?’

의문은 담겼으되 전혀 말을 들을 생각이 없는 모습이었다.

그러자 사색이 된 고목노귀를 대신해서 미륵철장이 실성이라도 한 것처럼 애걸했다.

“형님! 이번만은 재삼 고려해 주시기 바라오!”

‘도대체 뭘!’

구여해는 눈빛으로 노성을 터뜨렸다. 그러나 철문 안으로 굴러 들어와 먼저 말을 꺼냈던 고목노귀나 미륵철장은 묵묵부답일 뿐 더 이상 말이 없었다.

치밀어 오르는 노화로 미칠 듯한 표정이 된 구여해의 의문을 풀어준 건 철문 밖에서 들려온 우렁우렁한 목소리였다.

“허허, 때로는 아무리 못난 동생들의 말이라도 들어야 할 때가 있는 게지.”

‘이 목소리는……!’

구여해의 눈짓에 고목노귀가 얼른 고개를 끄떡였다.

‘맞습니다요, 맞습니다요.’

‘맞아!’

챙그랑!

구여해의 손에서 피로 물든 면도가 떨어졌다. 그리고 얼른 불안한 시선을 좌우로 돌리던 그의 얼굴이 절망적으로 변했다. 도망칠 곳을 찾았으나 애초부터 사방이 강철 벽으로 된 고문실에 그런 곳을 마련해 뒀을 리 만무했다.

익히 그런 사실을 알고 있는 듯 목소리의 주인은 어슬렁거리며 고문실 안으로 들어섰다.

도대체 밖에서 얼마나 심하게 당했는지 거의 땅바닥을 기다시피 하며 고목노귀와 미륵철장이 좌우로 물러서느라 바빴다. 그러다 몸집으로 봐선 믿을 수 없을 정도로 잽싼 미륵철장보다 피하는 게 늦었던 고목노귀의 얼굴이 와락 일그러졌다. 어느새 다가선 목소리 주인의 발끝이 엉덩이를 걷어차고 있었다.

퍼억!

"어이쿠!"

한순간의 게으름이 죄였다. 고목노귀는 '우당탕!' 소리를 내며 고문실의 한쪽 구석에 처박혔다. 걷어차는 걸로도 모자라 발끝에는 상당한 경력이 주입되어 있었음이 분명했다.

'이 인간이 다른 날보다 더욱 열받았구나!'

일시에 느껴지는 오한에 어깨를 부르르 떤 구여해가 잽싸게 목소리 주인에게로 달려갔다.

"처, 천리종횡 선배님께서 어인 일로 이런 누추한 곳에……."

나부끼는 적발, 장대한 체구를 자랑하며 목뼈를 몇 차례 흔들어 보인 최고봉이 흉악스런 웃음을 입가에 담았다.

"왜? 장로의 신분인 내가 흑천에 좀 찾아오면 안 되는 것이냐?"

"아, 아니, 그, 그럴 리가 있겠습니까!"

방금 전까지 고문실 안의 제왕이요, 사신(死神)처럼 군림하던 냉막한 얼굴은 어디로 가고 최고봉의 앞에는 비굴함으로 점철된 얼굴만이 존재했다.

그것이 마도의 생리요, 구여해란 인간의 본질이라는 걸 누구보다 잘 알고 있는 최고봉이 대뜸 눈썹을 치켜세웠다.

“그럼 어째서 아직까지 날 세워두는 것이지?”

“아! 그렇지요, 그렇지요.”

“…….”

“일단 제 집무실로 가시는 것이…….”

“난 이곳이 좋다.”

휙!

재빨리 신형을 돌린 구여해가 무시무시한 기세로 멀뚱히 자신을 바라보고 있던 무사들에게 호령했다.

“이 녀석들아! 굼벵이처럼 머뭇거리지 말고 빨리 죄인들을 뇌옥에다 처넣고 자리를 마련해라!”

“존명!”

흑천에 소속된 무사들치고 구여해의 잔혹한 성격을 모르는 이는 아무도 없었다. 특히 고문실에 배속된 자들은 더욱더.

내심 ‘자기보다 강한 자에겐 저렇게 쓸개 빠진 행동을 하는 자였군’ 하는 조소를 터뜨리면서도 무사들은 빠르게 움직였다.

느닷없이 변한 상황 덕분에 잠시 심문이 보류된 텁석부리를 비롯한 신원 미상자들이 뇌옥으로 끌려갔고 죽어 자빠져 있던 시체가 치워졌다.

끼익, 끼익!

흑천의 집무실에서 급하게 옮겨진 게 분명한 다탁에 다리를 걸친 채 큼지막하고 푹신푹신한 호피의에 신형을 묻은 최고봉이 고갯짓으로 구여해를 불렀다.

“이봐.”

“아! 예, 부르셨습니까.”

역시 마도에서는 주먹이 모든 것을 결정했다. 지난날 반쯤 죽도록 두들겨 팬 효과를 확실하게 보이고 있는 구여해를 향해 최고봉이 말했다.

"불렀으니까 네놈이 왔겠지."

"그……."

"왜, 내 말이 아니꼽냐? 꼬우면 다시 지난번처럼 세 놈이서 손을 합쳐 달려들어 보시지 그러는가?"

"……."

구여해의 침묵 속에 뒤에 멀뚱히 서 있던 고목노귀와 미륵철장이 미친 듯 고개를 흔들어 보였다.

그 당시 그래도 십 초 가까이나 버텼던 구여해에 비해 그들 두 사람은 단 삼 초도 못 버티고 땅바닥을 나뒹굴어야 했으니 무리도 아니었다.

'그때 이 빌어먹을 괴물은 장기인 경공은 펼치지도 않았다. 그러니 본신의 능력을 몽땅 발휘하면 그날의 두 배는 족히 강할 테지?'

도대체가 주인으로 삼아 믿고 의지하고 있던 광명좌사 고엽풍마저도 갑자기 한쪽 눈을 감은 상태였다.

자신의 능력이 떨어지는 건 살짝 마음 한 켠에 젖혀놓고 광명신교 내에서의 신분이 떨어지니 어찌해 볼 도리가 없다고 체념한 구여해가 한숨을 삼킨 채 말했다.

"선배님은 존귀하신 오산인으로 저희들의 상관이 된다고 할 수 있습니다. 지난날에는 피치 못할 사정으로 무례를 범했습니다만 어찌 다시 그런 불경을 저지르겠습니까."

진중한 얼굴이었다. 얼굴로만 보자면 정파의 대의협이나 정인군자라 해도 믿을 수 있을 것 같았다.

'불쌍한 과부나 늙은 할망구나 찾아다니며 사기를 칠 재수없는 녀석!'

얼굴에다 큼지막하게 '마도의 대악당!' 이라 써 붙이고 다닐 만큼 정정당당한 자신과 사뭇 다른 구여해의 얼굴을 바라보는 최고봉의 볼 살이 씰룩거렸다.

"그래?"

"무, 물론입니다."

"그럼 상관으로서 내가 한 가지 부탁 좀 해도 되겠는가?"

"부탁이시라면?"

"흑천에서 파악하고 있는 만마천에 관한 제반 사항 전부를 지금 당장 넘겨주게."

"그, 그건……."

구여해의 얼굴에 당장 난색이 떠올랐다. 흑천처럼 정보와 내부 감찰을 주 업무로 하고 있는 곳의 자료는 절대 외부로의 반출이 금지되어 있었다. 아무리 위대한 명존이 집권한 시기라 해도 반역의 마음을 품은 고위 인사는 언제나 상존했던 까닭이다.

그러나 이미 고엽풍과 만난 자리에서 모종의 양해를 구해놓은 최고봉이었다. 다른 때와 달리 흑천의 책임자인 구여해를 이 자리에서 찢어 먹든 구워 먹든 별문제될 것이 없었다.

구여해의 얼굴이 일그러지는 순간 불끈 주먹에 힘을 준 최고봉이 다리를 올려놓고 있던 눈앞의 다탁을 내려쳤다.

쾅!

'컥! 노반(춘추 전국 시대의 유명한 장인)이 만든 저 귀한 탁자를!'

역사적인 문화 유산이라 할 만한 다탁의 최후였다. 그래도 광명신교에서는 제법 먹물깨나 먹었음을 자랑하고 있던 구여해의 안색이 시커멓게 물들었다.

그가 그동안 알뜰살뜰 약탈한 은자를 모아 장만한 귀하디귀한 보물의 소멸에 정신이 아득해진 것이다.

그렇다 해도 일단 목숨을 구하는 게 먼저였다. 내심 반드시 다탁을 이곳에 내온 녀석을 죽이리란 살심을 묻어둔 채 구여해가 얼른 고개를 조아렸다.

"선배님, 제발 고정하십시오."

"날더러 고정하라고?"

"예예……."

"상관인 나의 별로 대수롭지도 않은 부탁조차 들어주지 못하겠다면서, 네놈이 지금 날더러 고정하라고 하는 것이냐!"

이미 구여해의 멱살은 최고봉의 손에 쥐어져 좌우로 흔들리고 있었다. 시골 동네 뒷골목의 왈패들이 지나가던 행인에게 돈을 뺏을 때 곧잘 하는 행위였다.

차마 눈 뜨고 보지 못하겠는지 고개를 돌려 외면해 버린 동생들을 흘끔 바라본 구여해의 입에서 장탄식이 터져 나왔다.

'하아! 내가 어쩌다가…….'

도저히 구여해로선 어쩔 도리가 없는 상황이었다. 그나마 수하들을 몽땅 고문실에서 내보낸 걸로 위안을 삼으며 구여해가 눈을 질끈 감았다.

*   *   *

설봉에서 내려온 이래 마경화의 두 볼은 잔뜩 부어 있었다. 심중의 불만이 폭발하기 직전까지 치솟아 있는 얼굴이었다.

흘깃.

방금 전까지 눈이 쌓였다가 녹은 듯 축축이 젖어 있는 마경화의 어깨 부근에 시선을 던진 담우소가 고개를 끄떡였다.

"수고했다."

"우욱!"

"울려거든 뒤돌아보고 울어라, 아침부터 계집애가 꼴사납게 우는 꼴은 보고 싶지 않으니."

담우소의 냉정한 한마디는 결국 마경화의 두 눈에 그렁그렁한 눈물을 고이게 만들었다.

아무도 오지 않는 설봉의 정상에서 밤새 추위에 떨었던 것을 생각하니 서러움이 복받쳤다.

'누가 울까 보냐!'

슥슥!

혹시라도 담우소에게 다시 핀잔을 받을까 봐 얼른 소맷자락으로 얼굴을 문대는 마경화가 애처로웠을 것이다. 그 자신도 새벽에야 정해놓은 집결지로 돌아온 구소옥이 담우소에게 핀잔을 줬다.

"밤새 고생하다 온 사람한테 왜 그렇게 모진 말을 하는 거예요!"

"언니!"

품 안으로 달려드는 마경화를 구소옥이 얼른 안아줬다. 마치 어미 새가 새끼를 보듬는 것 같았다.

그러나 은연중 어제의 악전고투 중 마경화만을 편애했던 터였다. 혹시라도 주변에서 다른 말이 나올 걸 저어한 담우소의 표정은 시큰둥했다.

"고생은 무슨. 기껏해야 산 위에서 밤을 샌 것 가지고."

은근한 시선을 담우소에게 던지고 있던 마경화가 다시 구소옥의 품에 얼굴을 묻었다.

"흐윽, 내가 얼마나 열심히 정상으로 달려갔는데."

"그래, 그래. 경화 동생 덕분에 우리 조는 시험에서 살아남은 거야."

"정말요?"

"암, 그렇고말고."

누가 본다면 피를 나눈 모녀지간이나 자매지간이라 착각할 만한 모습이었다. 그만큼 두 사람 사이엔 우애가 넘쳤다.

덕분에 마음이 풀린 것일까.

잠시 후 산에서 내려온 이후 줄곧 기가 죽어 있던 마경화가 평소처럼 담우소에게 막말을 내뱉기 시작했다. 옆에서 거들어줬던 구소옥이 황당한 표정으로 뒤로 물러설 정도로.

혈주의 도움을 받으며 밤새 조식을 취한 덕분에 내상을 어느 정도 치료한 녹접의 표정은 과히 좋지 못했다.

그녀의 시선이 향해 있는 곳은 아까부터 연신 담우소에게 소리를 질러대고 있는 마경화가 있는 쪽이었다.

혈주를 비롯한 사내들은 그저 웃을 뿐 계속 침묵을 지키고 있었으나 여인인 그녀가 보기에 마경화의 은혜를 모르는 태도는 결코 보기 좋은 것이 아니었다.

'무학을 익힌 사람이라면 설혹 체험하지 못했다 해도 어젯밤의 험난함을 모르지 않을 것이다. 그중 가장 쉬운 일을 맡았으면서 어찌 자신을 배려한 담 공자에게 저런 모습을 보이는가? 앞으로 있을 시험에서 문제를 일으키기 전에 한마디 해줘야겠는걸.'

얼굴에 떠오른 못마땅한 표정으로 대충 의중을 파악했을 것이다. 마경화에게 다가서려던 녹접을 제지하는 손길이 있었다.

"대사형?"

"담 형도 별말이 없다. 생각하는 바가 있을 테니 네가 나설 필요는 없을 것 같다."

"그렇지만……."

"어차피 다음 시험부터는 조별로 치러지는 게 아닐지도 모른다. 앞으로 어떤 시험이 더 남았을지 모르니 너는 내상을 다스리는 데나 집중하도록 해라."

혈주는 쉬이 입 밖으로 말을 내뱉는 사람이 아니었다. 그만큼 한마디를 내뱉으면 그 말에 무게가 느껴졌다.

"예."

고개를 끄떡인 녹접이 뒤로 물러났다.

물론 덕분에 담우소는 마경화의 악다구니를 계속 들어야만 했는데, 당하는 사람치고는 표정이 밝아 보였다. 어젯밤의 악전고투는 사람들 간의 거리를 가깝게 하기에 충분한 듯했다.

다음날.

설봉을 내려와 집결지에 모인 채 하루가 다 갔는데도 빙예운은 모습을 보이지 않았다.

그녀와 가장 늦게까지 관계가 있었을 게 분명한 구소옥이 침묵으로 일관하여 행방은 더욱 오리무중이었다.

그런 와중임에도 담우소는 묵묵히 혈주 등에게 운공조식하길 권고하곤 사냥에 나섰는데, 덕분에 일행들은 하루 동안 맛 좋은 멧돼지 고기로 배를 불릴 수 있었다.

이틀이라는 시간 덕분에 혈주 등은 어느 정도 내상을 치료할 수 있었다. 그리고 여전히 마경화와 담우소가 아웅다웅하고 있을 때였다.

설봉과 마주한 괴봉 쪽에서 한 떼의 사람들이 몰려왔다. 한눈에 그들의 목표가 자신들이 있는 곳임을 직감한 담우소는 히히덕거리던 모습을 지우고 가만히 손을 들어 보였다.

"일단 방비를 하고 있는 편이 좋겠지?"

묻는 듯한 말이지만 이미 혈주 등은 움직이고 있었다. 혈주와 녹접 등이 담우소를 중심으로 삼재진(三才陣)의 형태를 갖추자 구소옥과 마경화 역시 스스로 양익을 자처했다.

특별히 진세를 형성한 것은 아니지만 담우소를 중심으로 한 여섯 명의 모습은 철벽 같은 단단함을 풍겼다. 만난 지 며칠밖에 되지 않은 사이라곤 믿어지지 않는 모습이었다.

한 떼의 사내들을 이끌고 바람처럼 달려온 녹포청년의 눈에도 그리 보였던 것일 게다. 야생의 말처럼 산야를 질주해 오던 녹포청년이 주춤 발걸음을 멈췄다.

진운을 일으킬 정도로 거칠게 달리던 앞서의 모습으로 보자면 놀라울 정도로 조용한 착지였다.

녹포청년의 나이는 대략 이십 대 후반쯤이었다. 머리에 숱이 많고 눈썹 또한 송충이같이 짙었다.

이마에는 대충 녹색 영웅건을 둘렀는데, 여기저기 머리칼이 삐져 나와 있었다. 전체적으로 호남형이라 할 수 있으나 하고 다니는 모습이 칠칠치 못한 걸 보면 아직 혼처를 잡지는 못한 게 분명했다.

이러한 연배에 비슷한 경공 실력을 지닌 사람을 익히 알고 있던 담우소가 먼저 입을 열었다.

"아직도 시험이 남아 있는 거요?"

"……."

잠시 침묵을 지키던 녹포청년이 호목이라 할 수 있는 눈을 몇 차례 깜빡여 보이더니 말했다.

"너희가 이진이냐?"

"이진?"

듣느니 처음인 소리였다. 담우소를 비롯한 일행들의 표정이 단박에 굳어졌다.

총 일곱 개 조 중 설봉에서의 시험을 통과한 건 자신들뿐이었다. 이것으로 시험이 완전히 끝났으리란 생각은 하지 않았지만 두 번째란 뜻이 담긴 이진이라는 소리는 듣기에도 불쾌감을 자극했다.

특히 중원마도 제일의 명문이라 자부하는 혈사방에서 자존심 하나만은 확실히 교육받은 혈주 등의 얼굴은 청동 빛으로 변해 있었다.

만약 모멸감을 참지 못하고 뛰쳐나가려던 혈주를 담우소가 말리지 않았다면 벌써 주변은 검기가 넘나드는 혈전장으로 변했을 게 분명했다.

그러자 한눈에 담우소를 우두머리로 지목하고 눈빛을 빛낸 녹포청년이 각이 선명한 턱을 손으로 더듬거리며 심각한 표정을 지어 보였다.

"모습으로 보아 이진이 분명한데 여태 한령한테 그런 사실도 전해 듣지 못했다는 건가?"

'한령이라면 그 빙설마녀를 말하는 것이겠지.'

역시 자신의 예상이 맞다는 걸 깨달은 담우소가 일행을 뒤로하고 앞으로 나섰다.

"한령선자는 이틀 전 시험을 보던 도중에 모습을 감췄소."

"모습을 감춰?"

"뭐, 시험에 참가했던 나머지들도 함께 없어진 걸 보면 탈락자 처리에 들어간 거 같기는 한데⋯⋯."

꽤나 아는 척을 하지만 실제론 아무것도 아는 것이 없다는 뜻이었다. 그러나 녹포청년의 반응은 담우소의 예상을 한참 벗어났다.

"흐음."

버릇인 듯 다시 눈을 깜빡거린 녹포청년은 마치 '아! 그렇군' 하는 표정으로 고개를 끄떡여 보였다. 이어질 그의 질문에 대한 대답을 몇 가지나 준비하고 있던 담우소로선 허탈해지지 않을 수 없는 노릇이었다.

그러나 그런 담우소의 심정 따윈 개나 줘버리란 심사였을 것이다.

담우소를 한차례 빤히 쳐다본 녹포청년이 그제야 자신을 따라잡은 일군의 사내들을 손가락으로 가리키며 말했다.

"이들은 일진이라네. 자네들보다 먼저 만마천에 들어갈 후보로 뽑힌 기재들이지."

'역시!'

"뭐, 그렇다고는 해도 일진이니 이진이니 하는 말은 그저 형식에 불과하니 자네들은 크게 신경 쓸 필요가 없네. 한령이 그랬듯 나 능몽초(凌夢初) 역시 만마천에 먼저 들어간 선배로서 최종 시험을 사심없고 공정하게 진행시킬 테니."

“으음.”

이번에 신음을 터뜨린 쪽은 담우소 쪽이 아니었다. 간신히 능몽초를 따라온 일진 쪽이었다.

또다시 정오가 지나가고 있었다.

담우소는 만마천이란 곳은 정상인은 들어가기 힘든 곳이 아닐까 하는 의심을 품었다. 애석한 일은 그런 의심을 품은 게 담우소뿐이 아니란 사실이었다.

일진 여섯 명과 이진 여섯 명.

열두 명의 남녀를 모아놓고 선의의 경쟁이라는 전혀 지키기 힘든 일을 당부한 능몽초는 그들을 이끌고 내곤륜의 수많은 절봉들 중 하나로 들어갔다. 일진이 있었던 괴봉도 아니었고 이진이 있었던 설봉도 아니었다.

능몽초가 사흘에 걸쳐 끌고 간 절봉은 십만대산이 있는 내곤륜에서는 흔하디흔한 관목림이 끝도 없이 형성되어 있는 곳이었다.

주변의 산세에 정통한 듯 특별한 지도 한 장 없이 능몽초는 일행을 이름 모를, 그러나 꽤나 근사한 기운을 풍기고 있는 관목림의 한가운데로 인도했다.

지금껏 을씨년스런 괴봉이나 눈의 지옥이라 할 만한 설봉을 헤매야만 했던 일진이나 이진에겐 아직 초록이 남아 있는 숲의 기운이 나쁠 리 없었다.

주변으로 보이는 것은 온통 나무와 숲. 도대체 앞으로 무슨 시험이 남았는가 궁금한 표정으로 주변을 둘러보던 사람들 중 대뜸 펄쩍거리며 움직이는 사람이 있었다.

"아아, 역시 곤륜의 숲은 좋구나, 좋아!"

마치 소년으로라도 돌아간 듯 환호작약하며 초록의 기운 속을 뒹굴기 시작한 사람은 능몽초였다.

자신보다 한참이나 나이 어린 후배들의 앞이었다. 만마천의 명성을 위해서라도 자중할 만한데 능몽초는 전혀 부끄러울 게 없다는 듯 한참이나 관목림 사이를 뛰어다녔다. 정녕 생긴 모습과는 딴판인 모습이었다.

그러다 하늘을 가릴 듯 솟아 있는 관목 중 하나를 차지하고 털썩 누워버린 능몽초가 웅얼거리는 목소리로 말했다.

"아, 피곤하다! 기운이 좋은 숲을 찾느라 너무 힘을 많이 소진했단 말야. 난 한숨 잘 테니까 자네들은 지금부터 자기 하고 싶은 일들을 찾게나."

"……."

"기재라 불리는 사람들이 내가 꼭 명령을 해야 움직이는 허수아비가 될 텐가?"

마지막 시험이라 했다, 만마천에 들어갈.

광명신교에 들어선 이래 별로 긴장하는 빛을 보이지 않던 담우소조차 침을 삼켜야만 했다. 다른 경쟁자들이야 일신과 문파의 영광을 위해 만마천에 도전한 것이지만, 담우소는 사정이 조금 달랐다.

그로선 이번에 반드시 만마천에 들어가야 하는 사정이 있었다. 자신의 손발이 몽땅 잘리고 목숨이 끊긴다 해도 결코 포기할 수 없는 그런 사정이었다.

벼락이라도 맞은 듯 밑동까지 탄 나무의 바로 앞이었다. 보기 드물게 고민하는 눈빛이 된 담우소의 곁으로 마경화가 살금살금 다가들었다.

'하나, 둘, 세에……'

"왝!"

담우소의 등을 살며시 떠밀려는 의도였을 뿐이다. 그래서 평소와 같이 몇 차례 언쟁을 나누면 그것으로 족했다. 그런데 자신의 그런 마음은 모르고, 담우소가 먼저 고개를 돌려 크게 소리를 지르자 마경화는 화악 낯이 뜨거워지는 걸 느꼈다.

"뭐, 뭐예욧!"

여전히 앙칼지지만 왠지 기운이 빠진 목소리다. 눈앞의 말괄량이가 당황했다는 걸 깨달은 담우소가 딱딱하게 굳어 있던 입가로 슬쩍 미소를 배어 물었다.

"왜? 너는 이런 걸 원했던 게 아닌가?"

"그럴 리가 없잖아요!"

"그런가?"

담우소는 뒤통수를 긁적였다.

이제야 그녀가 아는 평소 모습과 똑같았다. 문득 안심이 된 마경화가 피식 웃었다.

"훗, 왜 그렇게 심각한 표정을 하고 있는 거예요?"

방금 전까지만 해도 쉽사리 건넬 수 없던 말이었다.

그저 표정을 달리해 보인 것만으로도 친근하게 다가서는 마경화의 모습에 담우소 역시 히죽 웃었다.

'단순한 녀석.'

"이제 마지막 시험이다. 너는 걱정되지 않느냐?"

“엥?”

어느새 마경화는 맞은편 나무에 쭈그려 앉아 있었다. 얼마 전까지만 해도 아무 곳에서나 사내같이 가부좌를 틀고 앉았는데 지금은 꽤나 조신한 모습이었다.

담우소의 질문에 잠시 고개를 갸웃거린 마경화가 고개를 흔들어 보였다.

“글쎄, 잘 모르겠네요. 지난번까지의 시험이 너무 어려웠기 때문에 그런가? 마지막 시험이라곤 해도 별 감흥이 와 닿지 않는 것 같아요.”

“그건 저 이상한 시험관 때문이 아니냐?”

담우소가 여전히 잠에 취해 있는 능몽초를 손가락으로 가리켰다. 후배를 지망하고 있다곤 하지만 늑대 같은 마도의 기재들이 수두룩한 곳이었다. 다소 긴장할 만도 한데 그는 버젓이 낮잠을 즐기고 있었다.

‘흥, 아무리 만마천에서 수련한 절정고수라곤 하지만 지나친 자신감이군.’

그의 행동이 도에 지나친다고 생각하고 있던 마경화가 살짝 눈살을 찌푸렸다.

“당신같이 속이 시커먼 사람이 버젓이 눈을 뜨고 있는 곳에서 진짜로 잠을 자고 있다는 건 놀라운 뱃보라고 할 수도 있겠네요.”

“내 속이 시커멓다고?”

“그냥 시커멓기만 한 것이 아니라 아주 지독한 냄새까지 동반하고 있잖아요.”

마경화는 담우소에게 손가락질했다. 평소에 하던 그대로였다. 덕분에 팽팽하게 긴장됐던 마음이 다소 느긋해진 것일까?

“에라, 모르겠다!”

담우소가 능몽초처럼 땅바닥에 벌렁 드러누웠다. 어차피 여기까지 왔으니 이리저리 생각을 굴려봤자 소용없겠다고 생각한 것이다.

"아! 또 그런다!"

마경화가 질색을 하고 다가왔다. 그러나 이미 담우소는 눈을 감고 있었다. 자신의 인생을 이렇게 꼬이게 만든 강문호라도 꿈속에서 불러내어 경을 칠 생각이었다. 살아서 다시 만날 수 있을지 미지수인 그를.

"드르렁!"

도대체 어떻게 된 신경일까? 눈을 감자마자 코를 골기 시작한 담우소를 바라보며 발을 동동 구르던 마경화가 무슨 생각이 들었는지 그의 곁으로 슬그머니 다가가 앉았다.

방금 전까지와 같이 조신하게 쭈그려 앉는 게 아니라 평소 습관 그대로의 가부좌였다.

'바보! 바보! 바보!'

오랜만에 주변에는 아무도 없었다. 항상 자매처럼 붙어 다니던 구소옥조차 어딘가로 가버린 상황이었다. 요즘 들어 예전 같지 않아진 자신의 내심을 담우소에게 고백하기에는 더할 나위 없이 좋은 기회라 할 수 있었다.

그런데 마경화는 그런 절호의 상황에서 또다시 쓸데없는 소리만을 내뱉은 것이다. 방금 전까지 전혀 솔직하지 못했던 자신을 원망하는 마음의 소리가 연신 메아리가 되어 마경화의 뇌리를 울렸으나 이미 담우소는 잠들어 버린 후였다.

능몽초가 잠에서 깬 것은 놀랍게도 하룻밤이 꼬박 지나서였다.

맘대로 자기 하고 싶은 대로 하라는 명령에도 불구하고 이제나저제나 그가 깨기만을 기다리고 있던 일진 중 몇 명의 얼굴에는 질렸다는 표정이 가득했다.

도대체 이런 관목림까지 자신들을 끌고 온 능몽초의 저의를 알 수 없을 뿐더러 남의 자는 모습을 지켜본다는 건 꽤나 고역스런 일이었던 것이다.

어쨌거나 체면 차리지 않고 하룻밤을 푹 쉰 탓인지 새벽 즈음 일어난 능몽초의 얼굴에는 활력이 가득했다. 앞날에 대한 걱정과 근심 때문에 잠을 못 잔 탓인지 눈가에 기미가 보이는 몇몇의 얼굴과는 질적으로 다른 모습이었다.

"그럼 아침부터 먹고 시작할까?"

잠시 후 자신에게 집중된 스물네 개의 시선을 바라보는 능몽초의 얼굴은 웃고 있었다. 자신이 당연히 해야 할 말을 꺼냈다는 표정이었다.

'양상은 다르지만 비슷한 수법이군.'

왠지 그의 모습에서 빙예운의 모습을 본 담우소의 입가로 슬며시 미소가 배어 물렸다. 능몽초를 제외하곤 유일하게 충분한 수면을 취한 그의 얼굴 역시 활력이 넘쳤다.

"그럼 사냥을 시작할까요?"

"사냥?"

"저쪽 친구들이 준비해 온 건량은 어제치 재고가 떨어진 걸로 아는데요."

담우소의 손가락이 가리킨 방향은 일진들이 진을 치고 있는 곳이었다. 이곳까지 이르는 동안 능몽초는 일진이 가지고 있던 건량을 이진에게도 똑같이 나눠 줬던 것이다.

'여전히 두 패로 나뉘어 있는 건가? 능력을 가늠하기 이전에 마음속

의 적개심부터 없애려 했건만 지난 나흘간 달라진 건 아무것도 없군.'

자신이 바보 짓을 했다는 걸 깨달은 능몽초의 두툼한 입술이 피식 웃었다.

"건량이 떨어졌으면 사냥을 해야겠지. 음, 그러면 뭘 사냥하면 좋을 까?"

'멧돼지!'

'멧돼지!'

구소옥과 마경화의 시선이 일제히 담우소를 향했다. 설봉에서 그가 잡아서 손수 훈제를 만들어줬던 멧돼지 고기의 절묘한 맛을 떠올린 것이다.

따라서 담우소 역시 주변의 기대에 부응하지 않을 수 없었다. 자신 만만한 얼굴로 앞으로 나선 담우소가 주먹을 불끈 쥐어 보였다.

"이렇게 외진 산속에서 이만한 인원을 먹이려면 역시 멧돼지밖에 없 지 않겠습니까!"

"멧돼지?"

"맡겨만 주면 곤륜에서 제일 먹음직하고 맛 좋은 멧돼지를 잡아올 자신이 있습니다."

"자네, 사냥꾼 출신인가?"

"어쩌면."

"그렇다고 시험에서 특혜를 주진 않을 거야. 난 엄격한 시험관이거 든."

"나는 그저 아침을 먹고 싶은 것뿐입니다."

"그런가?"

"뭐, 사냥이란 건 아침 운동도 겸한 것이니까."

슬쩍 말끝을 짧게 한 담우소가 벌써 휘적거리며 관목 사이로 걸어가
기 시작했다.
"같이 가요!"
주변의 따가운 시선에도 아랑곳 않고 마경화가 뒤를 쫓았고 구소옥
을 비롯한 나머지 이진들이 역시 한숨을 쉬며 따라갔다. 굳이 능몽초
의 말을 빌지 않더라도 아침을 먹는다는 건 무척 중요한 일이긴 했다.

〈제3권 끝〉